郁达夫 —— 著

人生非若春日蔷薇

北京联合出版公司

图书在版编目(CIP)数据

人生非若春日蔷薇 / 郁达夫著. — 北京：北京联合出版公司, 2018.1 (2024.1 重印)

ISBN 978-7-5596-1004-1

Ⅰ. ①人… Ⅱ. ①郁… Ⅲ. ①中国文学－现代文学－作品综合集 Ⅳ. ①I216.2

中国版本图书馆 CIP 数据核字（2017）第236321号

人生非若春日蔷薇

作　　者：郁达夫
责任编辑：熊　娟
特约编辑：丛龙艳

北京联合出版公司出版
（北京市西城区德外大街83号楼9层　100088）
北京一鑫印务有限责任公司印刷　新华书店经销
字数 209 千字　880mm×1230mm　1/32　印张 11.25
2018 年 1 月第 1 版　2024 年 1 月第 6 次印刷
ISBN 978-7-5596-1004-1
定价：46.00 元

版权所有，侵权必究
未经书面许可，不得以任何方式转载、复制、翻印本书部分或全部内容。
如发现图书质量问题，可联系调换。质量投诉电话：010-62707370

人活在命运的掌心。来路漫漫,归处茫茫,此生啊,索性求一个"真"字——真性处世,真心待己。人生要做好的,是真正的自己。

目录

第一章 今生来时路

悲剧的出生 —— 3

我的梦,我的青春! —— 9

书塾与学堂 —— 15

水样的春愁 —— 21

远一程,再远一程! —— 29

孤独者 —— 35

大风圈外 —— 41

海上 —— 49

雪夜 —— 55

日本的文化生活 —— 61

第三章 一个人在途上

一个人在途上 … 89
归航 … 97
还乡记 … 107
还乡后记 … 134
灯蛾埋葬之夜（节选）… 147
南行杂记 … 150

第二章　月是故乡明

故都的秋 —— 69

江南的冬景 —— 73

雨 —— 75

北平的四季 —— 79

第五章　何日君再来

致映霞（一九二七，部分） —— 201
送仿吾的行 —— 224
回忆鲁迅 —— 251
小春天气（节选） —— 256
给一位文学青年的公开状 —— 264

第四章　浮生半日闲

- 饮食男女在福州 —— 165
- 上海的茶楼 —— 174
- 移家琐记 —— 178
- 住所的话 —— 184
- 记风雨茅庐 —— 188
- 寂寞的春朝 —— 192
- 里西湖的一角落 —— 194

第六章 静观皆自得

- 西溪的晴雨 …… 273
- 钓台的春昼 …… 276
- 出昱岭关记 …… 286
- 屯溪夜泊记 …… 292
- 覆车小记 …… 298
- 马六甲游记 …… 303
- 迟桂花 …… 311

第一章　今生来时路

人活在命运的掌心。来路漫漫，归处茫茫，人生啊，索性便在逸兴湍飞时敞怀，于烬冷叶衰处冥寂。真归真，假还假，单纯坦率，自在从容。人生要做好的，永远是自己。

悲剧的出生

"丙申年,庚子月,甲午日,甲子时",这是因为近年来时运不佳,东奔西走,往往断炊,室人于绝望之余,替我去批来的命单上的八字。开口就说年庚,倘被精神异状的有些女作家看见,难免得又是一顿痛骂,说:"你这丑小子,你也想学赵张君瑞来了么?下流,下流!"但我的目的呢,倒并不是在求爱,不过想大书特书地说一声,在光绪二十二年十一月初三的夜半,一出结构并不很好而尚未完成的悲剧出生了。

……

几日西北风一刮,天上的鳞云,都被吹扫到东海里去了。太阳虽则消失了几分热力,但一碧的长天,却开大了笑口。富春江两岸的乌桕树、槭树、枫树,振脱了许多病叶,显出了更疏匀、更红艳的秋社后的浓妆;稻田割起了之后的那一种和平的气象,那一种洁净、沉寂、欢欣干燥的农村气象,就是立在县城这面的江上，远远望去，也感觉得出来。那一条流绕在县城东南的大江哩，虽因无潮而杀了水势，比起春夏时候的水量来，要浅到丈把高的高度，但水色却澄清了，澄清得可以照见浮在水面上的鸭嘴的斑纹。从上江开下来的运货船只，这时候特别地多，风帆也格外地饱；狭长的白点，水面上一条，水底下一条，似飞云也似白象，以青红的山、深蓝的天和水做了背景，悠闲地、无声地在江面上滑走。水边上在那里看船行，摸鱼虾，采被水冲洗得很光洁的白石，挖泥沙造城池的小孩们，都拖着了小小的影子，在这一个午饭之前的几刻钟里，鼓动他们的四肢，竭尽他们的气力。

离南门码头不远的一块水边大石条上，这时候也坐着一个五六岁的小孩，头上养着了一圈罗汉发，身上穿了青粗布的棉袍子，在太阳里张着眼望江中间来往的帆樯。就在他的前面，在贴近水际的一块青石上，有一位十五六岁像是人家的使婢模样的女子，跪着在那里淘米洗菜。这相貌清瘦的孩子，既不下来和其他的同年辈的小孩们去同玩，也不愿意说话似的只沉默着在看远处。等那女子洗完菜后，站起来要走，她才笑着问了他一声说："你肚皮饿了没有？"他一边在石条上立起，预备着走，一边还在凝视着远处默默地摇了摇头。倒是这女子，看得他有点可怜起来了，就走近去握着了他的小手，弯腰轻轻地向他耳边说："你在惦记着你的娘？她是明后天就快回来了！"这小孩才回转了头，仰起来向她露了一脸很悲凉很寂寞的苦笑。

这相差十岁左右，看去又像姊弟又像主仆的两个人，慢慢走上了码头，走进了城垛；沿城向西走了一段，便在一条南向大江的小弄里走进去了。他们的住宅，就在这条小弄中的一条支弄里头，是一间旧式三开间的楼房。大门内的大院子里，长着些杂色的花木，也有几只大金鱼缸沿墙摆在那里。时间将近正午了，太阳从院子里晒上了向南的阶檐。这小孩一进大门，就跑步走到了正中的那间厅上，向坐在上面念经的一位五六十岁的老婆婆问说：

"奶奶，娘就快回来了么？翠花说，不是明天，后天总可以回来的，是真的么？"

老婆婆仍在继续着念经，并不开口说话，只把头点了两点。小孩子似乎是满足了，歪了头向他祖母的扁嘴看了一息，看看这一篇她在念着的经正还没有到一段落，祖母的开口说话，是还有几分钟好等的样子，他就又跑入厨下，去和翠花作伴去了。

午饭吃后，祖母仍在念她的经，翠花在厨下收拾食器；除时有几声洗锅子泼水碗相击的声音传过来外，这座三开间的大楼和大楼外的大院子里，静得同在坟墓里一样。太阳晒满了东面的半个院子，有几匹寒蜂和耐得起冷的蝇子，在花木里微鸣蠢动。靠阶檐的一间南房内，也照进了太阳光，那小孩子只静悄悄地在一张铺着被的藤榻上坐着，翻看几本刘永福镇台湾、日本蛮子桦山总督被擒的石印小画本。

等翠花收拾完毕，一盆衣服洗好，想叫了他再一道的上江边去敲濯的时候，他却早在藤榻的被上，和衣睡着了。

这是我所记得的儿时生活。两位哥哥，因为年纪和我差得太远，早就上离家很远的书塾去念书了，所以没有一道玩的可能。守了数十年寡的祖母，也已将人生看穿了，自我有记忆以来，总只看见她在动着那张没有牙齿的扁嘴念佛念经。自父亲死后，母亲要身兼父职了，入秋以后，老是不在家里；上乡间去收租谷是她，将谷托人去砻成米也是她，雇了船，连柴带米，一道运回城里来也是她。

在我这孤独的童年里，日日和我在一处，有时候也讲些故事给我听，有时候也因我脾气的古怪而和我闹，可是结果终究是非常痛爱我的，却是那一位忠心的使婢翠花。她上我们家里来的时候，年纪正小得很，听母亲说，那时候连她的大小便、吃饭穿衣，都还要大人来侍候她的。父亲死后，两位哥哥要上学去，母亲要带了长工到乡下去料理一切，家中的大小操作，全赖着当时只有十几岁的她一双手。

只有孤儿寡妇的人家，受邻居亲戚们的一点欺凌，是免不了的；凡我们家里的田地被盗卖了，堆在乡下的租谷等被窃去了，或祖坟山的坟树被砍了的时候，母亲去争夺不转来，最后的出气，就只是在父亲像前的一场痛哭。母亲哭了，我是当然也只有哭,而将我抱入怀里时用柔和的话来慰抚我的翠花,总也要泪流得满面,恨死了那些无赖的亲戚邻居。

我记得有一次,也是将近吃中饭的时候了,母亲不在家,祖母在厅上念佛,我一个人从花坛边的石阶上,站了起来,在看大缸里的金鱼。太阳光漏过了院子里的树叶,一丝一丝地射进了水,照得缸里的水藻与游动的金鱼和平时完全变了样子。我于惊叹之余,就伸手到了缸里,想将一丝一丝的日光捉起,看它一个痛快。上半身用力过猛,两只脚浮起来了,心里一慌,头部胸部就颠倒浸入到了缸里的水藻之中。我想叫,但叫不出声来,将身体挣扎了半天,以后就没有了知觉。等我从梦里醒转来的时候,已经是晚上了,一睁开眼,我只看见两眼哭得红肿的翠花的脸伏在我的脸上。我叫了一声:"翠花!"她带着鼻音,轻轻地问我:"你看见我了么?你看得见我了么?要不要水喝?"我只觉得身上头上像有火在烧,叫她快点把盖在那里的棉被掀开。她又轻轻地止住我说:"不,不,野猫要来的!"我举目向煤油灯下一看,眼睛里起了花,一个一个的物体黑影,都变了相,真以为是身入了野猫的世界,就哗的一声大哭了起来。祖母、母亲,听见了我的哭声,也赶到房里来了,我只听见母亲吩咐翠花说:"你去吃夜饭去,阿官由我来陪他!"

翠花后来嫁给了一位我小学里的先生去做填房,生了儿女，做了主母，现在也已经有了白发，成了寡妇了。前几年，我回家去，看见她刚从乡下挑了一担老玉米之类的土产来我们家里探望我的老母。和她已经有二十几年不见了，她突然看见了我，先笑了一阵，后来就哭了起来。我问她的儿子，就是我的外甥有没有和她一起进城来玩，她一边擦着眼泪，一边还向布裙袋里摸出了一个烤白芋来给我吃。我笑着接过来了，边上的人也大家笑了起来，大约我在她的眼里，总还只是五六岁的一个孤独的孩子。

我的梦，我的青春！

不晓得是在哪一本俄国作家的作品里，曾经看到过一段写一个小村落的文字，他说："譬如有许多纸折起来的房子，摆在一段高的地方，被大风一吹，这些房子就歪歪斜斜地飞落到了谷里，紧挤在一道了。"前面有一条富春江绕着，东、西、北的三面尽是些小山包住的富阳县城，也的确可以借了这一段文字来形容。

虽则是一个行政中心的县城，可是人家不满三千，商店不过百数；一般居民，全不晓得做什么手工业，或其他新式的生产事业，所靠以度日的，有几家自然是祖遗的一点田产，有几家则专以小房子出租，在吃两元三元一月的租金；而大多数的百姓，却还是既无恒产，又无恒业，没有目的，没有计划，只同蟑螂似的在那里出生，死亡，繁殖下去。

这些蟑螂的密集之区，总不外乎两处地方；一处是三个铜子一碗的茶店，一处是六个铜子一碗的小酒馆。他们在那里从早晨坐起，一直可以坐到晚上上排门的时候；讨论柴米油盐的价格，传播东邻西舍的新闻，为了一点不相干的细事，譬如说吧，甲以为李德泰的煤油只卖三个铜子一提，乙以为是五个铜子两提的话，双方就会得争论起来；此外的人，也马上分成甲党或乙党提出证据，互相论辩，弄到后来，也许相打起来，打得头破血流，还不能够解决。

　　因此，在这么小的一个县城里，茶店酒馆，竟也有五六十家之多；于是大部分的蟑螂，就家里可以不备面盆手巾、桌椅板凳、饭锅碗筷等日常用具，而悠悠地生活过去了。离我们家里不远的大江边上，就有这样的两处蟑螂之窗。

　　在我们的左面，住有一家砍砍柴，卖卖菜，人家死人或娶亲，去帮帮忙跑跑腿的人家。他们的一族，男女老小的人数很多很多，而住的那一间屋，却只比牛栏马槽大了一点。他们家里的顶小的一位苗裔年纪比我大一岁，名字叫阿千，冬天穿的是同伞似的一堆破絮，夏天，大半身是光光地裸着的；因而皮肤黝黑，臂膀粗大，脸上也像是生落地之后，只洗了一次的样子。他虽只比我大了一岁，但是跟了他们屋里的大人，茶店酒馆日日去上，婚丧的人家，也老在进出；打起架吵起嘴来，尤其勇猛。我每天见他从我们的门口走过，心里老在羡慕，以为他又上茶店酒馆去了，我要到什么时候，才可以同他一样地和大人去夹在一道呢！而他的出去和回来，不管是在清早或深夜，我总没有一次不注意到的，因为他的喉音很大，有时候一边走着，一边在绝叫着和大人谈天，若只他一个人的时候哩，总在噜苏地唱戏。

当一天的工作完了，他跟了他们家里的大人，一道上酒店去的时候，看见我欣羡地立在门口，他原也曾邀约过我；但一则怕母亲要骂，二则胆子终于太小，经不起那些大人的盘问笑说，我总是微笑着摇摇头，就跑进屋里去躲开了，为的是上茶酒店去的诱感性，实在强不过。

有一天春天的早晨，母亲上父亲的坟头去扫墓去了，祖母也一侵早上了一座远在三四里路外的庙里去念佛。翠花在灶下收拾早餐的碗筷，我只一个人立在门口，看有淡云浮着的青天。忽而阿千唱着戏，背着钩刀和小扁担绳索之类，从他的家里出来，看了我的那种没精打采的神气，他就立了下来和我谈天，并且说：

"鹳山后面的盘龙山上，映山红开得多着哩；并且还有乌米饭（是一种小黑果子）、彤管子（也是一种刺果）、刺莓等等，你跟了我来吧，我可以采一大堆给你。你们奶奶，不也在北面山脚下的真觉寺里念佛么？等我砍好了柴，我就可以送你上寺里去吃饭去。"

阿千本来是我所崇拜的英雄，而这一回又只有他一个人去砍柴，天气那么地好，今天侵早祖母出去念佛的时候，我本是嚷着要同去的，但她因为怕我走不动，就把我留下了。现在一听到这一个提议，自然是心里急跳了起来，两只脚便也很轻松地跟他出发了，并且还只怕翠花要出来阻挠，跑路跑得比平时只有得快些。出了弄堂，向东沿着江，一口气跑出了县城之后，天地宽广起来了，我的对于这一次冒险的惊惧之心就马上被大自然的威力所压倒。这样问问，那样谈谈，阿千真像是一部小小的自然界的百科大辞典；而到盘龙山脚去的一段野路，便成了我最初学自然科学的模范小课本。

麦已经长得有好几尺高了，麦田里的桑树，也都发出了绒样的叶芽。晴天里舒叔叔的一声飞鸣过去的，是老鹰在觅食；树枝头吱吱喳喳，似在打架又像是在谈天的，大半是麻雀之类，远处的竹林丛里，既有抑扬，又带余韵，在那里歌唱的，才是深山的画眉。

上山的路旁，一拳一拳像小孩子的拳头似的小草，长得很多；拳的左右上下，满长着了些绛黄的绒毛，仿佛是野生的虫类，我起初看了，只在害怕，走路的时候，若遇到一丛，总要绕一个弯，让开它们，但阿千却笑起来了，他说：

"这是薇蕨，摘了去，把下面的粗干切了，炒起来吃，味道是很好的哩！"

渐走渐高了，山上的青红杂色，迷乱了我的眼目。日光直射在山坡上，从草木泥土里蒸发出来的一种气息，使我呼吸感到了困难；阿千也走得热起来了，把他的一件破夹袄一脱，丢向了地下。教我在一块大石上坐下息着，他一个人穿了一件小衫唱着戏去砍柴采野果去了；我回身立在石上，向大江一看，又深深地深深地得到了一种新的惊异。

这世界真大呀！那宽广的水面！那澄碧的天空！那些上下的船只，究竟是从哪里来，上哪里去的呢？

我一个人立在半山的大石上，近看看有一层阳炎在颤动着的绿野桑田，远看看天和水以及淡淡的青山，渐听得阿千的唱戏声音幽下去远下去了，心里就莫名其妙地起了一种渴望与愁思。我要到什么时候才能大起来呢？我要到什么时候才可以到像在天边似的远处去呢？到了天边，那么我的家呢？我的家里的人呢？同时感到了对远处的遥念与对乡井的离愁，眼角里便自然而然地涌出了热泪。到后来，脑子也昏乱了，眼睛也模糊了，我只呆呆地立在那块大石上的太阳里做幻梦。我梦见有一只揩擦得很洁净的船，船上面张着了一面很大很饱满的白帆，我和祖母、母亲、翠花、阿千等都在船上，吃着东西，唱着戏，顺流下去，到了一处不相识的地方。我又梦见城里的茶店酒馆都搬上山来了，我和阿千便在这山上的酒馆里大喝大嚷，旁边的许多大人，都在那里惊奇仰视。

这一种接连不断的白日之梦，不知做了多少时候，阿千却背了一捆小小的草柴，和一包刺莓、映山红、乌米饭之类的野果，回到我立在那里的大石边来了；他脱下了小衫，光着了脊肋，那些野果就系包在他的小衫里面的。

他提议说，时候不早了，他还要砍一捆柴，且让我们吃着野果，先从山腰走向后山去吧，因为前山的草柴已经被人砍完，第二捆不容易采刮拢来了。

慢慢地走到了山后，山下的那个真觉寺的钟鼓声音，早就从春空里传送到了我们的耳边，并且一条青烟也刚从寺后的厨房里透出了屋顶。向寺里看了一眼，阿千就放下了那捆柴，对我说：

"他们在烧中饭了，大约离吃饭的时候也不很远，我还是先送你到寺里去吧！"

我们到了寺里，祖母和许多同伴者的念佛婆婆，都张大了眼睛，惊异了起来。阿千走后，她们就开始问我这一次冒险的经过，我也感到了一种得意，将如何出城、如何和阿千上山采集野果的情形，说得格外地详细。后来坐上桌去吃饭的时候，有一位老婆婆问我："你大了，打算去做些什么？"我就毫不迟疑地回答她说："我愿意去砍柴！"

故乡的茶店酒馆，到现在还在风行热闹，而这一位茶店酒馆里的小英雄，初次带我上山去冒险的阿千，却在一年涨大水的时候，喝醉了酒，淹死了。他们的家族，也一个个地死的死，散的散，现在没有生存者了；他们的那一座牛栏似的房屋，已经换过了两三个主人。时间是不饶人的，盛衰起灭也绝对地无常的：阿千之死，同时也带去了我的梦，我的青春！

书塾与学堂

从前我们学英文的时候,中国自己还没有教科书,用的是一册英国人编了预备给印度人读的同纳氏文法是一路的读本。这读本里,有一篇说中国人读书的故事。插画中画着一位年老背曲拿烟管戴眼镜拖辫子的老先生坐在那里听学生背书,立在这先生前面背书的,也是一位拖着长辫的小后生。不晓为什么原因,这一课的故事,对我印象特别地深,到现在我还约略谙诵得出来。里面曾说到中国人读书的奇习,说:"他们无论读书背书时,总要把身体东摇西扫,摇动得像一个自鸣钟的摆。"这一种读书背书时摇摆身体的作用与快乐,大约是没有在从前的中国书塾里读过书的人所永不能了解的。

我的初上书塾去念书的年龄,却说不清楚了,大约总在七八岁的样子;只记得有一年冬天的深夜,在烧年纸的时候,我已经有点蒙眬想睡了,尽在擦眼睛,打呵欠,忽而门外来了一位提着灯笼的老先生,说是来替我开笔的。我跟着他上了香,对孔子的神位行了三跪九叩之礼;立起来就在香案前面的一张桌上写了一张"上大人"的红字，念了四句"人之初，性本善"的《三字经》。第二年的春天，我就夹着绿布书包，拖着红丝小辫，摇摆着身体，成了那册英文读本里的小学生的样子了。

经过了三十余年的岁月，把当时的苦痛，一层层地摩擦干净，现在回想起来，这书塾里的生活，实在是快活得很。因为要早晨坐起一直坐到晚的缘故，可以助消化、健身体的运动，自然只有身体的死劲摇摆与放大喉咙的高叫了。大小便，是学生们监禁中暂时的解放，故而厕所就变作了乐园。我们同学中间的一位最淘气的，是学宫陈老师的儿子，名叫陈方，书塾就系附设在学宫里面的。陈方每天早晨，总要大小便十二三次，后来弄得先生没法，就设下了一枝令签，凡须出塾上厕所的人，一定要持签而出；于是两人同去，在厕所里捣鬼的弊端革去了，但这令签的争夺，又成了一般学生们的唯一的娱乐。

陈方比我大四岁，是书塾里的头脑；像春香闹学似的把戏，总是由他发起，由许多虾兵蟹将来演出的，因而先生的挞伐也以落在他一个人的头上者居多。不过同学中间的有几位狡滑的人，委过于他，使他冤枉被打的事情也着实不少；他明知道辩不清的，每次替人受过之后，总只张大了两眼，滴落几滴大泪点，摸摸头上的痛处就了事。我后来进了当时由书院改建的新式的学堂，而陈方也因他父亲的去职而他迁，一直到现在,还不曾和他有第二次见面的机会;这机会大约是永也不会再来了,因为国共分家的当日,在香港仿佛曾听见人说起过他,说他的那一种惨死的样子,简直和杜格纳夫所描写的卢亭,完全是一样。

由书塾而到学堂!这一个转变,在当时的我的心里,比从天上飞到地上,还要来得大而且奇。其中的最奇之处,是我一个人,在全校的学生当中,身体、年龄,都属最小的一点。

当时的学堂,是一般人的崇拜和惊异的目标。将书院的旧考棚撤去了几排,一间像鸟笼似的中国式洋房造成功的时候,甚至离城有五六十里路远的乡下人都成群结队,带了饭包、雨伞,走进城来挤看新鲜。在校舍改造成功的半年之中,"洋学堂"的三个字,成了茶店酒馆、乡村城市里的谈话的中心;而穿着奇形怪状的黑斜纹布制服的学堂生,似乎都是万能的张天师,人家也在侧目而视,自家也在暗鸣得意。

一县里唯一的这县立高等小学堂的堂长,更是了不得的一位大人物,进进出出,用的是蓝呢小轿;知县请客,总少不了他。每月第四个礼拜六下午作文课的时候,县官若来监课,学生们特别有两个肉馒头好吃;有些住在离城十余里的乡下的学生,于文课作完后回家的包裹里,往往将这两个肉馒头包得好好,带回乡下去送给邻里尊长,并非想学颖考叔的纯孝,却因为这肉馒头是学堂里的东西,而又出于知县官之所赐,吃了是可以驱邪启智的。

　　实际上我的那一班学堂里的同学,确有几位是进过学的秀才,年龄都在三十左右;他们穿起制服来,因为背形微驼,样子有点不大雅观,但穿了袍子马褂,摇摇摆摆走回乡下去的态度,却另有着一种堂皇严肃的威仪。

　　初进县立高等小学堂的那一年年底,因为我的平均成绩超出了八十分以上,突然受了堂长和知县的提拔,令我和四位其他的同学跳过了一班,升入了高两年的级里;这一件极平常的事情,在县城里居然也耸动了视听,而在我们的家庭里,却引起了一场很不小的风波。

　　是第二年春天开学的时候了,我们的那位寡母,辛辛苦苦,调集了几块大洋的学费书籍费缴进学堂去后,我向她又提出了一个无理的要求,硬要她去为我买一双皮鞋来穿。在当时的我的无邪的眼里,觉得在制服下穿上一双皮鞋,挺胸伸脚,嘚嘚嘚嘚地在石板路上走去,就是世界上最光荣的事情;跳过了一班,升进了一级的我,非要如此打扮,才能够压服许多比我大一半年龄的同学的心。为凑集学费之类,已经罗掘得精光的我那位母亲,自然是再也没有两块大洋的余钱替我去买皮鞋了,不得已就只好老了面皮,带着了我,上大街上的洋广货店里去赊去;当时的皮鞋,是由上海运来,在洋广货店里寄售的。

一家，两家，三家，我跟了母亲，从下街走起，一直走到了上街尽处的那一家隆兴字号。店里的人，看我们进去，先都非常客气，摸摸我的头，一双一双的皮鞋拿出来替我试脚；但一听到了要赊欠的时候，却同样地都白了眼，作一脸苦笑，说要去问账房先生的。而各个账房先生，又都一样地板起了脸，放大了喉咙，说是赊欠不来。到了最后那一家隆兴里，惨遭拒绝赊欠的一瞬间，母亲非但涨红了脸，我看见她的眼睛，也有点红起来了，不得已只好默默地旋转了身，走出了店；我也并无言语，跟在她的后面走回家来。到了家里，她先擤着鼻涕，上楼去了半天；后来终于带了一大包衣服，走下楼来了，我晓得她是将从后门走出，上当铺去以衣服抵押现钱的；这时候，我心酸极了，哭着喊着，赶上了后门边把她拖住，就绝命地叫说：

"娘，娘！您别去吧！我不要了，我不要皮鞋穿了！那些店家！那些可恶的店家！"

我拖住了她跪向了地下，她也呜呜地放声哭了起来。两人的对泣，惊动了四邻，大家都以为是我得罪了母亲，走拢来相劝。我愈听愈觉得悲哀，母亲也愈哭愈是厉害，结果还是我重赔了不是，由间壁的大伯伯带走，走上了他们的家里。

自从这一次的风波以后，我非但皮鞋不着；就是衣服用具，都不想用新的了。拼命地读书，拼命地和同学中的贫苦者相往来，对有钱的人、经商的人仇视等，也是从这时候而起的。当时虽还只有十一二岁的我，经了这一番波折，居然有起老成人的样子来了，直到现在，觉得这一种怪僻的性格，还是改不转来。

到了我十三岁的那一年冬天，是光绪三十四年，皇帝死了；小小的这富阳县里，也来了哀诏，发生了许多议论。熊成基的安徽起义，无知幼弱的溥仪的入嗣，帝室的荒淫，种族的歧异等等，都从几位看报的教员的口里，传入了我们的耳朵。而对于我印象最深的，是一位国文教员拿给我们看的报纸上的一张青年军官的半身肖像。他说，这一位革命义士，在哈尔滨被捕，在吉林被满清的大员及汉族的卖国奴等生生地杀掉了；我们要复仇，我们要努力用功。所谓种族、所谓革命、所谓国家等等的概念，到这时候，才隐约地在我脑里生了一点儿根。

水样的春愁

洋学堂里的特殊科目之一，自然是伊利哇啦的英文。现在回想起来，虽不免有点觉得好笑，但在当时，杂在各年长的同学当中，和他们一样地曲着背，耸着肩，摇摆着身体，用了读《古文辞类纂》的腔调，高声朗诵着皮衣啤、皮哀排的精神，却真是一点儿含糊苟且之处都没有的。

初学会写字母之后，大家所急于想一试的，是自己的名字的外国写法；于是教英文的先生，在课余之暇就又多了一门专为学生拼英文名字的工作。有几位想走捷径的同学，并且还去问过先生，外国《百家姓》和外国《三字经》有没有得买的？先生笑着回答说"外国《百家姓》和《三字经》，就只有你们在读的那一本泼刺玛"的时候，同学们于失望之余，反更是皮哀排、皮衣啤地叫得起劲。

当然是不用说的，学英文还没有到一个礼拜，几本当教科书用的《十三经注疏》《御批通鉴辑览》的黄封面上，大家都各自用墨水笔题上了英文拼的歪斜的名字。又进一步，便是用了异样的发音,操英文说着"你是一只狗""我是你的父亲"之类的话,大家互讨便宜的混战;而实际上,有几位乡下的同学,却已经真的是两三个小孩子的父亲了。

因为一班之中,我的年龄算最小,所以自修室里,当监课的先生走后,另外的同学们在密语着哄笑着的关于男女的问题,我简直一点儿也感不到兴趣。从性知识发育落后的一点上说,我确不得不承认自己是一个最低能的人。又因自小就习于孤独,困于家境的结果,怕羞的心,畏缩的性,更使我的胆量变得异常地小。在课堂上,坐在我左边的一位同学,年纪只比我大了一岁,他家里有几位相貌长得和他一样美的姊妹,并且住得也和学堂很近很近。因此,在校里,他就是被同学们苦缠得最厉害的一个;而礼拜天或假日,他的家里,就成了同学们的聚集的地方。当课余之暇,或放假期里,他原也恳切地邀过我几次,邀我上他家里去玩去;但形秽之感,终于把我的向往之心压住,曾有好几次想决心跟了他上他家去,可是到了他们的门口,却又同罪犯似的逃了。他以他的美貌,以他的财富和姊妹,不但在学堂里博得了绝大的声势,就是在我们那小小的县城里,也赢得了一般的好誉。而尤其使我羡慕的,是他的那一种对同我们是同年辈的异性们的周旋才略,当时我们县城里的几位相貌比较艳丽一点的女性,个个是和他要好的,但他也实在真胆大,真会取巧。

当时同我们是同年辈的女性,装饰入时,态度豁达,为大家所称道的,有三个。一个是一位在上海开店、富甲一邑的商人赵某的侄女;她住得和我最近。还有两个,也是比较富有的中产人家的女儿,在交通不便的当时,已经各跟了她们家里的亲戚,到杭州、上海等地方去跑跑了;她们俩,却都是我那位同学的邻居。这三个女性的门前,当傍晚的时候,或月明的中夜,老有一个一个的黑影在徘徊;这些黑影的当中,有不少都是我们的同学。因为每到礼拜一的早晨,没有上课之先,我老听见有同学们在操场上笑说在一道,并且时时还高声地用着英文作了隐语,如"我看见她了!""我听见她在读书"之类。而无论在什么地方于什么时候的凡关于这一类的谈话的中心人物,总是课堂上坐在我的右边、年龄只比我大一岁的那一位天之骄子。

赵家的那位少女,皮色实在细白不过,脸形是瓜子脸;更因为她家里有了几个钱,而又时常上上海她叔父那里去走动的缘故,衣服式样的新异,自然可以不必说,就是做衣服的材料之类,也都是当时未开通的我们所不曾见过的。她们家里,只有一位寡母和一个年轻的女仆,而住的房子却很大很大。门前是一排柳树,柳树下还杂种着些鲜花;对面的一带红墙,是学宫的泮水围墙,泮池上的大树,枝叶垂到了墙外,红绿便映成着一色。当浓春将过,首夏初来的春三四月,脚踏着日光下石砌路上的树影,手捉着扑面飞舞的杨花,到这一条路上去走走,就是没有什么另外的奢望,也很有点像梦里的游行,更何况楼头窗里时常会有那一张少女的粉脸出来向你抛一眼两眼的低眉斜视呢!

此外的两个女性,相貌更是完整,衣饰也尽够美丽,并且因为她俩的住址接近,出来总在一道,平时在家,也老在一处,所以胆子也大,认识的人也多。她们在二十余年前的当时,已经是开放得很,有点像现代的自由女子了,因而上她们家里去鬼混,或到她们门前去守望的青年,数目特别地多,种类也自然要杂。

我虽则胆量很小,性知识完全没有,并且也有点过分的矜持,以为成日地和女孩子们混在一道是读书人的大耻,是没出息的行为;但到底还是一个亚当的后裔,喉头的苹果,怎么也吐它不出、咽它不下,同北方厚雪地下的细草萌芽一样,到得冬来,自然也难免得有些望春之意;老实说将出来,我偶尔在路上遇见她们中间的无论哪一个,或凑巧在她们门前走过一次的时候,心里也着实有点儿难受。

住在我那同学邻近的两位,因为距离的关系,更因为她们的处世知识比我长进,人生经验比我老成得多,和我那位同学当然是早已有过纠葛,就是和许多不是学生的青年男子也各已有了种种的风说,对于我虽像是一种含有毒汁的妖艳的花,诱惑性或许格外地强烈,但明知我自己绝不是她们的对手,平时不过于遇见的时候有点难为情的样子,此外倒也没有什么了不得的思慕,可是那一位赵家的少女,却整整地恼乱了我两年的童心。

　　我和她的住处比较得近，故而三日两头，总有着见面的机会。见面的时候，她或许是无心，只同对于其他的同年辈的男孩子打招呼一样，对我微笑一下，点一点头，但在我却感得同犯了大罪被人发觉了的样子，和她见面一次，马上要变得头昏耳热，胸腔里的一颗心突突地总有半个钟头好跳。因此，我上学去或下课回来，以及平时在家或出外去的时候，总无时无刻不在留心，想避去和她的相见。但遇到了她，等她走过去后，或用功用得很疲乏把眼睛从书本子举起的一瞬间，心里又老在盼望，盼望着她再来一次，再上我的眼面前来立着对我微笑一脸。

　　有时候从家中进出的人的口里传来，听说"她和她母亲又上上海去了，不知要什么时候回来？"，我心里会同时感到一种像释重负又像失去了什么似的忧虑，生怕她从此一去，将永久地不回来了。

　　同芭蕉叶似的重重包裹着的我这一颗无邪的心，不知在什么地方透露了消息，终于被课堂上坐在我左边的那位同学看穿了。一个礼拜六的下午，落课之后，他轻轻地拉着了我的手对我说："今天下午，赵家的那个小丫头，要上倩儿家去，你愿不愿意和我同去一道玩儿？"这里所说的倩儿，就是那两位他邻居的女孩子之中的一个的名字。我听了他的这一句密语，立时就涨红了脸，喘急了气，嗫嚅着说不出一句话来回答他，尽在拼命地摇头，表示我不愿意去，同时眼睛里也水汪汪地想哭出来的样子；而他却似乎已经看破了我的隐衷，得着了我的同意似的用强力把我拖出了校门。

到了倩儿她们的门口，当然又是一番争执，但经他大声的一喊，门里的三个女孩，却同时笑着跑出来了；已经到了她们的面前，我也没有什么别的办法了，自然只好俯着首，红着脸，同被绑赴刑场的死刑囚似的跟她们到了室内。经我那位同学带了滑稽的声调将如何把我拖来的情节说了一遍之后，她们接着就是一阵大笑。我心里有点气起来了，以为她们和他在侮辱我，所以于羞愧之上，又加了一层怒意。但是奇怪得很，两只脚却软落来了，心里虽在想一溜跑走，而腿神经终于不听命令。跟她们再到客房里去坐下，看他们四人捏起了骨牌，我连想跑的心思也早已忘掉，坐将在我那位同学的背后，眼睛虽则时时在注视着牌，但间或得着机会，也着实向她们的脸部偷看了许多次数。等她们的输赢赌完，一餐东道的夜饭吃过，我也居然和她们伴熟，有说有笑了。临走的时候，倩儿的母亲还派了我一个差使，点上灯笼，要我把赵家的女孩送回家去。自从这一回后，我也居然入了我那同学的伙，不时上赵家和另外的两女孩家去进出了；可是生来胆小，又加以毕业考试的将次到来，我的和她们的来往，终没有像我那位同学似的繁密。

正当我十四岁的那一年春天（一九〇九，宣统元年己酉），是旧历正月十三的晚上，学堂里于白天给与了我以毕业文凭及增生执照之后，就在大厅上摆起了五桌送别毕业生的酒宴。这一晚的月亮好得很，天气也温暖得像二三月的样子。满城的爆竹，是在庆祝新年的上灯佳节，我于喝了几杯酒后，心里也感到了一种不能抑制的欢欣。出了校门，踏着月亮，我的双脚，便自然而然地走向了赵家。她们的女仆陪她母亲上街去买蜡烛、水果等过元宵的物品去了，推门进去，我只见她一个人拖着了一条长长的辫子，坐在大厅上的桌子边上洋灯底下练习写字。听见了我的脚步声音，她头也不朝转来，只曼声地问了一声："是谁？"我故意屏着声，提着脚，轻轻地走上了她的背后，一使劲一口就把她面前的那盏洋灯吹灭了。月光如潮水似的浸满了这一座朝南的大厅，她于一声高叫之后，马上就把头朝了转来。我在月光里看见了她那张大理石似的嫩脸，和黑水晶似的眼睛，觉得怎么也熬忍不住了，顺势就伸出了两只手去，捏住了她的手臂。两人的中间，她也不发一语，我也并无一言，她是扭转了身坐着，我是向她立着的。她只微笑着看看我，看看月亮，我也只微笑着看看她，看看中庭的空处，虽然此外的动作、轻薄的邪念、明显的表示一点儿也没有，但不晓怎样一般满足、深沉、陶醉的感觉，竟同四周的月光一样，包满了我的全身。

两人这样地在月光里沉默着相对，不知过了多久，终于她轻轻地开始说话了："今晚上你在喝酒？""是的，是在学堂里喝的。"到这里我才放开了两手,向她边上的一张椅子里坐了下去。"明天你就要上杭州去考中学去么?"停了一会儿,她又轻轻地问了一声。"嗳,是的,明朝坐快班船去。"两人又沉默着,不知坐了几多时候,忽听见门外头她母亲和女仆说话的声音渐渐儿地近了,她于是就忙着立起来擦洋火,点上了洋灯。

她母亲进到了厅上,放下了买来的物品,先向我说了些道贺的话,我也告诉了她,明天将离开故乡到杭州去;谈不上半点钟的闲话,我就匆匆告辞出来了。在柳树影里披了月光走回家来,我一边回味着刚才在月光里和她两人相对时的沉醉似的恍惚,一边在心的底里,忽儿又感到了一点极淡极淡,同水一样的春愁。

远一程,再远一程!

自富阳到杭州,陆路驿程九十里,水道一百里;三十多年前头,非但汽车路没有,就是钱塘江里的小火轮,也是没有的。那时候到杭州去一趟,乡下人叫作充军,以为杭州是和新疆伊犁一样的远,非犯下流罪,是可以不去的极边。因而到杭州去之先,家里非得供一次祖宗,虔诚祷告一番不可,意思是要祖宗在天之灵,一路上去保护着他们的子孙。而邻里戚串,也总都来送行,吃过夜饭,大家手提着灯笼,排成一字,沿江送到夜航船停泊的埠头,齐叫着"顺风!顺风!"才各回去。摇夜航船的船夫,也必在开船之先,沿江绝叫一阵,说船要开了,然后再上舵梢去烧一堆纸帛,以敬神明,以赂恶鬼。当我去杭州的那一年,交通已经有一点进步了,于夜航船之外,又有了一次日班的快班船。

因为长兄已去日本留学,二兄入了杭州的陆军小学堂,年假是不放的,祖母、母亲,又都是女流之故,所以陪我到杭州去考中学的人选,就落到了一位亲戚的老秀才的头上。

这一位老秀才的迂腐迷信，实在要令人吃惊，同时也可以令人起敬。他于早餐吃了之后，带着我先上祖宗堂前头去点了香烛，行了跪拜，然后再向我祖母、母亲，作了三个长揖；虽在白天，也点起了一盏"仁寿堂郁"的灯笼，临行之际，还回到祖宗堂面前去拔起了三株柄香和灯笼一道捏在手里。祖母为忧虑着我这一个最小的孙子，也将离乡别井，远去杭州之故，三日前就愁眉不展，不大吃饭不大说话了；母亲送我们到了门口，"一路要……顺风……顺风！……"地说了半句未完的话，就跑回到了屋里去躲藏，因为出远门是要吉利的，眼泪绝不可以教远行的人看见。

船开了，故乡的城市山川，高低摇晃着渐渐儿退向了后面；本来是满怀着希望，兴高采烈在船舱里坐着的我，到了县城极东面的几家人家也看不见的时候，鼻子里忽而起了一阵酸溜。正在和那老秀才谈起的作诗的话，也只好突然中止了，为遮掩着自己的脆弱起见，我就从网篮里拿出了几册《古唐诗合解》来读。但事不凑巧，信手一翻，恰正翻到了"离家日趋远，衣带日趋缓，心思不能言，肠中车轮转"的几句古歌，书本上的字迹模糊起来了，双颊上自然止不住地流下了两条冷冰冰的眼泪。歪倒了头，靠住了舱板上的一卷铺盖，我只能装作想睡的样子。但是眼睛不闭倒还好些，等眼睛一闭拢来，脑子里反而更猛烈地起了狂飙。我想起了祖母、母亲，当我走后的那一种孤冷的情形；我又想起了在故乡城里当这一忽儿的大家的生活起居的样子，在一种每日习熟的周围环境之中，却少了一分"我"了，太阳总依旧在那里晒着，市街上总依旧是那么热闹的；最后，我还想起了赵家的那个女孩，想起了昨晚上和她在月光里相对的那一刻的春宵。

少年的悲哀，毕竟是易消的春雪；我躺下身体，闭上眼睛，流了许多暗泪之后，弄假成真，果然不久就呼呼地熟睡了过去。等那位老秀才摇我醒来，叫我吃饭的时候，船却早已过了渔山，就快入钱塘的境界了。几个钟头的安睡，一顿饱饭的快啖，和船篷外的山水景色的变换，把我满抱的离愁，洗涤得干干净净；在孕实的风帆下引领远望着杭州的高山，和老秀才谈谈将来的日子，我心里又鼓起了一腔勇进的热意："杭州在望了，以后就是不可限量的远大的前程！"

当时的中学堂的入学考试，比到现在，着实还要容易；我考的杭府中学，还算是杭州三个中学——其他的两个，是宗文和安定——之中最难考的一个，但一篇中文，两三句英文的翻译，以及四题数学，只教有两小时的工夫，就可以缴卷了事的。等待发榜之前的几日闲暇，自然落得去游游山玩玩水，杭州自古是佳丽的名区，而西湖又是可以比得西子的消魂之窟。

三十年来，杭州的景物，也大变了；现在回想起来，觉得旧日的杭州，实在比现在，还要可爱得多。

那时候,自钱塘门里起,一直到涌金门内止,城西的一角,是另有一道雉墙围着的,为满人留守绿营兵驻防的地方,叫作旗营;平常是不大有人进去,大约门禁总也是很森严的无疑,因为将军以下,千总把总以上,参将、都司、游击、守备之类的将官,都住在里头。游湖的人,只有坐了轿子,出钱塘门,或到涌金门外乘船的两条路;所以涌金门外临湖的颐园三雅园的几家茶馆,生意兴隆,座客常常挤满。而三雅园的陈设,实在也精雅绝伦,四时有鲜花的摆设,墙上、门上,各有咏西湖的诗词屏幅联语等贴的贴挂的挂在那里。并且还有小吃,像煮空的豆腐干、白莲藕粉等,又是价廉物美的消闲食品。其次为游人所必到的,是城隍山了。四景园的生意,有时候比三雅园还要热闹,"城隍山上去吃酥油饼"这一句俗话,当时是无人不晓得的一句隐语,是说乡下人上大菜馆要做洋盘的意思。而酥油饼的价钱的贵,味道的好,和吃不饱的几种特性,也是尽人皆知的事实。

我从乡下初到杭州,而又同大观园里的香菱似的刚在私私地学做诗词,一见了这一区假山盆景似的湖山,自然快活极了;日日和那位老秀才及第二位哥哥喝喝茶,爬爬山,等到榜发之后,要缴学膳费进去的时候,带来的几个读书资本,却早已消费了许多,有点不足了。在人地生疏的杭州,借是当然借不到的;二哥哥的陆军小学里每月只有二元也不知三元钱的津贴,自己做零用,还很勉强,更哪里有余钱来为我弥补?

在旅馆里唉声叹气，自怨自艾，正想废学回家，另寻出路的时候，恰巧和我同班毕业的三位同学，也从富阳到杭州来了；他们是因为杭府中学难考，并且费用也贵，预备一道上学膳费比较便宜的嘉兴去进府中的。大家会聚拢来一谈一算，觉着我手头所有的钱，在杭州果然不够读半年书，但若上嘉兴去，则连来回的车费也算在内，足可以维持半年而有余。穷极计生，胆子也放大了，当日我就决定和他们一道上嘉兴去读书。

第二天早晨，别了哥哥，别了那位老秀才，和同学们一起四个，便上了火车，向东的上离家更远的嘉兴府去。在把杭州已经当作极边看了的当时，到了言语风习完全不同的嘉兴府后，怀乡之念，自然是更加地迫切。半年之中，当寝室的油灯灭了，或夜膳刚毕，操场上暗沉沉没有旁的同学在的地方，我一个人真不知流尽了多少的思家的热泪。

忧能伤人，但忧亦能启智，在孤独的悲哀里沉浸了半年，暑假中重回到故乡的时候，大家都说我长成得像一个大人了。事实上，因为在学堂里，被怀乡的愁思所苦扰，我没有别的办法好想，就一味地读书，一味地作诗。并且这一次自嘉兴回来，路过杭州，又住了一日；看看袋里的钱，也还有一点盈余，湖山的赏玩，当然不再去空费钱了，从梅花碑的旧书铺里，我竟买来了一大堆书。

这一大堆书里，对我的影响最大，使我那一年的暑假期过得非常快活的,有三部书。一部是黎城靳氏的《吴诗集览》,因为吴梅村的夫人姓郁,我当时虽则还不十分懂得他的诗的好坏,但一想到他是和我们郁氏有姻戚关系的时候,就莫名其妙地感到了一种亲热。一部是无名氏编的《庚子拳匪始末记》,这一部书,从戊戌政变说起,说到六君子的被害、李莲英的受宠、联军的入京、圆明园的纵火等地方,使我满肚子激起了义愤。还有一部,是署名"曲阜鲁阳生孔氏"编定的《普天忠愤集》,甲午前后的章奏议论、诗词赋颂等慷慨激昂的文章,收集得很多;读了之后,觉得中国还有不少的人才在那里,亡国大约是不会亡的。而这三部书读后的一个总感想,是恨我出世得太迟了,前既不能见吴梅村那样的诗人,和他去做个朋友,后又不曾躬逢着甲午庚子的两次大难,去冲锋陷阵地尝一尝打仗的滋味。

这一年的暑假过后,嘉兴是不想再去了;所以秋期始业的时候,我就仍旧转入了杭府中学的一年级。

孤独者

里外湖的荷叶荷花,已经到了凋落的初期,堤边的杨柳,影子也淡起来了。几只残蝉,刚在告人以秋至的七月里的一个下午,我又带了行李,到了杭州。

因为是中途插班进去的学生,所以在宿舍里,在课堂上,都和同班的老学生们,仿佛是两个国家的国民。从嘉兴府中,转到了杭州府中,离家的路程,虽则是近了百余里,但精神上的孤独,反而更加深了!不得已,我只好把热情收敛,转向了内,固守着我自己的壁垒。

当时的学堂里的课程,英文虽也是重要的科目,但究竟还是旧习难除,中国文依旧是分别等第的最大标准。教国文的那一位桐城派的老将王老先生,于几次作文之后,对我有点注意起来了,所以进校后将近一个月光景的时候,同学们居然赠了我一个"怪物"的绰号;因为由他们眼里看来,这一个不善交际、衣装朴素、说话也不大会说的乡下蠢材,做起文章来,竟也会得压倒侪辈,当然是一件非怪物不能的天大的奇事。

　　杭州终于是一个省会,同学之中,大半是锦衣肉食的乡宦人家的子弟。因而同班中衣饰美好、肉色细白、举止娴雅、谈吐温存的同学,不知道有多少。而最使我惊异的,是每一个这样的同学,总有一个比他年长一点的同学附随在一道的那一种现象。在小学里,在嘉兴府中里,这一种风气,并不是说没有,可是绝没有像当时杭州府中那么地风行普遍。而有几个这样的同学,非但不以被视作女性为可耻,竟也有熏香傅粉,故意在装腔作怪,卖弄富有的。我对这一种情形看得真有点气,向那一批所谓face的同学,当然是很明显地表示了恶感,就是向那些年长一点的同学,也时时露出了敌意;这么一来,我的"怪物"之名,就愈传愈广,我与他们之间的一条墙壁,自然也愈筑愈高了。

　　在学校里既然成了一个不入伙的孤独的游离分子,我的情感,我的时间与精力,当然只有钻向书本子去的一条出路。于是几个由零用钱里节省下来的仅少的金钱,就做了我的唯一娱乐积买旧书的源头活水。

　　那时候的杭州的旧书铺,都聚集在丰乐桥,梅花碑的两条直角形的街上。每当星期假日的早晨,我仰卧在床上,计算计算在这一礼拜里可以省下来的金钱,和能够买到的最经济最有用的册籍,就先可以得着一种快乐的预感。有时候在书店门前徘徊往复,稽延得久了,赶不上回宿舍来吃午饭,手里夹了书籍上大街羊汤饭店间壁的小面馆去吃一碗清面，心里可以同时感到十分的懊恨与无限的快慰。恨的是一碗清面的几个铜子的浪费，快慰的是一边吃面一边翻阅书本时的那一刹那的恍惚；这恍惚之情，大约是和哥伦布当发现新大陆的时候所感到的一样。

真正指示我以做诗词的门径的，是《留青新集》里的《沧浪诗话》和《白香词谱》。《西湖佳话》中的每一篇短篇，起码我总读了两遍以上。以后是流行本的各种传奇杂剧了，我当时虽则还不能十分欣赏它们的好处，但不知怎么，读了之后的那一种朦胧的回味，仿佛是当三春天气，喝醉了几十年陈的醇酒。

既与这些书籍发生了暧昧的关系，自然不免要养出些不自然的私生儿子！在嘉兴也曾经试过的稚气满幅的五七言诗句，接二连三地在一册红格子的作文簿上写满了；有时候兴奋得厉害，晚上还妨碍了睡觉。

模仿原是人生的本能，发表欲，也是同吃饭穿衣一样地强的青年作者内心的要求。歌不像歌、诗不像诗的东西积得多了，第二步自然是向各报馆的匿名的投稿。

一封信寄出之后，当晚就睡不安稳了，第二天一早起来，就溜到阅报室去看报有没有送来。早餐、上课之类的事情，只能说是一种日常行动的反射作用；舌尖上哪里还感得出滋味？讲堂上更哪里还有心思去听讲？下课铃一摇，又只是逃命似的向阅报室的狂奔。

　　第一次的投稿被采用的，记得是一首模仿宋人的五古，报纸是当时的《全浙公报》。当看见了自己缀联起来的一串文字，被植字工人排印出来的时候，虽然是用的匿名，阅报室里也绝没有人会知道作者是谁，但心头正在狂跳着的我的脸上，马上就变成了朱红。轰的一声，耳朵里也响了起来，头脑摇晃得像坐在船里。眼睛也没有主意了，看了又看，看了又看，虽则从头至尾，把那一串文字看了好几遍，但自己还在疑惑，怕这并不是由我投去的稿子。再狂奔出去，上操场去跳绕一圈，回来重新又拿起那张报纸，按住心头，复看一遍，这才放心，于是乎方始感到了快活，快活得想大叫起来。

　　当时我用的假名很多很多，直到两三年后，觉得投稿已经有七八成的把握了，才老老实实地用上了我的真名实姓。大约旧报纸的收藏家，翻起二十几年前的《全浙公报》《之江日报》以及上海的《神州日报》来，总还可以看到我当时所做的许多狗屁不通的诗句。现在我非但旧稿无存，就是一联半句的字眼也想不起来了，与当时的废寝忘食的热心情形来一对比，进步当然可以说是进了步，但是老去的颓唐之感，也着实可以催落我几滴自伤的眼泪。

　　就在那一年（一九〇九年）的冬天，留学日本的长兄回到了北京，以小京官的名义被派上了法部去行走。入陆军小学的第二位哥哥，也在这前后毕了业，入了一处隶属于标统底下的旁系驻防军队，而任了排长。

一文一武的这两位芝麻绿豆官的哥哥，在我们那小小的县里，自然也耸动了视听；但因家里的经济，稍稍宽裕了一点的结果，在我的求学程序上，反而促生了一种意外的脱线。

在外面的学堂里住足了一年，又在各报上登载了几次诗歌之后，我自以为学问早就超出了和我同时代的同年辈者，觉得按部就班地和他们在一道读死书是不上算也是不必要的事情。所以到了宣统二年（一九一〇）的春期始业的时候，我的书桌上竟收集起了一大堆大学中学招考新生的简章！比较着，研究着，我真想一口气就读完了当时学部所定的大学及中学的学程。

中文呢，自己以为总可以对付得了；科学呢，在前面也曾经说过，为大家所不重视的；算来算去，只有英文是顶重要而也是我所最欠缺的一门。"好！就专门去读英文吧！英文一通，万事就好办了！"这一个幼稚可笑的想头，就是使我离开了正规的中学，去走教会学堂那一条捷径的原动力。

清朝末年，杭州的有势力的教会学校，有英国圣公会和美国长老会浸礼会的几个系统。而长老会办的育英书院，刚在山水明秀的江干新建校舍，改称大学。头脑简单，只知道崇拜大学这一个名字的我这毛头小子，自然是以进大学为最上的光荣，另外更还有什么奢望哩？但是一进去之后，我的失望，却比在省立的中学里读死书更加大了。

每天早晨，一起床就是祷告，吃饭又是祷告；平时九点到十点是最重要的礼拜仪式，末了又是一篇祷告。《圣经》，是每年级都有的必修重要课目；礼拜天的上午，除出了重病，不能行动者外，谁也要去做半天礼拜。礼拜完后，自然又是祷告，又是查经。这一种信神的强迫，祷告的迭来，以及校内枝节细目的窒塞，想是在清朝末年曾进过教会学校的人，谁都晓得的事实，我在此地落得可以不说。

这种叩头虫似的学校生活，过上两月，一位解放的福音宣传者，竟从免费读书的候补牧师中间，揭起叛旗来了；原因是为了校长襢护厨子，竟被厨子殴打了、学膳费全纳的不信教的学生。

学校风潮的发生、经过、和结局，大抵都是一样的；起始总是全体学生的罢课退校，中间是背盟者的出来复课，结果便是几个强硬者的开除。不知是幸呢还是不幸，在这一次的风潮里，我也算是强硬者的一个。

大风圈外

人生的变化，往往是从不可测的地方开展开来的；中途从那一所教会学校退出来的我们，按理是应该额上都负着了该隐的烙印，无处再可以容身了啦，可是城里的一处浸礼会的中学，反把我们当作了义士，以极优待的条件欢迎了我们进去。

这一所中学的那位美国校长，非但态度和蔼，中怀磊落，并且还有着外国宣教师中间所绝无仅见的一副很聪明的脑筋。若要找出一点他的坏处来，就在他的用人的不当；在他手下做教务长的一位绍兴人，简直是那种奴颜婢膝、诌事外人、趾高气扬、压迫同种的典型的洋狗。

校内的空气，自然也并不平静。在自修室，在寝室，议论纷纭，为一般学生所不满的，当然是那只洋狗。

"来它一下吧！"

"吃吃狗肉看！"

"顶好先敲他一顿！"

像这样的各种密议与策略，虽则很多，可是终于也没有一个敢首先发难的人。满腔的怨愤，既找不着一条出路，不得已就只好在作文的时候，发些纸上的牢骚。于是各班的文课，不管出的是什么题目，总是横一个呜呼、竖一个呜呼地悲啼满纸，有几位同学的卷子，从头至尾统共还不满五六百字，而"呜呼"却要写着一二百个。那位改国文的老先生，后来也没法想了，就出了一个禁令，禁止学生，以后不准再读再做那些呜呼派的文章。

那时候这一种"呜呼"的倾向，这一种不平、怨愤，与被压迫的悲啼，以及人心跃跃、山雨欲来的空气，实在还不只是一个教会学校里的舆情；学校以外的各层社会，也像是在大浪里的楼船，从脚到顶，都在颠摇波动着的样子。

愚昧的朝廷，受了西宫毒妇的阴谋暗算，一面虽想变法自新，一面又不得不利用了符咒刀枪，把红毛碧眼的鬼子，尽行杀戮。英法各国屡次的进攻，广东、津沽再三的失陷，自然要使受难者的百姓起来争夺政权。洪杨的起义，两湖山东捻子的运动，回民、苗族的独立等等，都在暗示着专制政府满清的命运，孤城落日，总崩溃是必不能避免的下场。

催促被压迫至二百余年之久的汉族结束奋起的，是徐锡麟、熊成基诸先烈的牺牲勇猛的行为；北京的几次对满清大员的暗杀事件，又是当时热血沸腾的一般青年们所受到的最大激刺。而当这前后，此绝彼起地在上海发行的几家报纸，像《民吁》《民立》之类，更是直接灌输种族思想，提倡革命行动的有力的号吹。到了宣统二年的秋冬（一九一〇年庚戌），政府虽则在忙着召开资政院，组织内阁，赶制宪法，冀图挽回颓势，欺骗百姓，但四海汹汹，革命的气运，早就成了矢在弦上，不得不发的局面了。

是在这一年的年假放学之前，我对当时的学校教育，实在是真的感到了绝望，于是自己就定下了一个计划，打算回家去做从心所欲的自修工夫。第一，外界社会的声气，不可不通，我所以想去定一份上海发行的日报。第二，家里所藏的四部旧籍，虽则不多，但也尽够我的两三年的翻读，中学的根底，当然是不会退步的。第三，英文也已经把第三册文法读完了，若能刻苦用工，则比在这种教会学校里受奴隶教育、心里又气、进步又慢的半死状态，总要痛快一点。自己私私决定了这大胆的计划以后，在放年假的前几天，也着实去添买了些预备带回去作自修用的书籍。等年假考一考完，于一天冬晴的午后，向西跟着挑行李的脚夫，走出候潮门上江干去坐夜航船回故乡去的那一刻的心境，我到现在还不能忘记。

"牢狱变相的你这座教会学校啊！以后你对我还更能加以压迫么？"

"我们将比比试试，看将来还是你的成绩好，还是我的成绩好？"

"被解放了！以后便是凭我自己去努力，自己去奋斗的远大的前程！"

这一种喜悦，这一种充满着希望的喜悦，比我初次上杭州来考中学时所感到的，还要紧张，还要肯定。

在故乡索居独学的生活开始了，亲戚友属的非难讪笑，自然也时时使我的决心动摇，希望毁灭；但我也已经有十六岁的年纪了，受到了外界的不了解我的讥讪之后，当然也要起一种反拨的心理作用。人家若明显地问我"为什么不进学堂去读书？"，不管他是好意还是恶意，我总以"家里再没有钱供给我去浪费了"的一句话回报他们。有几个满怀着十分的好意，劝告我"在家里闲住着终不是青年的出路"的时候，我总以"现在正在预备，打算下年就去考大学"的一句衷心话来作答。而实际上这将近两年的独居苦学，对我的一生，却是收获最多、影响最大的一个预备时代。

每日侵晨，起床之后，我总面也不洗，就先读一个钟头的外国文。早餐吃过，直到中午为止，是读中国书的时间，一部《资治通鉴》和两部《唐宋诗文醇》，就是我当时的课本。下午看一点科学书后，大抵总要出去散一回步。节季已渐渐地进入到了春天，是一九一一宣统辛亥年的春天了，富春江的两岸，和往年一样地绿遍了青青的芳草，长满了袅袅的垂杨。梅花落后，接着就是桃李的乱开；我若不沿着江边，走上城东鹳山上的春江第一楼去坐看江天，总或上北门外的野田间去闲步，或出西门向近郊的农村里去游行。

附廓的农民的贫穷与无智，经我几次和他们接谈及观察的结果，使我有好几晚不能够安睡。譬如一家有五六口人口，而又有着十亩田的已产，以及一间小小的茅屋的自作农吧，在近郊的农民中间，已经算是很富有的中上人家了。从四五月起，他们先要种秧田，这二分或三分的秧田大抵是要向人家去租来的，因为不是水旱无伤的上田，秧就不能种活。租秧用的费用，多则三五元，少到一二元，却不能再少了。五六月在烈日之下分秧种稻，即使全家出马，也还有赶不成同时插种的危险；因为水的关系，气候的关系，农民的时间，却也同交易所里的闲食者们一样，是一刻也差错不得的。即使不雇工人，和人家交换做工，而把全部田稻种下之后，三次的耘植与用肥的费用，起码也要合二三元钱一亩的盘算。倘使天时凑巧，最上的丰年，平均一亩，也只能收到四五石的净谷；而从这四五石谷里，除去完粮纳税的钱，除去用肥料、租秧田及间或雇用忙工的钱后，省下来还够得一家五口的一年之食么？不得已自然只好另外想法，譬如把稻草拿来做草纸，利用田的闲时来种麦、种菜、种豆类等等，但除稻以外的副作物的报酬，终竟是有限得很的。

耕地报酬渐减的铁则，丰年谷贱伤农的事实，农民们自然哪里会有这样的知识；可怜的是他们不但不晓得去改良农种，开辟荒地，一年之中，岁时伏腊，还要把他们汗血钱的大部，去花在求神佞佛与满足许多可笑的虚荣的高头。

所以在二十几年前头，即使大地主和军阀的掠夺还没有像现在那么地厉害，中国农村也是实在早已濒于破产的绝境了，更哪里还经得超廿年的内乱、廿年的外患，与廿年的剥削呢？

从这一种乡村视察的闲步回来，在书桌上躺着候我开拆的，就是每日由上海寄来的日报。忽而英国兵侵入云南占领片马了，忽而东三省疫病流行了，忽而广州的将军被刺了；凡见到的消息，又都是无能的政府因专制昏庸而酿成的惨剧。

黄花岗七十二烈士的义举失败，接着就是四川省铁路风潮的勃发，在我们那一个一向是沉静得同古井似的小县城里，也显然地起了动摇。市面上敲着铜锣，卖朝报的小贩，日日从省城里到来，脸上画着八字胡须，身上穿着披开的洋服，有点像外国人似的革命党员的画像，印在薄薄的有光洋纸之上，满贴在条坊酒肆的壁间，几个日日在茶酒馆中过日子的老人，也降低了喉咙，皱紧了眉头，低低切切，很严重地谈论到了国事。

这一年的夏天，在我们的县里西北乡，并且还出了一次青洪帮造反的事情。省里派了一位旗籍都统，带了兵马来杀了几个客籍农民之后，城里的街谈巷议，更是颠倒错乱了；不知从哪一处地方传来的消息，说是每夜四更左右，江上东南面的天空，还出现了一颗光芒拖得很长的扫帚星。我和祖母、母亲，发着抖，赶着四更起来，披衣上江边去看了好几夜，可是扫帚星却终于没有看见。

到了阴历的七八月，四川的铁路风潮闹得更凶，那一种谣传，更来得神秘奇异了，我们的家里，当然也起了一个波澜，原因是因为祖母、母亲想起了在外面供职的我那两位哥哥。

几封催他们回来的急信发后，还盼不到他们的复信的到来。八月十八（阳历十月九日）的晚上，汉口俄租界里炸弹就爆发了。从此急转直下，武昌革命军的义旗一举，不消旬日，这消息竟同晴天的霹雳一样，马上就震动了全国。

报纸上二号大字的某处独立，拥某人为都督等标题，一日总有几起；城里的谣言，更是青黄杂出，有的说"杭州在杀没有辫子的和尚"，有的说"抚台已经逃了"，弄得一般居民，乡下人逃上了城里，城里人逃往了乡间。

我也日日地紧张着，日日地渴等着报来；有几次在秋寒的夜半，一听见喇叭的声音，便发着抖穿起衣裳，上后门口去探听消息，看是不是革命党到了。而沿江一带的兵船，也每天看见驶过，洋货铺里的五色布匹，无形中销售出了大半。终于有一天阴寒的下午，从杭州有几只张着白旗的船到了，江边上岸来了几十个穿灰色制服、荷枪带弹的兵士。县城里的知县，已于先一日逃走了，报纸上也报着前两日，上海已为民军所占领。商会的巨头，绅士中的几个有声望的，以及残留着在城里的一位贰尹，联合起来出了一张告示，开了一次欢迎那几十位穿灰色制服的兵士的会，家家户户便挂上了五色的国旗；杭城光复，我们的这个直接附属在杭州府下的小县城，总算也不遭兵燹，而平平稳稳地脱离了满清的压制。

　　平时老喜欢读悲歌慷慨的文章，自己捏起笔来，也老是痛哭淋漓、呜呼满纸的我这一个热血青年，在书斋里只想去冲锋陷阵，参加战斗。为众舍身、为国效力的我这一个革命志士，际遇着了这样的机会，却也终于没有一点作为，只呆立在大风圈外，捏紧了空拳头，滴了几滴悲壮的旁观者的哑泪而已。

海上

大风暴雨过后,小波涛的一起一伏,自然要继续些时。民国元年二月十二,满清的末代皇帝宣统下了退位之诏,中国的种族革命,总算告了一个段落。百姓剪去了辫发,皇帝改作了总统。天下骚然,政府惶惑,官制组织,尽行换上了招牌,新兴权贵,也都改穿了洋服。为改订司法制度之故,民国二年(一九一三)的秋天,我那位在北京供职的哥哥,就拜了被派赴日本考察之命,于是我的将来的修学行程,也自然而然地附带着决定了。

眼看着革命过后,余波到了小县城里所惹起的是是非非,一半也抱了希望,一半却拥着怀疑,在家里的小楼上闷过了两个夏天,到了这一年的秋季,实在再也忍耐不住了,即使没有我那位哥哥的带我出去,恐怕也得自己上道,到外边来寻找出路。

几阵秋雨一落,残暑退尽了,在一天晴空浩荡的九月下旬的早晨,我只带了几册线装的旧籍,穿了一身半新的夹服,跟着我那位哥哥离开了乡井。

上海街路树的洋梧桐叶，已略现了黄苍，在日暮的街头，那些租界上的熙攘的居民，似乎也森岑地感到了秋意。我一个人呆立在一品香朝西的露台栏里，才第一次受到了大都会之夜的威胁。

远近的灯火楼台，街下的马龙车水，上海原说是不夜之城、销金之窟，然而国家呢？像这样的昏天黑地般过生活，难道是人生的目的么？金钱的争夺，犯罪的公行，精神的浪费，肉欲的横流，天虽则不会掉下来，地虽则也不会陷落去，可是像这样的过去，是可以的么？在仅仅阅世十七年多一点的当时我那幼稚的脑里，对于帝国主义的险毒、物质文明的糜烂、世界现状的危机，与夫国计民生的大略等明确的观念，原是什么也没有，不过无论如何，我想社会的归宿、做人的正道总还不在这里。

正在对了这魔都的夜景，感到不安与疑惑的中间，背后房里的几位哥哥的朋友，却谈到了天蟾舞台的迷人的戏剧；晚餐吃后，有人做东道主请去看戏，我自然也做了花楼包厢里的观众的一人。

这时候梅博士还没有出名，而社会人士的绝望胡行，色情倒错，也没有像现在那么地彻底，所以全国上下，只有上海的一角，在那里为男扮女装的旦角而颠倒；那一晚天蟾舞台的压台名剧，是贾璧云的全本《棒打薄情郎》，是这一位色艺双绝的小旦的拿手风头戏；我们于九点多钟，到戏院的时候，楼上楼下观众已经是满坑满谷，实实在在地到了更无立锥之地的样子了。四围的珠玑粉黛，鬓影衣香，几乎把我这一个初到上海的乡下青年，窒塞到回不过气来；我感到了眩惑，感到了昏迷。

最后的一出贾璧云的名剧上台的时候，舞台灯光加了一层光亮，台下的观众也起了动摇。而从脚灯里照出来的这一位旦角的身材、容貌、举止与服装，也的确是美，的确足以挑动台下男女的柔情。在几个钟头之前，那样的对上海的颓废空气感到不满的我这不自觉的精神主义者，到此也有点固持不住了。这一夜回到旅馆之后，精神兴奋，直到了早晨的三点，方才睡去，并且在熟睡的中间，也曾做了色情的迷梦。性的启发，灵肉的交哄，在这次上海的几日短短逗留之中，早已在我心里，起了发酵的作用。

为购买船票、杂物等件，忙了几日；更为了应酬来往，也着实费去了许多精力与时间，终于在一天侵早，我们同去者三四人坐了马车向杨树浦的汇山码头出发了，这时候马路上还没有行人，太阳也只出来了一线。自从这一次的离去祖国以后，海外飘泊，前后约莫有十余年的光景，一直到现在为止，我在精神上，还觉得是一个无祖国无故乡的游民。

太阳升高了，船慢慢地驶出了黄浦，冲入了大海；故国的陆地，缩成了线，缩成了点，终于被地平的空虚吞没了下去；但是奇怪得很，我鹄立在船舱的后部，西望着祖国的天空，却一点儿离乡去国的悲感都没有。比到三四年前,初去杭州时的那种伤感的情怀,这一回仿佛是在回国的途中。大约因为生活沉闷,两年来的蛰伏,已经把我的恋乡之情,完全割断了。

海上的生活开始了,我终日立在船楼上,饱吸了几天天空海阔的自由的空气。傍晚的时候,曾看了伟大的海中的落日;夜半醒来,又上甲板去看了天幕上的秋星。船出黄海,驶入了明蓝到底的日本海的时候,我又深深地深深地感受到了海天一碧、与白鸥水鸟为伴时的被解放的情趣。我的喜欢大海,喜欢登高以望远,喜欢遗世而独处,怀恋大自然而嫌人的倾向,虽则一半也由于天性,但是正当青春的盛日,在四面是海的这日本孤岛上过去的几年生活,大约总也发生了不可磨灭的绝大的影响无疑。

船到了长崎港口,在小岛纵横、山青水碧的日本西部这通商海岸,我才初次见到了日本的文化、日本的习俗与民风。后来谈到了法国罗底的记载这海港的美文,更令我对这位海洋作家,起了十二分的敬意。嗣后每次回国经过长崎,心里总要跳跃半天,仿佛是遇见了初恋的情人,或重翻到了几十年前写过的情书。长崎现在虽则已经衰落了,但在我的回忆里,它却总保有着那种活泼天真,像处女似的清丽的印象。

半天停泊,船又起锚了,当天晚上,就走到了四周如画、明媚到了无以复加的濑户内海。日本艺术的清淡多趣,日本民族的刻苦耐劳,就是从这一路上的风景,以及四周海上的果园垦殖地看来，也大致可以明白。蓬莱仙岛，所指的不知是否就在这一块地方，可是你若从中国东游，一过濑户内海，看看两岸的山光水色，与夫岸上的渔户农村，即使你不是秦朝的徐福，总也要生出神仙窟宅的幻想来，何况我在当时，正值多情多感，中国岁是十八岁的青春期哩！

由神户到大阪，去京都，去名古屋，一路上且玩且行，到东京小石川区一处高台上租屋住下，已经是十月将终，寒风有点儿可怕起来了。改变了环境，改变了生活起居的方式，言语不通，经济行动，又受了监督，没有自由，我到东京住下的两三个月里，觉得是入了一所没有枷锁的牢狱，静静儿地回想起来，方才感到了离家去国之悲，发生了不可遏止的怀乡之病。

在这郁闷的当中，左思右想，唯一的出路，是在日本语的早日的谙熟，与自己独立的经济的来源。多谢我们国家文化的落后，日本与中国，曾有国立五校，开放收受中国留学生的约定。中国的日本留学生，只教能考上这五校的入学试验，以后一直到毕业为止，每月的衣食零用，就有官费可以领得，我于绝望之余，就于这一年的十一月，入了学日本文的夜校，与补习中学功课的正则预备班。

早晨五点钟起床，先到附近的一所神社的草地里去高声朗诵着"上野的樱花已经开了""我有着许多的朋友"等日文初步的课文，一到八点，就嚼着面包，步行三里多路，走到神田的正则学校去补课。以二角大洋的日用，在牛奶店里吃过午餐与夜饭,晚上就是三个钟头的日本文的夜课。

　　天气一日一日地冷起来了,这中间自然也少不了北风的雨雪。因为日日步行的结果,皮鞋前开了口,后穿了孔。一套在上海做的夹呢学生装,穿在身上,仍同裸着的一样;幸亏有了几年前一位在日本曾入过陆军士官学校的同乡,送给了我一件陆军的制服,总算在晴日当作了外套,雨日当作了雨衣,御了一个冬天的寒。这半年中的苦学,我在身体上,虽则种下了致命的呼吸器的病根,但在知识上,却比在中国所受的十余年的教育,还有一程的进境。

　　第二年的夏季招考期近了,我为决定要考入官费的五校去起见,更对我的功课与日语,加紧了速力。本来是每晚于十一点就寝的习惯,到了三月以后,也一天天地改过了;有时候与教科书本荥荥相对,竟会到了附近的炮兵工厂的汽笛早晨放五点钟的夜工时,还没有入睡。

　　必死的努力,总算得到了相当的酬报,这一年的夏季,我居然在东京第一高等学校的入学考试里占取了一席。到了秋季始业的时候,哥哥因为一年的考察期将满,准备回国来复命,我也从他们的家里,迁到了学校附近的宿店。于八月底边,送他们上了归国的火车,领到了第一次的自己的官费,我就和家庭,和戚属,永久地断绝了联络。从此野马缰弛,风筝线断,一生中潦倒飘浮,变成了一只没有舵楫的孤舟,计算起时日来,大约与第一次世界大战的开始,差不多是在同一的时候。

雪夜

日本的文化，虽则缺乏独创性，但她的模仿，却是富有创造的意义的；礼教仿中国，政治、法律、军事以及教育等设施法德国，生产事业泛效欧美，而以她固有的那种轻生爱国、耐劳持久的国民性做了中心的支柱。根底虽则不深，可枝叶却张得极茂，发明发现等创举虽则绝无，而进步却来得很快。我在那里留学的时候，明治的一代，已经完成了它的维新的工作；老树上接上了青枝，旧囊装入了新酒，浑成圆熟，差不多丝毫的破绽都看不出来了；新兴国家的气象，原属雄伟，新兴国民的举止，原也豁荡，但对于奄奄一息的我们这东方古国的居留民，尤其是暴露己国文化落伍的中国留学生，却终于是一种绝大的威胁。说侮辱当然也没有什么不对，不过咎由自取，还是说得含蓄一点叫作威胁的好。

只在小安逸里醉生梦死、小圈子里夺利争权的黄帝之子孙，若要教他领悟一下国家的观念的，最好是叫他到中国领土以外的无论哪一国去住上两三年。印度民族的晓得反英，高丽民族的晓得抗日,就因为他们的祖国,都变成了外国的缘故。有知识的中上流日本国民,对中国留学生,原也在十分地笼络;但笑里藏刀,深感着"不及错觉"的我们这些神经过敏的青年,胸怀哪里能够坦白到像现在当局的那些政治家一样;至于无知识的中下流——这一流当然是国民中的最大多数——大和民种,则老实不客气,在态度上、言语上、举动上处处都直叫出来在说:"你们这些劣等民族,亡国贱种,到我们这管理你们的大日本帝国来做什么!"简直是最有成绩的对于中国人使了解国家观念的高等教师了。

是在日本,我开始看清了我们中国在世界竞争场里所处的地位;是在日本,我开始明白了近代科学——不问是形而上或形而下——的伟大与湛深;是在日本,我早就觉悟到了今后中国的运命,与夫四万万五千万同胞不得不受的炼狱的历程。而国际地位不平等的反应,弱国民族所受的侮辱或欺凌,感觉得最深切而亦最难忍受的地方,是在男女两性,正中了爱神毒箭的一刹那。

日本的女子,一例地是柔和可爱的;她们历代所受的,自从开国到如今,都是顺从男子的教育。并且因为向来人口不繁,衣饰起居简陋的结果,一般女子对于守身的观念,也没有像我们中国那么地固执。又加以缠足、深居等习惯毫无,操劳工作,出入里巷,行动都和男子无差;所以身体大抵总长得肥硕完美,绝没有临风弱柳、瘦似黄花等的病貌。更兼岛上火山矿泉独多，水分富含异质，因而关东西靠山一带的女人，皮色滑腻通明，细白得像似磁体；至如东北内地雪国里的娇娘，就是在日本也有"雪美人"的名称，她们的肥白柔美，更可以不必说了。所以谙熟了日本的言语风习，谋得了自己独立的经济来源，揖别了血族相连的亲戚弟兄，独自一个在东京住定以后，于旅舍寒灯的底下，或街头漫步的时候，最恼乱我的心灵的，是男女两性的种种牵引，以及国际地位落后的大悲哀。

两性解放的新时代，早就在东京的上流社会——尤其是知识阶级，学生群众——里到来了。当时的名女优像衣川孔雀、森川律子辈的妖艳的照相，化装之前的半裸体的照相，妇女画报上的淑女名姝的记载，东京闻人的姬妾的艳闻等等，凡足以挑动青年心理的一切对象与事件，在这一个世纪末的过渡时代里，来得特别地多，特别地杂，伊孛生[1]的问题剧、爱伦凯[2]的恋爱与结婚、自然主义派文人的丑恶暴露论、富于刺激性的社会主义两性观，凡这些问题，一时竟如潮水似的杀到了东京，而我这一个灵魂洁白、生性孤傲、感情脆弱、主意不坚的异乡游子，便成了这洪潮上的泡沫，两重三重地受到了推挤，涡旋，淹没，与消沉。

---

1 即易卜生。
2 即爱伦·凯。

当时的东京，除了几个著名的大公园，以及浅草附近的娱乐场外，在市内小石川区的有一座植物园，在市外武藏野的有一个井之头公园，是比较高尚清幽的园游胜地；在那里有的是四时不断的花草、青葱欲滴的列树、涓涓不息的清流，和讨人欢喜的驯兽与珍禽。你若于风和日暖的春初，或天高气爽的秋晚，去闲行独步，总能遇到些年龄相并的良家少女，在那里采花，唱曲，涉水，登高。你若和她们去攀谈，她们总一例地来酬应；大家谈着，笑着，草地上躺着，吃吃带来的糖果之类，像在梦里，也像在醉后，不知不觉，一日的光阴，会箭也似的飞度过去。而当这样的一度会合之后，有时或竟在会合的当中，从欢乐的绝顶，你每会立时掉入到绝望的深渊底里去。这些无邪的少女，这些绝对服从男子的丽质，她们原都是受过父兄的熏陶的，一听到了弱国的"支那"两字，哪里还能够维持她们的常态，保留她们的人对人的好感呢？"支那"或"支那人"的这一个名词，在东邻的日本民族，尤其是妙年少女的口里说出的时候，听取者的脑里心里，会起怎么样的一种被侮辱、绝望、悲愤、隐痛的混合作用，是没有到过日本的中国同胞，绝对地想象不出来的。

在东京第一高等学校的预科里住满了一年，像上面所说过的那种强烈的刺激，不知受尽了多少次，我于民国四年（一九一五乙卯）的秋天，离开东京，上日本西部的那个商业都会名古屋去进第八高等学校的时候，心里真充满了无限的悲凉与无限的咒诅；对于两三年前曾经抱了热望，高高兴兴地投入到她怀里去的这异国的首都，真想第二次不再来见她的面。

名古屋的高等学校，在离开街市中心有两三里地远的东乡区域。到了这一区中国留学生比较得少的乡下地方，所受的日本国民的轻视虐待，虽则减少了些，但因为二十岁的青春，正在我的体内发育伸张，所以性的苦闷，也昂进到了不可抑止的地步。是在这一年的寒假考完了之后，关西的一带，接连下了两天大雪。我一个人住在被厚雪封锁住的乡间，觉得怎么也忍耐不住了，就在一天雪片还在飞舞着的午后，踏上了东海道线开往东京去的客车。在孤冷的客车里喝了几瓶热酒，看看四面并没有认识我的面目的旅人，胆子忽而放大了，于到了夜半停车的一个小驿的时候，我竟同被恶魔缠附着的人一样，飘飘然跳下了车厢。日本的妓馆，本来是到处都有的；但一则因为怕被熟人的看见，再则虑有病毒的纠缠，所以我一直到这时候为止，终于只在想象里冒险，不敢轻易地上场去试一试过。这时候可不同了，人地既极生疏，时间又到了夜半；几阵寒风和一天雪片，把我那已经喝了几瓶酒后的热血，更激高了许多度数。踏出车站，跳上人力车座，我把围巾向脸上一包，就放大了喉咙叫车夫直拉我到妓廓的高楼上去。

受了龟儿鸨母的一阵欢迎，选定了一个肥白高壮的花魁卖妇，这一晚坐到深更，于狂歌大饮之余，我竟把我的童贞破了。第二天中午醒来，在锦被里伸手触着了那一个温软的肉体，更模糊想起了前一晚的痴乱的狂态，我正如在大热的伏天，当天被泼上了一身冰水。那个无知的少女，还是袒露着全身，朝天酣睡在那里；窗外面的大雪晴了，阳光反射的结果，照得那一间八席大的房间，分外地晶明爽朗。我看看玻璃窗外的半角晴天，看看枕头边上那些散乱着的粉红樱纸，竟不由自主地流出来了两条眼泪。

"太不值得了！太不值得了！我的理想，我的远志，我的对国家所抱负的热情，现在还有些什么？还有些什么呢？"

心里一阵悔恨，眼睛里就更是一阵热泪；披上了妓馆里的缊袍，斜靠起了上半身的身体，这样的悔着呆着，一边也不断地暗泣着，我真不知坐尽了多少的时间；直到那位女郎醒来，陪我去洗了澡回来，又喝了几杯热酒之后，方才恢复了平时的心状。三个钟头之后，皱着长眉，靠着车窗，在向御殿场一带的高原雪地里行车的时候，我的脑里已经起了一种从前所绝不曾有过的波浪，似乎在昨天的短短一夜之中，有谁来把我全身的骨肉都完全换了。

"沉索性沉到底吧！不入地狱，哪见佛性，人生原是一个复杂的迷宫。"

这就是我当时混乱的一团思想的翻译。

日本的文化生活

　　无论哪一个中国人,初到日本的几个月中间,最感觉到苦痛的,当是饮食起居的不便。

　　房子是那么矮小的,睡觉是在铺地的席子上睡的,摆在四脚高盘里的菜蔬,不是一块烧鱼,就是几块同木片似的牛蒡。这是二三十年前,我们初去日本念书时的大概情形;大地震以后,都市西洋化了,建筑物当然改了旧观,饮食起居,和从前自然也是两样,可是在饮食浪费过度的中国人的眼里,总觉得日本的一般国民生活,远没有中国那么地舒适。

　　但是住得再久长一点,把初步的那些困难克服了以后,感觉就马上会大变起来;在中国社会里无论到什么地方去也得不到的那一种安稳之感,会使你把现实的物质上的痛苦忘掉,精神抖擞,心气和平,拼命地只想去搜求些足使知识开展的食粮。

　　若再在日本久住下去,滞留年限,到了三五年以上,则这岛国的粗茶淡饭,变得件件都足怀恋;生活的刻苦,山水的秀丽，精神的饱满，秩序的整然，回想起来，真觉得在那儿过的，是一段蓬莱岛上的仙境里的生涯，中国的社会，简直是一种杂乱无章、盲目的土拨鼠式的社会。

记得有一年在上海生病，忽而想起了学生时代在日本吃过的早餐酱汤的风味；教医院厨子去做来吃，做了几次，总做不像，后来终于上一位日本友人的家里去要了些来，从此胃口就日渐开了；这虽是我个人的生活的一端，但也可以看出日本的那一种简易生活的耐人寻味的地方。

而且正因为日本一般的国民生活是这么刻苦的结果，所以上下民众，都只向振作的一方面去精进。明治维新，到现在不过七八十年，而整个国家的进步，却尽可以和有千余年文化在后的英、法、德、意比比；生于忧患，死于逸乐，这话确是中日两国一盛一衰的病源脉案。

刻苦精进，原是日本一般国民生活的倾向，但是另一面哩，大和民族，却也并不是不晓得享乐的野蛮原人。不过他们的享乐，他们的文化生活，不喜铺张，无伤大体；能在清淡中出奇趣，简易里寓深意，春花秋月，近水遥山，得天地自然之气独多，这，一半虽则也是奇山异水很多的日本地势使然，但一大半却也可以说是他们那些岛国民族的天性。

先以他们的文学来说吧，最精粹、最特殊的古代文学，当然是三十一字母的和歌。写男女的恋情，写思妇怨男的哀慕，或写家国的兴亡、人生的流转，以及世事的无常、风花雪月的迷人等等，只有清清淡淡、疏疏落落的几句，就把乾坤今古的一切情感都包括得纤屑不遗了。至于后来兴起的俳句哩，又专以情韵取长，字句更少——只十七字母——而余韵余情，却似空中的柳浪、池上的微波，不知所自始，也不知其所终，飘飘忽忽，袅袅婷婷；短短的一句，你若细嚼反刍起来，会经年累月地使你如吃橄榄，越吃越有回味。最近有一位俳谐师高滨虚子，曾去欧洲试了一次俳句的行脚，从他的记行文字看来，到处只以和服草履作横行的这一位俳人，在异国的大都会，如伦敦、柏林等处，却也遭见了不少的热心作俳句的欧洲男女。他回国之后，且更闻有西欧数处在计划着出俳句的杂志。

其次，且看看他们的舞乐看！乐器的简单，会使你回想到中国从前唱"南风之熏矣"的上古时代去。一棹七弦或三弦琴，拨起来声音也并不响亮；再配上一个小鼓——是专配三弦琴的，如能乐，歌舞伎，净琉璃等演出的时候——同凤阳花鼓似的一个小鼓，敲起来，也只是冬冬的一种单调的鸣声。但是当能乐演到半酣，或净琉璃唱到吃紧，歌舞伎舞至极顶的关头，你眼看着台上面那种舒徐缓慢的舞态——日本舞的动作并不复杂，并无急调——耳神经听到几声琤琤琤与冬冬笃拍的声音，却自然而然地会得精神振作，全身被乐剧场面的情节吸引过去。以单纯取长、以清淡制胜的原理，你只教到日本的上等能乐舞台或歌舞伎座去一看，就可以体会得到。将这些来和西班牙舞的铜琶铁板，或中国戏的响鼓十番一比，觉得同是精神的娱乐，又何苦嘈嘈杂杂，闹得人头脑昏沉才能得到醍醐灌顶的妙味呢？

还有秦楼楚馆的清歌，和着三味线太鼓的哀音，你若当灯影阑珊的残夜，一个人独卧在"水晶帘卷近秋河"的楼上，远风吹过，听到它一声两声，真像是猿啼雁叫，会动荡你的心腑，不由你不扑簌簌地落下几点泪来；这一种悲凉的情调，也只有在日本，也只有从日本的简单乐器和歌曲里，才感味得到。

此外，还有一种合着琵琶来唱的歌；其源当然出于中国，但悲壮激昂，一经日本人的粗喉来一喝，却觉得中国的黑头二面，绝没有那么地威武，与"春雨楼头尺八箫"的尺八，正足以代表两种不同的心境；因为尺八音脆且纤，如怨如慕，如泣如诉，迹近女性的缘故。

日本人一般的好作野外嬉游，也是为我们中国人所不及的地方。春过彼岸，樱花开作红云；京都的岚山丸山，东京的飞鸟上野，以及吉野等处，全国的津津曲曲，道路上差不多全是游春的男女。"家家扶得醉人归"的《春社》之诗，仿佛是为日本人而咏的样子。而祇园的夜樱与都踊，更可以使人魂销魄荡，把一春的尘土，刷落得点滴无余。秋天的枫叶红时，景状也是一样。此外则岁时伏腊，即景言游，凡潮汐干时，蕨薇生日，草菌簇起，以及萤火虫出现的晚上，大家出狩，可以谑浪笑傲，脱去形骸；至于元日的门松、端阳的张鲤祭雏、七夕的拜星、中元的盆踊，以及重九的栗糕等等，所奉行的虽系中国的年中行事，但一到日本，却也变成了很有意义的国民节会，盛大无伦。

日本人的庭园建筑，佛舍浮屠，又是一种精微简洁，能在单纯里装点出趣味来的妙艺。甚至家家户户的厕所旁边，都能装置出一方池水，几树楠天，洗涤得窗明宇洁，使你闻觉不到秽浊的熏蒸。

在日本习俗里最有趣味的一种幽闲雅事，是叫作茶道的那一番礼节；各人长跪在一堂，制茶者用了精致的茶具，规定而熟练的动作，将末茶冲入碗内，顺次递下，各喝取三口又半，直到最后，恰好喝完。进退有节，出入如仪，融融泄泄，真令人会想起唐宋以前，太平盛世的民风。

还有"生花"的插置，在日本也是一种有派别师承的妙技；一只瓦盆，或一个净瓶之内，插上几枝红绿不等的花枝松干，更加以些泥沙岩石的点缀，小小的一穿围里，可以使你看出无穷尽的多样一致的配合来。所费不多，而能使满室生春，这又是何等经济而又美观的家庭装饰！

日本人的和服，穿在男人的身上，倒也并不十分雅观；可是女性的长袖，以及腋下袖口露出来的七色的虹纹，与束腰带的颜色来一辉映，却又似万花缭乱中的蝴蝶的化身了。《蝴蝶夫人》这一出歌剧，能够耸动欧洲人的视听，一直到现在，也还不衰的原因，就在这里。

日本国民的注重清洁，也是值得我们钦佩的一件美德。无论上下中等的男女老幼，大抵总要每天洗一次澡；住在温泉区域以内的人，浴水火热，自地底涌出，不必烧煮，洗澡自然更觉简便；就是没有温泉水脉的通都大邑的居民，因为设备简洁，浴价便宜之故，大家都以洗澡为一天工作完了后的乐事。国民一般轻而易举的享受，第一要算这种价廉物美的公共浴场了，这些地方，中国人真要学学他们才行。

凡上面所说的各点，都是日本固有的文化生活的一小部分。自从欧洲文化输入以后，各都会都摩登化了，跳舞场、酒吧间、西乐会、电影院等文化设备，几乎欧化到了不能再欧，现在连男女的服装、旧剧的布景说白，都带上了牛酪奶油的气味；银座大街的商店，门面改换了洋楼，名称也唤作了欧语，譬如水果饮食店的叫作Fruits Parlour，旗亭的叫作Café Vienna或Barcelona之类，到处都是；这一种摩登文化生活，我想叫上海人说来，也约略可以说得，并不是日本独有的东西，所以此地从略。

末了，还有日本的学校生活、医院生活、图书馆生活，以及海滨的避暑、山间的避寒、公园古迹胜地等处的闲游漫步生活，或日本阿尔卑斯与富士山的攀登、两国大力士的相扑等等，要说着实还可以说说，但天热头昏，挥汗执笔，终于不能详尽，只能等到下次有机会的时候，再来写了。

第二章　月是故乡明

　　人生万事，总得有个变换，方觉有趣；生之于死，喜之于悲，都是如此，推及天时，又何尝不然？无雨哪能见晴之可爱，没有夜也将看不出昼之光明。

故都的秋

秋天，无论在什么地方的秋天，总是好的；可是啊，北国的秋，却特别地来得清，来得静，来得悲凉。我的不远千里，要从杭州赶上青岛，更要从青岛赶上北平来的理由，也不过想饱尝一尝这"秋"，这故都的秋味。

江南，秋当然也是有的；但草木凋得慢，空气来得润，天的颜色显得淡，并且又时常多雨而少风；一个人夹在苏州、上海、杭州，或厦门、香港、广州的市民中间，混混沌沌地过去，只能感到一点点清凉，秋的味，秋的色，秋的意境与姿态，总看不饱，尝不透，赏玩不到十足。秋并不是名花，也并不是美酒，那一种半开、半醉的状态，在领略秋的过程上，是不合适的。

不逢北国之秋，已将近十余年了。在南方每年到了秋天，总要想起陶然亭的芦花、钓鱼台的柳影、西山的虫唱、玉泉的夜月、潭柘寺的钟声。在北平即使不出门去吧，就是在皇城人海之中，租人家一椽破屋来住着，早晨起来，泡一碗浓茶，向院子一坐，你也能看得到很高很高的碧绿的天色，听得到青天下驯鸽的飞声。从槐树叶底，朝东细数着一丝一丝漏下来的日光，或在破壁腰中，静对着像喇叭似的牵牛花（朝荣）的蓝朵，自然而然地也能够感觉到十分的秋意。说到了牵牛花，我以为以蓝色或白色者为佳，紫黑色次之，淡红色最下。最好，还要在牵牛花底，教长着几根疏疏落落的尖细且长的秋草，使作陪衬。

　　北国的槐树，也是一种能使人联想起秋来的点缀。像花而又不是花的那一种落蕊，早晨起来，会铺得满地。脚踏上去，声音也没有，气味也没有，只能感出一点点极微细、极柔软的触觉。扫街的在树影下一阵扫后，灰土上留下来的一条条扫帚的丝纹，看起来既觉得细腻，又觉得清闲，潜意识下并且还觉得有点儿落寞，古人所说的梧桐一叶而天下知秋的遥想，大约也就在这些深沉的地方。

　　秋蝉的衰弱的残声，更是北国的特产；因为北平处处全长着树，屋子又低，所以无论在什么地方，都听得见它们的啼唱。在南方是非要上郊外或山上去才听得到的。这秋蝉的嘶叫，在北平可和蟋蟀、耗子一样，简直像是家家户户都养在家里的家虫。

　　还有秋雨哩，北方的秋雨，也似乎比南方的下得奇，下得有味，下得更像样。

　　在灰沉沉的天底下，忽而来一阵凉风，便息列索落地下起雨来了。一层雨过,云渐渐地卷向了西去,天又晴了,太阳又露出脸来了;着着很厚的青布单衣或夹袄的都市闲人,咬着烟管,在雨后的斜桥影里,上桥头树底去一立,遇见熟人,便会用了缓慢悠闲的声调,微叹着互答着地说:

"唉,天可真凉了——"(这"了"字念得很高,拖得很长。)

"可不是么?一层秋雨一层凉啦!"

北方人念"阵"字,总老像是"层"字,平平仄仄起来,这念错的歧韵,倒来得正好。

北方的果树,到秋来,也是一种奇景。第一是枣子树;屋角,墙头,茅房边上,灶房门口,它都会一株株地长大起来。像橄榄又像鸽蛋似的这枣子颗儿,在小椭圆形的细叶中间,显出淡绿微黄的颜色的时候,正是秋的全盛时期;等枣树叶落,枣子红完,西北风就要起来了,北方便是尘沙灰土的世界,只有这枣子、柿子、葡萄成熟到八九分的七八月之交,是北国的清秋的佳日,是一年之中最好也没有的Golden Days[1]。

有些批评家说,中国的文人学士,尤其是诗人,都带着很浓厚的颓废色彩,所以中国的诗文里,颂赞秋的文字特别地多。但外国的诗人,又何尝不然?我虽则外国诗文念得不多,也不想开出账来,做一篇秋的诗歌散文钞,但你

---

[1] 译为:黄金时节。

若去一翻英、德、法、意等诗人的集子,或各国的诗文的Anthology¹来,总能够看到许多关于秋的歌颂与悲啼。各著名的大诗人的长篇田园诗或四季诗里,也总以关于秋的部分,写得最出色而最有味。足见有感觉的动物、有趣的人类,对于秋,总是一样的能特别引起深沉、幽远、严厉、萧索的感触来的。不单是诗人,就是被关闭在牢狱里的囚犯,到了秋天,我想也一定会感到一种不能自已的深情;秋之于人,何尝有国别,更何尝有人种阶级的区别呢?不过在中国,文字里有一个"秋士"的成语,读本里又有着很普遍的欧阳子的《秋声》与苏东坡的《赤壁赋》等,就觉得中国的文人,与秋的关系特别深了。可是这秋的深味,尤其是中国的秋的深味,非要在北方,才感受得到的。

  南国之秋,当然是也有它的特异的地方的,譬如廿四桥的明月、钱塘江的秋潮、普陀山的凉雾、荔枝湾的残荷,可是色彩不浓,回味不永,比起北国的秋来,正像是黄酒之于白干,稀饭之于馍馍,鲈鱼之于大蟹,黄犬之于骆驼。

  秋天,这北国的秋天,若留得住的话,我愿意把寿命的三分之二折去,换得一个三分之一的零头。

---

1 译为:选集。

雨

周作人先生名其书斋曰苦雨,恰正与东坡的喜雨亭名相反。其实,北方的雨,却都可喜,因其难得之故。像今年那么的水灾,也并不是雨多的必然结果;我们应该责备治河的人,不事先预防,只晓得糊涂搪塞,虚糜国帑,一旦有事,就互相推诿,但救目前。人生万事,总得有个变换,方觉有趣;生之于死,喜之于悲,都是如此,推及天时,又何尝不然?无雨哪能见晴之可爱,没有夜也将看不出昼之光明。

我生长江南,按理是应该不喜欢雨的;但春日溟蒙,花枝枯竭的时候,得几点微雨,又是一件多么可爱的事情!"小楼一夜听春雨","杏花春雨江南","天街小雨润如酥",从前的诗人,早就先我说过了。夏天的雨,可以杀暑,可以润禾,它的价值的大,更可以不必再说。而秋雨的霏微凄冷,又是别一种境地,昔人所谓"雨到深秋易作霖,萧萧难会此时心"的诗句,就在说秋雨的耐人寻味。至于秋女士的"秋雨秋风愁煞人"的一声长叹,乃别有怀抱者的托辞,人自愁耳,何关雨事。三冬的寒雨,爱的人恐怕不多。但"江关雁声来渺渺,灯昏宫漏听沉沉"的妙处,若非身历其境者绝领悟不到。记得曾宾谷曾以《诗品》中语名诗,叫作《赏雨茅屋斋诗集》。他的诗境如何,我不晓得,但"赏雨茅屋"这四个字,真是多么地有趣!尤其是到了冬初秋晚,正当"苍山寒气深,高林霜叶稀"的时节。

江南的冬景

凡在北国过过冬天的人,总都知道围炉煮茗,或吃煊羊肉、剥花生米、饮白干的滋味。而有地炉、暖炕等设备的人家,不管它们外面是雪深几尺,或风大若雷,而躲在屋里过活的两三个月的生活,却是一年之中最有劲的一段蛰居异境;老年人不必说,就是顶喜欢活动的小孩子们,总也是个个在怀恋的,因为当这中间,有的是萝卜、雅儿梨等水果的闲食,还有大年夜、正月初一、元宵等热闹的节期。

但在江南,可又不同;冬至过后,大江以南的树叶,也不至于脱尽。寒风——西北风——间或吹来,至多也不过冷了一日两日。到得灰云扫尽,落叶满街,晨霜白得像黑女脸上的脂粉似的清早,太阳一上屋檐,鸟雀便又在吱叫,泥地里便又放出水蒸气来,老翁小孩就又可以上门前的隙地里去坐着曝背谈天,营屋外的生涯了;这一种江南的冬景,岂不也可爱得很么?

我生长江南,儿时所受的江南冬日的印象,铭刻特深;虽则渐入中年,又爱上了晚秋,以为秋天正是读读书、写写字的人的最惠节季，但对于江南的冬景，总觉得是可以抵得过北方夏夜的一种特殊情调，说得摩登些，便是一种明朗的情调。

我也曾到过闽粤，在那里过冬天，和暖原极和暖，有时候到了阴历的年边，说不定还不得不拿出纱衫来着；走过野人的篱落，更还看得见许多杂七杂八的秋花！一番阵雨雷鸣过后，凉冷一点，至多也只好换上一件夹衣，在闽粤之间，皮袍棉袄是绝对用不着的；这一种极南的气候异状，并不是我所说的江南的冬景，只能叫它作南国的长春，是春或秋的延长。

江南的地质丰腴而润泽，所以含得住热气，养得住植物；因而长江一带，芦花可以到冬至而不败，红叶亦有时候会保持得三个月以上的生命。像钱塘江两岸的乌桕树，则红叶落后，还有雪白的桕子着在枝头，一点一丛，用照相机照将出来，可以乱梅花之真。草色顶多成了赭色，根边总带点绿意，非但野火烧不尽，就是寒风也吹不倒的。若遇到风和日暖的午后，你一个人肯上冬郊去走走，则青天碧落之下，你不但感不到岁时的肃杀，并且还可以饱觉着一种莫名其妙的含蓄在那里的生气，"若是冬天来了，春天也总马上会来"的诗人的名句，只有在江南的山野里，最容易体会得出。

说起了寒郊的散步，实在是江南的冬日，所给与江南居住者的一种特异的恩惠；在北方的冰天雪地里生长的人，是终他的一生，也绝不会有享受这一种清福的机会的。我不知道德国的冬天，比起我们江浙来如何，但从许多作家的喜欢以Spaziergang[1]一字来做他们的创作题目的一点看来,大约是德国南部地方,四季的变迁,总也和我们的江南差仿不多。譬如说十九世纪的那位乡土诗人洛在格(Peter Rosegger, 1843—1918)罢,他用这一个"散步"做题目的文章尤其写得多,而所写的情形,却又是大半可以拿到中国江浙的山区地方来适用的。

江南河港交流,且又地滨大海,湖沼特多,故空气里时含水分;到得冬天,不时也会下着微雨,而这微雨寒村里的冬霖景象,又是一种说不出的悠闲境界。你试想想,秋收过后,河流边三五家人家会聚在一道的一个小村子里,门对长桥,窗临远阜,这中间又多是树枝杈桠的杂木树林;在这一幅冬日农村的图上,再洒上一层细得同粉也似的白雨,加上一层淡得几不成墨的背景,你说还够不够悠闲?若再要点些景致进去,则门前可以泊一只乌篷小船,茅屋里可以添几个喧哗的酒客,天垂暮了,还可以加一味红黄,在茅屋窗中画上一圈暗示着灯光的月晕。人到了这一个境界,自然会得胸襟洒脱起来,终至于得失俱亡,死生不问了;我们总该还记得唐朝那位诗人做的"暮雨潇潇江上村"的一首绝句吧?诗人到此,连对绿林豪客都客气起来了,这不是江南冬景的迷人又是什么?

一提到雨,也就必然地要想到雪;"晚来天欲雪,能饮一

---

[1] 德语,译为:散步。

杯无？"自然是江南日暮的雪景。"寒沙梅影路，微雪酒香村"，则雪月梅的冬宵三友，会合在一道，在调戏酒姑娘了。"柴门闻犬吠，风雪夜归人"，是江南雪夜更深人静后的景况。"前村深雪里，昨夜一枝开"又到了第二天的早晨，和狗一样喜欢弄雪的村童来报告村景了。诗人的诗句，也许不尽是在江南所写，而做这几句诗的诗人，也许不尽是江南人，但假了这几句诗来描写江南的雪景，岂不直截了当，比我这一枝愚劣的笔所写的散文更美丽得多？

有几年，在江南也许会没有雨没有雪地过一个冬，到了春间阴历的正月底或二月初再冷一冷下一点春雪的；去年（一九三四）的冬天是如此，今年的冬天恐怕也不得不然，以节气推算起来，大约大冷的日子，将在一九三六年的二月尽头，最多也总不过是七八天的样子。像这样的冬天，乡下人叫作旱冬，对于麦的收成或者好些，但是人口却要受到损伤；旱得久了，白喉、流行性感冒等疾病自然容易上身，可是想恣意享受江南的冬景的人，在这一种冬天，倒只会得感到快活一点，因为晴和的日子多了，上郊外去闲步逍遥的机会自然也多；日本人叫作Hiking，德国人叫作Spaziergang狂者，所最欢迎的也就是这样的冬天。

窗外的天气晴朗得像晚秋一样；晴空的高爽，日光的洋溢，引诱得使你在房间里坐不住，空言不如实践，这一种无聊的杂文，我也不再想写下去了，还是拿起手杖，搁下纸笔，上湖上去散散步罢！

北平的四季

对于一个已经化为异物的故人,追怀起来,总要先想到他或她的好处;随后再慢慢地想想,则觉得当时所感到的一切坏处,也会变作很可寻味的一些纪念,在回忆里开花。关于一个曾经住过的旧地,觉得此生再也不会第二次去长住了,身处入了远离的一角,向这方向的云天遥望一下,回想起来的,自然也同样地只是它的好处。

中国的大都会,我前半生住过的地方,原也不在少数;可是当一个人静下来回想起从前,上海的闹热、南京的辽阔、广州的乌烟瘴气、汉口武昌的杂乱无章,甚至于青岛的清幽、福州的秀丽,以及杭州的沉着,总归都还比不上北京——我住在那里的时候,当然还是北京——的典丽堂皇,幽闲清妙。

先说人的分子吧,在当时的北京——民国十一二年前后——上自军财阀、政客、名优起,中经学者、名人、文士、美女、教育家,下而至于负贩拉车铺小摊的人,都可以谈谈,都有一艺之长,而无憎人之貌;就是由荐头店荐来的老妈子,除上炕者是当然以外,也总是衣冠楚楚,看起来不觉得会令人讨嫌。

其次说到北京物质的供给哩,又是山珍海错、洋广杂货,以及萝卜白菜等本地产品,无一不备,无一不好的地方。所以在北京住上两三年的人,每一遇到要走的时候,总只感到北京的空气太沉闷,灰沙太暗淡,生活太无变化;一鞭走出,出前门便觉胸舒,过芦沟方知天晓,仿佛一出都门,就上了新生活开始的坦道似的;但是一年半载,在北京以外的各地——除了在自己幼年的故乡以外——去一住,谁也会得重想起北京,再希望回去,隐隐地对北京害起剧烈的怀乡病来。这一种经验,原是住过北京的人,个个都有,而在我自己,却感觉得格外地浓,格外地切。最大的原因或许是为了我那长子之骨,现在也还埋在郊外广谊园的坟山,而几位极要好的知己,又是在那里同时毙命的受难者的一群。

北平的人事品物,原是无一不可爱的,就是大家觉得最要不得的北平的天候,和地理联合上一起,在我也觉得是中国各大都会中所寻不出几处来的好地。为叙述的便利起见,想分成四季来约略地说说。

北平自入旧历的十月之后,就是灰沙满地、寒风刺骨的节季了,所以北平的冬天,是一般人所最怕过的日子。但是要想认识一个地方的特异之处,我以为顶好是当这特异处表现得最圆满的时候去领略;故而夏天去热带,寒天去北极,是我一向所持的哲理。北平的冬天,冷虽则比南方要冷得多,但是北方的生活的伟大幽闲,也只有在冬季,使人感受得最彻底。

先说房屋的防寒装置吧,北方的住屋,并不同南方的摩登都市一样,用的是钢骨水泥、冷热气管;一般的北方人家,总只是矮矮的一所四合房,四面是很厚的泥墙;上面花厅内都有一张暖炕、一所回廊;廊子上是一带明窗,窗眼里糊着薄纸,薄纸内又装上风门,另外就没有什么了。在这样简陋的房屋之内,你只教把炉子一生,电灯一点,棉门帘一挂上,在屋里住着,却一辈子总是暖炖炖像是春三四月里的样子。尤其会得使你感觉到屋内的温软堪恋的,是屋外窗外面呜呜在叫啸的西北风。天色老是灰沉沉的,路上面也老是灰的围障,而从风尘灰土中下车,一踏进屋里,就觉得一团春气,包围在你的左右四周,使你马上就忘记了屋外的一切寒冬的苦楚。若是喜欢吃吃酒、烧烧羊肉锅的人,那冬天的北方生活,就更加不能够割舍;酒已经是御寒的妙药了,再加上以大蒜与羊肉、酱油合煮的香味,简直可以使一室之内,涨满了白蒙蒙的水蒸温气。玻璃窗内,前半夜,会流下一条条的清汗,后半夜就变成了花色奇异的冰纹。

到了下雪的时候哩,景象当然又要一变。早晨从厚棉被里张开眼来,一室的清光,会使你的眼睛眩晕。在阳光照耀之下,雪也一粒一粒地放起光来了,蛰伏得很久的小鸟,在这时候会飞出来觅食振翎，谈天说地，吱吱地叫个不休。数日来的灰暗天空，愁云一扫，忽然变得澄清见底，翳障全无；于是年轻的北方住民，就可以营屋外的生活了，溜冰，做雪人，赶冰车雪车，就在这一种日子里最有劲儿。

我曾于这一种大雪时晴的傍晚，和几位朋友，跨上跛驴，出西直门上骆驼庄去过过一夜。北平郊外的一片大雪地，无数枯树林，以及西山隐隐现现的不少白峰头，和时时吹来的几阵雪样的西北风，所给与人的印象，实在是深刻，伟大，神秘到了不可以言语来形容。直到了十余年后的现在，我一想起当时的情景，还会得打一个寒颤而吐一口清气，如同在钓鱼台溪旁立着的一瞬间一样。

北国的冬宵，更是一个特别适合于看书、写信、追思过去，与作闲谈说废话的绝妙时间。记得当时我们弟兄三人，都住在北京，每到了冬天的晚上，总不远千里地走拢来聚在一道，会谈少年时候在故乡所遇所见的事事物物。小孩们上床去了，用人们也都去睡觉了，我们弟兄三个，还会得再加一次煤再加一次煤地长谈下去。有几宵因为屋外面风紧天寒之故，到了后半夜的一二点钟的时候，便不约而同地会说出索性坐坐到天亮的话来。像这一种可宝贵的记忆，像这一种最深沉的情调，本来也就是一生中不能够多享受几次的昙花佳境，可是若不是在北平的冬天的夜里，那趣味也一定不会得像如此的悠长。

总而言之，北平的冬季，是想赏识赏识北方异味者之唯一的机会；这一季里的好处，这一季里的琐事杂忆，若要详细地写起来，总也有一部《帝京景物略》那么大的书好做；我只记下了一点点自身的经历，就觉得过长了，下面只能再来略写一点春和夏以及秋季的感怀梦境，聊作我的对这日就沦亡的故国的哀歌。

春与秋，本来是在什么地方都属可爱的时节，但在北平，却与别地方也有点儿两样。北国的春，来得较迟，所以时间也比较得短。西北风停后，积雪渐渐地消了，赶牲口的车夫身上，看不见那件光板老羊皮的大袄的时候，你就得预备着游春的服饰与金钱，因为春来也无信，春去也无踪，眼睛一眨，在北平市内，春光就会得同飞马似的溜过。屋内的炉子，刚拆去不久，说不定你就马上得去叫盖凉棚的才行。

而北方春天的最值得记忆的痕迹，是城厢内外的那一层新绿，同洪水似的新绿。北京城，本来就是一个只见树木不见屋顶的绿色的都会，一踏出九城的门户，四面的黄土坡上，更是杂树丛生的森林地了；在日光里颤抖着的嫩绿的波浪，油光光，亮晶晶，若是神经系统不十分健全的人，骤然间身入到这一个淡绿色的海洋涛浪里去一看，包管你要张不开眼，立不住脚，而昏厥过去。

北平市内外的新绿，琼岛春阴，西山挹翠诸景里的新绿，真是一幅何等奇伟的外光派的妙画！但是这画的框子，或者简直说这画的画布，现在却已经完全掌握在一只满长着黑毛的巨魔的手里了！北望中原，究竟要到哪一日才能够重见得到天日呢？

　　从地势纬度上讲来，北方的夏天，当然要比南方的夏天来得凉爽。在北平城里过夏，实在是并没有上北戴河或西山去避暑的必要。一天到晚，最热的时候，只有中午到午后三四点钟的几个钟头，晚上太阳一下山，总没有一处不是凉阴阴要穿单衫才能过去的；半夜以后，更是非盖薄棉被不可了。而北平的天然冰的便宜耐久，又是夏天住过北平的人所忘不了的一件恩惠。

　　我在北平，曾经过过三个夏天；像什刹海、菱角沟、二闸等暑天游耍的地方，当然是都到过的；但是在三伏的当中，不问是白天或是晚上，你只教有一张藤榻，搬到院子里的葡萄架下或藤花阴处去躺着，吃吃冰茶雪藕，听听盲人的鼓词与树上的蝉鸣，也可以一点儿也感不到炎热与熏蒸。而夏天最热的时候，在北平顶多总不过九十四五华氏度，这一种大热的天气，全夏顶多顶多又不过十日的样子。

　　在北平，春、夏、秋的三季，是连成一片；一年之中，仿佛只有一段寒冷的时期，和一段比较得温暖的时期相对立。由春到夏，是短短的一瞬间，自夏到秋，也只觉得是过了一次午睡，就有点儿凉冷起来了。因此，北方的秋季也特别地觉得长，而秋天的回味，也更觉得比别处来得浓厚。前两年，因去北戴河回来，我曾在北平过过一个秋，在那时候，已经写过一篇《故都的秋》，对这北平的秋季颂赞过一遍了，所以在这里不想再来重复；可是北平近郊的秋色，实在也正像是一册百读不厌的奇书，使你愈翻愈会感到兴趣。

秋高气爽，风日晴和的早晨，你且骑着一匹驴子，上西山八大处或玉泉山碧云寺去走走看；山上的红柿，远处的烟树人家，郊野里的芦苇黍稷，以及在驴背上驮着生果进城来卖的农户佃家，包管你看一个月也不会看厌。春秋两季，本来是到处好的，但是北方的秋空，看起来似乎更高一点，北方的空气，吸起来似乎更干燥健全一点。而那一种草木摇落、金风肃杀之感，在北方似乎也更觉得要严肃、凄凉、沉静得多。你若不信，你且去西山脚下，农民的家里或古寺的殿前，自阴历八月至十月下旬，去住它三个月看看。古人的"悲哉秋之为气"以及"胡笳互动，牧马悲鸣"的那一种哀感，在南方是不大感觉得到的，但在北平，尤其是在郊外，你真会得感至极而涕零，思千里兮命驾。所以我说，北平的秋，才是真正的秋；南方的秋天，不过是英国话里所说的 Indian Summer¹ 或叫作小春天气而已。

统观北平的四季，每季每节，都有它的特别的好处；冬天是室内饮食奄息的时期，秋天是郊外走马调鹰的日子，春

---

1 译为：秋季的晴暖天气；小阳春。

天好看新绿,夏天饱受清凉。至于各节各季,正当移换中的一段时间哩,又是别一种情趣,是一种两不相连而又两都相合的中间风味,如雍和宫的打鬼、净业庵的放灯、丰台的看芍药、万牲园的寻梅花之类。

五六百年来文化所聚萃的北平,一年四季无一月不好的北平,我在遥忆,我也在深祝,祝她的平安进展,永久地为我们黄帝子孙所保有的旧都城!

第三章 一个人在途上

院子里有一架葡萄、两棵枣树,去年采取葡萄、枣子的时候,他站在树下,兜起了大褂,仰头在看树上的我。我摘取一颗,丢入了他的大褂兜里,他的哄笑声,要继续到三五分钟,今年这两棵枣树,结满了青青的枣子,风起的半夜里,老有熟极的枣子辞枝自落。

一个人在途上

在东车站的长廊下和女人分开以后,自家又剩了孤伶仃的一个。频年飘泊惯的两口儿,这一回的离散,倒也算不得什么特别,可是端午节那天,龙儿刚死,到这时候北京城里虽已起了秋风,但是计算起来,去儿子的死期,究竟还只有一百来天。在车座里,稍稍把意识恢复转来的时候,自家就想起了卢骚[1]晚年的作品《孤独散步者的梦想》头上的几句话:

> 自家除了己身以外,已经没有弟兄,没有邻人,没有朋友,没有社会了。自家在这世上,像这样的,已经成了一个孤独者了。……

然而当年的卢骚还有弃养在孤儿院内的五个儿子,而我自己哩,连一个抚育到五岁的儿子都还抓不住!

---
1 即卢梭。

离家的远别，本来也只为想养活妻儿。去年在某大学的被逐，是万料不到的事情。其后兵乱迭起，交通阻绝，当寒冬的十月，会病倒在沪上，也是谁也料想不到的。今年二月，好容易到得南方，静息了一年之半，谁知这刚养得出趣的龙儿，又会遭此凶疾呢？

龙儿的病报，本是在广州得着，匆促北航，到了上海，接连接了几个北京来的电报。换船到天津，已经是旧历的五月初十。到家之夜，一见了门上的白纸条儿，心里已经是跳得忙乱，从苍茫的暮色里赶到哥哥家中，见了衰病的她，因为在大众之前，勉强将感情压住。草草吃了夜饭，上床就寝，把电灯一灭，两人只有紧抱的痛哭，痛哭，痛哭，只是痛哭，气也换不过来，更哪里有说一句话的余裕？

受苦的时间，的确脱煞过去得太悠徐，今年的夏季，只是悲叹的连续。晚上上床，两口儿，哪敢提一句话？可怜这两个迷散的灵心，在电灯灭黑的黝暗里，所摸走的荒路，每凑集在一条线上，这路的交叉点里，只有一块小小的墓碑，墓碑上只有"龙儿之墓"的四个红字。

妻儿因为在浙江老家内不能和母亲同住，不得已而搬往北京当时我在寄食的哥哥家去，是去年的四月中旬，那时候龙儿正长得肥满可爱，一举一动，处处教人欢喜。到了五月初，从某地回京，觉得哥哥家太狭小，就在什刹海的北岸，租定了一间渺小的住宅。夫妻两个，日日和龙儿伴乐，闲时也常在北海的荷花深处，及门前的杨柳阴中带龙儿去走走。这一年的暑假，总算过得最快乐、最闲适。

秋风吹叶落的时候，别了龙儿和女人，再上某地大学去为朋友帮忙，当时他们俩还往西车站去送我来哩！这是去年秋晚的事情，想起来还同昨日的情形一样。

过了一月，某地的学校里发生事情，又回京了一次，在什刹海小住了两星期，本来打算不再出京了，然碍于朋友的面子，又不得不于一天寒风刺骨的黄昏，上西车站去乘车。这时候因为怕龙儿要哭，自己和女人，吃过晚饭，便只说要往哥哥家里去，只许他送我们到门口。记得那一天晚上他一个人和老妈子立在门口，等我们俩去了好远，还"爸爸！""爸爸！"地叫了好几声。啊啊，这几声的呼唤，便是我在这世上听到的他叫我的最后的声音！

出京之后，到某地住了一宵，就匆促逃往上海。接续便染了病，遇了强盗辈的争夺政权，其后赴南方暂住，一直到今年的五月，才返北京。

想起来，龙儿实在是一个填债的儿子，是当乱离困厄的这几年中间，特来安慰我和他娘的愁闷的使者！

自从他在安庆生落地以来，我自己没有一天脱离过苦闷，没有一处安住到五个月以上。我的女人，也和我分担着十字架的重负，只是东西南北地奔波飘泊。然当日夜难安，悲苦得不了的时候，只教他的笑脸一开，女人和我，就可以把一切穷愁,丢在脑后。而今年五月初十待我赶到北京的时候,他的尸体,早已在妙光阁的广谊园地下躺着了。

他的病,说是脑膜炎。自从得病之日起,一直到旧历端午节的午时绝命的时候止,中间经过有一个多月的光景。平时被我们宠坏了的他,听说此番病里,却乖顺得非常。叫他吃药,他就大口地吃,叫他用冰枕,他就很柔顺地躺上。病后还能说话的时候,只问他的娘:"爸爸几时回来?""爸爸在上海为我定做的小皮鞋,已经做好了没有?"我的女人,于惑乱之余,每幽幽地问他:"龙!你晓得你这一场病,会不会死的?"他老是很不愿意地回答说:"哪儿会死的哩?"据女人含泪地告诉我说,他的谈吐,绝不似一个五岁的小儿。

未病之前一个月的时候,有一天午后他在门口玩耍,看见西面来了一乘马车,马车里坐着一个戴灰白色帽子的青年。他远远看见,就急忙丢下了伴侣,跑进屋里去叫他娘出来,说:"爸爸回来了,爸爸回来了!"因为我去年离京时所戴的,是一样的一顶白灰呢帽。他娘跟他出来到门前,马车已经过去了,他就死劲地拉住了他娘,哭喊着说:"爸爸怎么不家来吓?爸爸怎么不家来吓?"他娘说慰了半天,他还尽是哭着,这也是他娘含泪和我说的,现在回想起来,自己实在不该抛弃了他们,一个人在外面流荡,致使他那小小的心灵,常有望远思亲之痛。

去年六月,搬往什刹海之后,有一次我们在堤上散步,因为他看见了人家的汽车，硬是哭着要坐，被我痛打了一顿。又有一次，也是因为要穿洋服，受了我的毒打。这实在只能怪我做父亲的没有能力，不能做洋服给他穿、雇汽车给他坐。早知他要这样的早死，我就是典当强劫，也应该去弄一点钱来，满足他的无邪的欲望，到现在追想起来，实在觉得对他不起，实在是我太无容人之量了。

我女人说，濒死的前五天，在病院里，叫了几夜的爸爸！她问他："叫爸爸干什么？"他又不响了，停一会儿，就又再叫起来。到了旧历五月初三日，他已入了昏迷状态，医师替他抽骨髓，他只会直叫一声："干吗？"喉头的气管，咯咯在抽咽，眼睛只往上吊送，口头流些白沫，然而一口气总不肯断。他娘哭叫几声："龙！龙！"他的眼角上，就会迸流下眼泪出来，后来他娘看他苦得难过，倒对他说：

"龙！你若是没有命的，就好好地去吧！你是不是想等爸爸回来？就是你爸爸回来，也不过是这样地替你医治罢了。龙！你有什么不了的心愿呢？龙！与其这样的抽咽受苦，你还不如快快地去吧！"

他听了这一段话，眼角上的眼泪，更是涌流得厉害。到了旧历端午节的午时，他竟等不着我的回来，终于断气了。

丧葬之后，女人搬往哥哥家里，暂住了几天。我于五月十日晚上，下车赶到什刹海的寓宅，打门打了半天，没有应声。后来抬头一看，才见了一张告示邮差送信的白纸条。

自从龙儿生病以后连日连夜看护久已倦了的她,又哪里经得起最后的这一个打击?自己当到京之夜,见了她的衰容,见了她的泪眼,又哪里能够不痛哭呢!

在哥哥家里小住了两三天,我因为想追求龙儿生前的遗迹,一定要女人和我仍复搬回什刹海的住宅去住它一两个月。

搬回去那天,一进上屋的门,就见了一张被他玩破的今年正月里的花灯。听说这张花灯,是南城大姨妈送他的,因为他自家烧破了一个窟窿,他还哭过好几次来的。

其次,便是上房里砖上的几堆烧纸钱的痕迹!系当他下殓时烧的。

院子里有一架葡萄、两棵枣树,去年采取葡萄、枣子的时候,他站在树下,兜起了大褂,仰头在看树上的我。我摘取一颗,丢入了他的大褂兜里,他的哄笑声,要继续到三五分钟。今年这两棵枣树,结满了青青的枣子,风起的半夜里,老有熟极的枣子辞枝自落。女人和我,睡在床上,有时候且哭且谈,总要到更深人静,方能入睡。在这样的幽幽的谈话中间,最怕听的,就是这滴答的坠枣之声。

到京的第二日,和女人去看他的坟墓。先在一家南纸铺里买了许多冥府的钞票,预备去烧送给他。直到到了妙光阁的广谊园茔地门前,她方从呜咽里清醒过来,说:"这是钞票,他一个小孩如何用得呢?"就又回车转来,到琉璃厂去买了些有孔的纸钱。她在坟前哭了一阵,把纸钱、钞票烧化的时候，却叫着说：

"龙！这一堆是钞票，你收在那里，待长大了的时候再用，要买什么，你先拿这一堆钱去用吧！"

这一天在他的坟上坐着，我们直到午后七点，太阳平西的时候，才回家来。临走的时候，他娘还哭叫着说：

"龙！龙！你一个人在这里不怕冷静的么？龙！龙！人家若来欺你，你晚上来告诉娘吧！你怎么不想回来了呢？你怎么梦也不来托一个呢？"

箱子里，还有许多散放着的他的小衣服。今年北京的天气，到七月中旬，已经是很冷了。当微凉的早晚，我们俩都想换上几件夹衣，然而因为怕见到他旧时的夹衣袍袜，我们俩却尽是一天一天地挨着，谁也不说出口来，说"要换上件夹衫"。

有一次和女人在那里睡午觉，她骤然从床上坐了起来，鞋也不拖，光着袜子，跑上了上房起坐室里，并且更掀帘跑上外面院子里去。我也莫名其妙跟着她跑到外面的时候，只见她在那里四面找寻什么。找寻不着，呆立了一会，她忽然放声哭了起来，并且抱住了我急急地追问说："你听不听见？你听不听见？"哭完之后，她才告诉我说，在半醒半睡的中间，她听见"娘！娘！"地叫了两声，的确是龙的声音，她很坚定地说："的确是龙回来了。"

北京的朋友亲戚，为安慰我们起见，今年夏天常请我们俩去吃饭听戏,她老不愿意和我同去,因为去年的六月,我们无论上哪里去玩,龙儿是常和我们在一处的。

今年的一个暑假,就是这样的,在悲叹和幻梦的中间消逝了。

这一回南方来催我就道的信,过于匆促,出发之前,我觉得还有一件大事情没有做了。

中秋节前新搬了家,为修理房屋,部署杂事,就忙了一个星期。出发之前,又因了种种琐事,不能抽出空来,再上龙儿的坟地里去探望一回。女人上东车站来送我上车的时候,我心里尽是酸一阵痛一阵地在回念这一件恨事。有好几次想和她说出来,教她于两三日后再往妙光阁去探望一趟,但见了她的憔悴尽的颜色和苦忍住的凄楚,又终于一句话也没有讲成。

现在去北京远了,去龙儿更远了,自家只一个人,只是孤伶仃的一个人,在这里继续此生中大约是完不了的飘泊。

归航

微寒刺骨的初冬晚上，若在清冷同中世似的故乡小市镇中，吃了晚饭，于未敲二更之先，便与家中的老幼上了楼，将你的身体躺入温暖的被里，呆呆地隔着帐子，注视着你的低小的木桌上的灯光，你必要因听了窗外冷清的街上过路人的歌音和足声而泪落。你因了这灰暗的街上的行人，必要追想到你孩提时候的景象上去。这微寒静寂的晚间的空气，这幽闲落寞的夜行者的哀歌，与你儿童时代所经历的一样，但是睡在楼上薄棉被里，听这哀歌的人的变化却如何了？一想到这里谁能不生起伤感的情来呢？——但是我此言，是为像我一样的无能力的将近中年的人而说的——

我在日本的郊外夕阳晼晚的山野田间散步的时候，也忽而起了一种同这情怀相像的怀乡的悲感，看看几个日夕谈心的朋友，一个一个地减少下去的时候，我也想把我的迷游生活（Wandering Life）结束了。

十年久住的这海东的岛国，把我那同玫瑰露似的青春消磨了的这异乡的天地,我虽受了她的凌辱不少,我虽不愿第二次再使她来吻我的脚底,但是因为这厌恶的情太深了,到了将离的时候,我倒反而生起一种不忍与她诀别的心来。啊啊,这柔情一脉,便是千古的伤心种子,人生的悲剧,可能是发芽在此地的么?

我于未去日本之先,我的高等学校时代的生活背景,也想再去探看一回。我于永久离开这强暴的小国之先,我的迭次失败了的浪漫史的血迹,也想再去揩拭一回。

"轻薄淫荡的异性者呀,你们用了种种柔术想把来弄杀了的他,现在已经化作了仙人,想回到他的须弥故国去了。请你们尽在这里试用你们的手段吧,他将要骑了白鹤,回到他的母亲怀里去了。他回去之后,定将拥挟了霓裳仙子,舞几夜通宵的歌舞,他是再也不来向你们乞怜的了。"

我也想用了微笑,代替了这一段言语,向那些愚弄过我的妇人,告个长别,用以泄泄我的一段幽恨。为了这种种琐碎的原因,我的回国日期竟一天一天地延长了许多的时日。

从家里寄来的款也到了,几个留在东京过夏的朋友为我饯行的席也设了,想去的地方,也差不多去过了,几册爱读的书也买好了,但是要上船的第一天(七月的十五)我又忽而跑上日本邮船公司去,把我的船票改迟了一班,我虽知道在黄海的这面有几个——我只说几个——与我意气相合的朋友在那里等我,但是我这莫名其妙的离情,我这像将死时一样的哀感,究竟教我如何处置呢?我到七月十九的晚上,喝醉了酒,才上了东京的火车,上神户去趁翌日出发的归舟。

二十的早晨从车上走下来的时候,赤色的太阳光线已经将神户市的一大半房屋烧热了。神户市的附近,须磨是风光明媚的海滨村,是三伏中地上避暑的快乐园,当前年须磨寺大祭的晚上,是我与一个不相识的妇人共宿过的地方。依我目下的情怀说来,是不得不再去留一宵宿、叹几声别的,但是回故国的轮船将于午前十点钟开行,我只能在海上与她遥别了。

"妇人呀妇人,但愿你健在,但愿你荣华,我今天是不能来看你了。再会——不……不……永别了……"

须磨的西边是明石,紫式部的同画卷似的文章,蓝苍的海浪,洁白的沙滨,参差雅淡的别庄,别庄内的美人,美人的幽梦……

"明石呀明石!我只能在游仙枕上,远梦到你的青松影里,再来和你的儿女谈多情的韵事了。"

八点半钟上了船,照管行李,整理舱位,足足忙了两个钟头,船的前后铁索响的时候,铜锣报知将开船的时候,我的十年中积下来的对日本的愤恨与悲哀,不由得化作了数行冰冷的清泪,把海湾一带的风景,染成了模糊像梦里的江山。

"啊啊,日本呀!世界一等强国的日本呀!国民比我们矮小、野心比我们强烈的日本呀!我去之后,你的海岸大约依旧是风光明媚,你的儿女大约依旧是荒淫无忌地过去的。天色的苍茫,海洋的浩荡,大约总不至因我之去而稍生变更的。我的同胞的青年,大约仍旧要上你这里来,继续了我的运命,受你的欺辱的。但是我的青春,我的在你这无情的地上花费了的青春!啊啊,枯死的青春呀,你大约总再也不能回复到我的身上来了吧!"

二十一日的早晨,我还在三等舱里做梦的时候,同舱的鲁君就跳到我的枕边上来说:"到了到了!到门司了!你起来同我们上门司去吧!"

我乘的这只船,是经过门司不经过长崎的,所以门司,便是中途停泊的最后的海港;我的从昨日酝酿成的那种伤感的情怀,听了"门司"两字,又在我的胸中复活了起来。一只手擦着眼睛,一只手捏了牙刷,我就跟了鲁君走出舱来。淡蓝的天色,已经被赤热的太阳光线笼罩了东方半角。平静无波的海上,贯流着一种夏天早晨特有的清新的空气。船的左右岸有几堆同青螺似的小岛,受了朝阳的照耀,映出了一种浓润的绿色。前面去左船舷不远的地方有一条翠绿的横山,山上有两株无线电报的电杆,突出在碧落的背景里;这电杆下就是门司港市了。船又行进了三五十分钟,回到那横山正面的时候,我只见无数的人家、无数的工厂烟囱、无数的船舶和桅杆,纵横错落地浮映在天水中间的太阳光线里,船已经到了门司了。

门司是此次我的脚所践踏的最后的日本土地，上海虽然有日本的居民，天津、汉口、杭州虽然有日本的租界，但是日本的本土，怕今后与我便无缘分了。因为日本是我所最厌恶的土地，所以今后大约我总不至于再来的。因为我是无产阶级的一介分子，所以将来大约我总不至坐在赴美国的船上，再向神户、横滨来泊船的。所以我可以说门司便是此次我的脚所践踏的最后的日本土地了。

我因为想深深地尝一尝这最后的伤感的离情，所以衣服也不换，面也不洗，等船一停下，便一个人跳上了一只来迎德国人的小汽船，跑上岸上去了。小汽船的速力，在海上振动了周围清新的空气，我立在船头上觉得一种微风同妇人的气息似的吹上了我的面来。蓝碧的海面上，被那小汽船冲起了一层波浪，汽船过处，现出了一片银白的浪花，在那里反射着朝日。

在门司海关码头上岸之后，我觉得射在灰白干燥的陆地路上的阳光，几乎要使我头晕；在海上不感得的一种闷人的热气，一步一步地逼上我的面来，我觉得我的鼻上有几颗珍珠似的汗珠滚出来了；我穿过了门司车站的前庭，便走进狭小的锦町街上去。我想永久将去日本之先，不得不买一点什么东西，作作纪念，所以在街上走了一回，我就踏进了一家书店。新刊的杂志有许多陈列在那里，我因为不想买日本诸作家的作品，来培养我的创作能力，所以便走近里面的洋书架去。小泉八云Lafcadio Hearn[1]的著作，Modern Library[2]的丛书占了书架的一大部分，我细细地看了一遍，觉得与我这时候的心境最适合的书还是去年新出版的John Paris[3]的那本Kimono（日本衣服之名）。

我将要去日本了，我在沦亡的故国山中，万一同老人追怀及少年时代的情人一般，有追思到日本的风物的时候，那时候我就可拿出几本描写日本的风俗人情的书来赏玩。这书若是日本人所著，他的描写，必至过于真确，那时候我的追寻远地的梦幻心境，倒反要被那真实粗暴的形象所打破。我在那时候若要在沙上建筑蜃楼，若要从梦里追寻生活，非要读读朦胧奇特、富有异国情调的，那些描写月下的江山，追怀远地的情事的书类不可；从此看来，这Kimono便是与这境状最适合的书了，我心里想了一遍，就把Kimono买了。从书店出来又在狭小的街上的暑热的太阳光里走了一段，我就忍了热从锦町三丁目走上幸町的通里山的街上去。幸町是三弦酒肉的巢窟，是红粉胭脂的堆栈，今天正好像是大扫除的日子，那些调和性欲、忠诚于她们的天职的妓女，都裸了雪样

---

1 小泉八云（1850—1904），爱尔兰裔日本作家，原名拉夫卡迪奥·赫恩（Lafcadio Hearn）。
2 译为：现代文库；当代文库；近代丛书。
3 弗兰克·特里劳尼·亚瑟·艾什顿·格沃特金（Frank Trelawny Arthur Ashton-Gwatkin, 1889—1976），英国作家，笔名约翰·巴利斯（John Paris）。

的洁白、风样的柔嫩的身体，在那里打扫，啊啊，这日本的最美的春景，我今天看后，怕也不能多看了。

我在一家姓安东的妓家门前站了一忽，同饥狼似的饱看了一回烂熟的肉体，便又走下幸町的街路，折回到了港口。路上的灰尘和太阳的光线，逼迫我的身体，致我不得不向咖啡店去休息一场；我在去码头不远的一家下等的酒店坐下的时候，身体也真疲劳极了。

喝了一大瓶啤酒，吃了几碗日本固有的菜，我觉得我的消沉的心里，也生了一点兴致出来，便想尽我所有的金钱，上妓家去瞎闹一场；但拿出表来一看，已经过十二点了，船是午后二点钟就要拔锚的。

我出了酒店，手里拿了一本 Kimono，在街上走了两步，就把游荡的邪心改过，到浴场去洗了一个澡，因以涤尽了十几年来，堆叠在我这微躯上的日本的灰尘与恶土。

上船的时候，已经是午后一点半了。三十分后开船的时候，我和许多去日本的中国人和日本人立在三等舱外甲板上的太阳影里看最后的日本的陆地。门司的人家远去了，工场的烟囱也看不清楚了，近海岸的无人绿岛也一个一个地少下去了，我正在出神的时候，忽听一等舱的船楼上有清脆的妇人声在那里说话；我抬起头来一看，见有一个年约十八九的中西杂种的少女，立在船楼的栏杆边上，在那里和一个红脸肥胖的下劣西洋人说话。那少女皮肤带着浅黑色，眼睛凹在鼻梁的两边，鼻尖高得很，瞳人带些微黄，但仍是黑色；头发用烙铁烫过，有一圈珍珠，带在蓬蓬的发下。她穿的是黄白薄绸的一件西洋的夏天女服，双袖短得很，她若把手与肩胛平张起来，你从袖口能看得出她腋下的黑影，和胸前的乳头来。她的颈项下的前后又裸着两块可爱的黄黑色的肥肉。下面穿的是一条短短的围裙，她的瘦长的两条脚露出在鱼白的湖绉裙下。从玄色的丝袜里蒸发出来的她的下体的香味，我好像也闻得出来的样子。看看她那微笑的短短的面貌，和一排洁白的牙齿，我恨不得拿出一把手枪来，把那同禽兽似的西洋人击杀了。

"年轻的少女呀，我的半同胞呀！你母亲已经为他们异类的禽兽玷污了，你切不可再与他们接近才好呢！我并不想你，我并不在这里贪你的姿色；但是，但是像你这样的美人，万一被他们同野兽一样的西洋人蹂躏了去，教我如何能堪呢！你那柔软黄黑的肉体被那肥胖和雄猪似的洋人压着的光景，我便在想象的时候，也觉得眼睛里要喷出火来。少女呀少女！我并不要你爱我，我并不要你和我同梦。我只求你别把你的身体送给异类的外人去享乐就对了。我们中国也有美男子，我们中国也有同黑人一样强壮的伟男子，我们中国也有几千万几万万家财的富翁，你何必要接近外国人呢！啊啊，中国可亡，但是中国的女子是不可被他们外国人强奸去的。少女呀少女！你听了我的这哀愿吧！"

我的眼睛呆呆地在那里看守她那颧骨微突、嘴巴狭小的面貌,我的心里同跪在圣女马利亚像前面的旧教徒一样,尽在那里念这些祈祷。感伤的情怀,一时征服了我的全体,我觉得眼睛里酸热起来,她的面貌,就好像有一层veil[1]罩着的样子,也渐渐地朦胧起来了。

海上的景物也变了。近处的小岛完全失去了影子,空旷的海面上,映着了夕照,远远里浮出了几处同眉黛似的青山;我在甲板上立得不耐烦起来,就一声也不响,低了头,回到了舱里。

太阳在西方海面上沉没了下去,灰黑的夜阴从大海的四角里聚集了拢来,我吃完了晚饭,仍复回到甲板上来,立在那少女立过的楼底直下。我仰起头来看看她立过的地方,心里就觉得悲哀起来,前次的纯洁的心情,早已不复在了,我心里只暗暗地想:

"我的头上那一块板,就是她曾经立过的地方。啊啊,要是她能爱我,就教我用无论什么方法去使她快乐,我也愿意的。啊啊,所罗门当日的荣华,比到纯洁的少女的爱情,只值得什么?事也不难,她立在我头上板上的时候,我只须用一点奇术,把我的头一寸一寸地伸长起来,钻过船板去就对了。"

想到了这里,我倒感着了一种滑稽的快感;但看看船外

---

1 译为:面纱。

灰黑的夜阴，我觉得我的心境也同白日的光明一样，一点一点被黑暗腐蚀了。

我今后的黑暗的前程，也想起来了。我的先辈回国之后，受了故国社会的虐待，投海自尽的一段哀史，也想起来了。

"我在那无情的岛国上，受了十几年的苦，若回到故国之后，仍不得不受社会的虐待，教我如何是好呢！日本的少女轻侮我，欺骗我时，我还可以说'我是为人在客'，若故国的少女，也同日本妇人一样的欺辱我的时候，我更有什么话说呢！你看那Euroasian[1]不是已在那里轻侮我了么？她不是已经不承认我的存在了么？唉，唉，唉，唉，我错了，我错了。我是不该回国来的。一样的被人虐待，与其受故国同胞的欺辱，倒还不如受他国人的欺辱更好自家宽慰些。"

我走近船舷，向后面我所别来的国土一看，只见得一条黑线，隐隐地浮在东方的苍茫夜色里。我心里只叫着说：

"日本呀日本，我去了。我死了也不再回到你这里来了。但是，但是我受了故国社会的压迫，不得不自杀的时候，最后浮上我的脑子里来的，怕就是你这岛国哩！Ave Japan[2]！我的前途正黑暗得很呀！"

---

1 译为：欧亚混血儿。
2 译为：福哉日本。

还乡记

一

大约是午前四五点钟的样子,我的过敏的神经忽而颤动了起来。张开了半只眼,从枕上举起非常沉重的头,半醒半觉地向窗外一望,我只见一层灰白色的云丛,密布在微明的空际,房里的角上桌下,还有些暗夜的黑影流荡着,满屋沉沉,只充满了睡声,窗外也没有群动的声息。

"还早哩!"

我的半年来睡眠不足的昏乱的脑经,这样地忖度了一下,将还有些昏痛的头颅仍复投上了草枕,睡着了。

第二次醒来,急急地跳出了床,跑到窗前去看跑马厅的大自鸣钟的时候,心里忽而起了一阵狂跳。我的模糊的睡眼,虽看不清那大自鸣钟的时刻,然而第六官却已感得了时间的迟暮,八点钟的快车大约总赶不到了。

天气不晴也不雨,天上只浮满了些不透明的白云,黄梅时节将过的时候,像这样的天气原是很多的。

我一边跑下楼去匆匆地梳洗,一边催听差的起来,问他是什么时候。因为我的一个镶金的钢表,在东京换了酒吃,一个新买的爱而近,去年在北京又被人偷了去,所以现在只落得和桃花源里的乡老一样,要知道时刻,只能问问外来的捕鱼者:"今是何世?"

听说是七点三刻了,我忽而衔了牙刷,莫名其妙地跑上楼跑下楼地跑了几次,不消说心中是在懊恼的。忙乱了一阵,后来又仔细想了一想,觉得终究是赶不上八点的早车了,心地倒渐渐地平静了下去。慢慢地洗完了脸,换了衣服,我就叫听差的去雇了一乘人力车来,送我上火车站去。

我的故乡在富春山中,正当清冷的钱塘江的曲处。车到杭州,还要在清流的江上坐两点钟的轮船。这轮船有午前午后两班,午前八点,午后二点,各有一只同小孩的玩具似的轮船由江干开往桐庐去的。若在上海乘早车动身,则午后四五点钟,当午睡初醒的时候,我便可到家,与闺中的儿女相见,但是今天已经是不行了。(是阴历的六月初二。)

不能即日回家,我就不得不在杭州过夜,但是羞涩的阮囊,连买半斤黄酒的余钱也没有的我的境遇,教我哪里更能忍此奢侈。我心里又发起恼来了。可恶的我的朋友,你们既知道我今天早晨要走,昨夜就不该谈到这样的时候才回去的。可恶的是我自己,我已决定于今天早晨走,就不该拉住了他们谈那些无聊的闲话的。这些也不知是从哪里来的话,这些话也不知有什么兴趣,但是我们几个人愁眉蹙额的聚首的时候,起先总是默默,后来一句两句,话题一开,便倦也忘了,愁也丢了,眼睛就放起怖人的光来了,有时高笑,有时痛哭,讲来讲去,去岁今年,总还是这几句话:

"世界真是奇怪,像这样轻薄的人,也居然能成中国的偶像的。"

"正唯其轻薄,所以能享盛名。"

"他的著作是什么东西?连抄人家的著书还要抄错!"

"唉唉!"

"还有××呢!比××更卑鄙,更不通,而他享的名誉反而更大!"

"今天在车上看见的那个犹太女子真好哩!"

"她的屁股真大得爱人。"

"她的臂膊!"

"啊啊!"

"恩斯来的那本《彭思生里参拜记》,你念到什么地方了?"

"三个东部的野人,

"三个方正的男子,

"他们起了崇高的心愿,

"想去看看什,泻,奥夫,欧耳。"

"你真记得牢!"

像这样的毫无系统、漫无头绪的谈话，我们不谈则已，一谈起头，非要谈到愧偏消尽、悲愤泄完的时候不止。唉，可怜的有识无产者，这些清谈，这些不平，与你们的脆弱的身体、高亢的精神，究有何补？罢了罢了，还是回头到正路上去，理点生产吧！

昨天晚上有几位朋友，也在我这里，谈了些这样的闲话，我入睡迟了，所以弄得今天赶车不及，不得不在西子湖边住宿一宵，我坐在人力车上，孤冷冷地看着上海的清淡的早市，心里只在怨恨朋友，要使我多破费几个旅费。

二

人力车到了北站，站上人物萧条。大约是正在快车开出之后，慢车未发之先，所以现出这沉静的状态。我得了闲空，心里倒生出了一点余裕来，就以北站构内，闲走了一回。因为我此番归去，本来想去看看故乡的景状，能不能容我这零余者回家高卧，所以我所带的，只有两袖清风、一只空袋，和填在鞋底里的几张钞票——这是我的脾气，有钱的时候，老把它们填在鞋子底里。一则可以防止扒手，二则因为我受足了金钱的迫害，借此可以满足我对金钱复仇的心思，有时候我真有用了全身的气力，拼死踩践它们的举动——而已，身边没有行李，在车站上跑来跑去是非常自由的。

　　天上的同棉花似的浮云，一块一块地消散开来，有几处竟现出青苍的笑靥来了。灰黄无力的阳光，也有几处看得出来。虽有霏微的海风，一阵阵夹了灰土煤烟，吹到这灰色的车站中间，但是伏天的暑热，已悄悄地在人的腋下腰间送信来了。啊啊！三伏的暑热，你们不要来缠扰我这消瘦的行路病者！你们且上富家的深闺里去，钻到那些丰肥红白的腿间乳下去，把她们的香液蒸发些出来吧！我只有这一件半旧的夏布长衫，若把汗水流污了，那明天就没得更换的呀！

　　在车站上踏来踏去地走了几遍，站上的行人，渐渐地多起来了。男的女的，行者送者，面上都堆着满贮希望的形容，在那里左旋右转。但是我——单只是我一个人——也无朋友亲戚来送我的行，更无爱人女弟来作我的伴，只在脆弱的心中，无端地充满了万千的哀感：

　　"论才论貌，在中国的二万万男子中间，我也不一定说是最下流的人，何以我会变成这样的孤苦的呢！我前世犯了什么罪来？我生在什么星的底下的？我难道真没有享受快乐的资格的么？我不能信，我怎么也不能信。"

　　这样地一想，我就跑上车站的旁边入口处去，好像是看见了我认识的一位美妙的女郎来送我回家的样子。刚走到门口，果真见了几个穿时样的白衣裙的女子，正从人力车下来。其中有一个十七八岁的，戴白色运动软帽的女学生，手里提了三个很重的小皮箧,走近了我的身边。我不知不觉竟伸出了一只手去,想为她代拿一个皮箧,好减轻她一点负担,但她站住了脚,放开了黑晶晶的两只大眼反很诧异地对我看了一眼。

"啊啊!我错了,我昏了,好妹妹,请你不要动怒,我不是坏人,我不是车站上的小窃,不过我的想象力太强,我把你当作了我的想象中的人物,所以得罪了你。恕我恕我,对不起,对不起,你的两眼的责罚,是我所甘受的,你即用了你那只柔软的小手,批我一顿,我也是甘受的,我错了,我昏了。"

我被她的两眼一看,就同将睡的人受了电击一样,立即涨红了脸,发出了一身冷汗,心里作了一遍谢罪之辞,缩回了手,低下了头,匆匆地逃走了。

啊啊!这不是衣锦的还乡,这不是罗皮康(Rubicno)的南渡,有谁来送我的行,有谁来作我的伴呢!我的空想也未免太不自量了,我避开了那个女学生,逃到了车站大门口的边上人丛中躲藏的时候,心里还在跳跃不住。凝神屏气地立了一会,向四边偷看了几眼,一种不可捉摸的感情,笼罩上我的全身,我就不得不把我的夏布长衫的小襟拖上面去了。

三

"已经是八点四十五分了。我在这里躲藏也躲藏不过去的,索性快点去买一张票来上车去吧!但是不行不行,两边买票的人这样的多,也许她是在内的,我还是上口头的那扇近大门的窗口去买吧!这里买票的人正少得很!"

这样地打定了主意,我就东探西望地走上了那玻璃窗口,去买了一张车票。伏倒了头,气喘吁吁地跑进了月台,我方晓得刚才买的是一张二等车票,想想我脚下的余钱,又想想今晚在杭州不得不付的膳宿费,我心里忽而清了一清。经济与恋爱是不能两立的,刚才那女学生的事情,也渐渐地被我忘了。

浙江虽是我的父母之邦,但是浙江的知识阶级的腐败,一班教育家、政治家对军人的谄媚,对平民的压制,以及小政客的婢妾的行为、无厌的贪婪,平时想起就要使我作呕。所以我每次回浙江去,总抱了一腔羞嫌的恶怀,障扇而过杭州,不愿在西子湖头作半日的勾留。只有这一回到了山穷水尽,我委委颓颓地逃返家中,仍想到我所嫌恶的故土去求一个息壤,投林的倦鸟,返壑的衰狐,当没有我这样的懊丧落胆的。啊啊!浪子的还家,只求老父慈兄不责备我就对了,哪里还有批评故乡、憎嫌故乡的心思,我一想到这一次的卑微的心境,又不觉泫泫地落下泪来了。

我孤伶仃地坐在车里,看看外面月台上跑来跑去的旅人,和穿黄色制服的挑夫,觉得模糊零乱。他们与我的中间,有一道冰山隔住的样子。一面看看车站附近各工厂的高高的烟囱,又觉得我的头上身边,都被一层灰色的烟雾包围在那里。我深深地吸了一口气,把车窗打开来看梅雨晴时的空际。天上虽还不能说是晴朗,但一斛晴云,和几道光线,是在那里安慰旅人说:

"雨是不会下了,晴不晴开来,却看你们的运气吧!"

不多一忽,火车慢慢儿地开了。北站附近的贫民窟,同坟墓似的江北人的船室,污泥的水潴,晒在坍败的晒台上的女人的小衣,秽布,劳动者的破烂的衣衫等,一幅一幅地呈到我的眼前来,好像是老天故意把人生的疾苦,编成了这一部有系统的记录,来安慰我的样子。

啊啊,载人离别的你这怪兽!你不终不息地前进,不休不止地前进吧!你且把我的身体,搬到世界尽处去,搬入虚无之境去,一生一世,不要停止,尽是行行,行到世界万物都化作青烟,你我的存在都变成乌有的时候,那我就感激你不尽了。

由现代的物质文明产生出来的贫苦之景,渐渐地被大自然掩盖了下去,贫民窟过了,大都会附近之小镇(Vorstadt)过了,路线的两岸,只有平绿的田畴、美丽的别业、洁净的野路,和壮健的农夫。在这调和的盛夏的野景中间,就是在路上行走的那一乘黄色人力车夫,也带有些浪漫的色彩。他好像是童话里的人物,并不是因为衣食的原因,却是为了自家的快乐,拉了车在那里行走的样子。若要在这大自然的微笑中间,指出一件令人不快的事物来,那就是野草中间横躺着的棺冢了。穷人的享乐,只有陶醉在大自然怀里的一刹那。在这一刹那中间,他能把现实的痛苦,忘记得干干净净,与悠久的天空、广漠的大地,化而为一。这是何等的残虐,何等的恶毒呢!当这样的地方,这样的时候,偏要把人间的归宿、生物的运命,赤裸裸地指给他看!

我是主张把中国的坟冢,把野外的枯骨,都掘起来付之一炬,或投入汪洋的大海里去的。

四

过了徐家汇、梵王渡,火车一程一程地进去,车窗外的绿色也一程一程地浓润起来了。啊啊,我自失业以来,同鼠子、蚊虫,蛰居在上海的自由牢狱里,已经有半年多了。我想不到野外的自然,竟长得如此地清新,郊原的空气,会酿得如此地爽健的。啊啊,自然呀,大地呀,生生不息的万物呀,我错了,我不应该离开了你们,到那秽浊的人海中间去觅食去的。

车过了莘庄,天完全变晴了。两旁的绿树枝头,蝉声犹如雨降。我侧耳听听,回想我少年时的景象不置。悠悠的碧落,只留着几条云影,在空际作霓裳的雅舞。一道阳光,遍洒在浓绿的树叶、匀称的稻秧,和柔软的青草上面。被黄梅雨盛满的小溪、奇形的野桥、水车的茅亭、高低的土堆,与红墙的古庙、洁净的农场,一幅一幅同电影似的尽在那里更换。我以车窗作了镜框,把这些天然的图画看得迷醉了,直等火车到松江停住的时候止,我的眼睛竟瞬息也没有移动。唉,良辰美景奈何天,我在这样的大自然里怕已没有生存的资格了吧,因为我的腕力、我的精神,都被现代的文明撒下了毒药,恶化成零,我哪里还有执了锄耙,去和农夫耕作的能力呢!

　　正直的农夫吓,你们是世界的养育者,是世界的主人公,我情愿为你们作牛作马,代你们的劳,你们能分一杯麦饭给我么?

　　车过了松江,风景又添了一味和平的景色。弯了背在田里工作的农夫,草原上散放着的羊群,平桥浅渚,野寺村场,都好像在那里作会心的微笑。火车飞过一处乡村的时候,一家泥墙草舍里忽有几声鸡唱声音,传了出来。草舍的门口有一个赤膊的农夫,吸着烟站在那里对火车呆看。我看了这样纯朴的村景,就不知不觉地叫了起来:

　　"啊啊!这和平的村落,这和平的村落,我几年不与你相接了。"

大约是叫得太响了,我的前后的同车者,都对我放起惊异的眼光来。幸而这是慢车,坐二等车的人不多,否则我只能半途跳下车去,去躲避这一次的羞耻了。我被他们看得不耐烦,并且肚里也觉得有些饥了,用手向鞋底里摸了一摸,迟疑了一会,便叫过茶房来,命他为我搬一客番菜来吃。我动身的时候,脚底下只藏着两张钞票。火车票买后,左脚下的一张钞票已变成了一块多的找头,依理而论是不该在车上大吃的。然而愈有钱愈想节省,愈贫穷愈要瞎花,是一般的心理,我此时也起了自暴自弃的念头:

"横竖是不够的,节省这个钱,有什么意思,还是吃罢!"

一个欲望满足了的时候,第二个欲望马上要起来的,我喝了汤,吃了一块面包之后,喉咙觉得干渴起来,便又起了一种自暴自弃的念头,率性叫茶房把啤酒、汽水拿两瓶来。啊啊,危险危险,我右脚下的一张钞票,已有半张被茶房撕去了。

一边饮食,一边我仍在赏玩窗外的水光云影。我几个小车站上停了几次,轰轰地过了几处铁桥,等我中餐吃完的时候,火车已经过了嘉兴驿了。吃了个饱满,并且带了三分醉意,我心里虽然时时想到今晚在杭州的膳宿费,和明天上富阳去的轮船票,不免有些忧郁,但是以全体的气概讲来,这时候我却是非常快乐,非常满足的:

"人生是现在一刻的连续,现在能够满足,不就好了么?

一刻之后的事情，又何必去想它，明天明年的事情，更可丢在脑后了。一刻之后，谁能保得火车不出轨？谁能保得我不死？罢了罢了，我是满足得很！哈哈哈哈……"

我心里这样的很满足地在那里想，我的脚就慢慢地走上车后的眺望台去。因为我坐的这挂车是最后的一挂，所以站在眺望台上，既可细看野景，又可静听蝉鸣，接受些天风。我站在台上，一手捏住铁栏，一手用了半枝火柴在剔牙齿。凉风一阵阵地吹来，野景一幅幅地过去，我真觉得太幸福了。

五

我平生感得幸福的时间，总不能长久。一时觉得非常满足之后，其后必有绝大的悲怀相继而起。我站在车台上，正在快乐的时候，忽而在万绿丛中看见了一幅美满的家庭团叙图——一个年约三十一二的壮健的农夫，两手擎了一个周岁的小孩，在桑树影下笑乐。一个穿青布衫的与农夫年纪相仿的农妇，笑微微地站在旁边守着他们。在他们上面晒着的阳光树影，更把他们的美满的意情表现得明显。地上摊着一只饭箩、一瓶茶、几只茶饭碗。这一定是那农妇送来馈她男人的。啊啊，桑间陌上，夫唱妇随，更有你两个爱情的结晶，在中间作姻缘的缔带，你们是何等幸福呀！然而我呢！啊啊我啊？我是一个有妻不能爱、有子不能抚的无能力者，在人生战斗场上的惨败者，现在是在逃亡的途中的行路病者，啊！农夫吓农夫，愿你与你的女人和好终身，愿你的小孩聪明强健，愿你的田谷丰多，愿你幸福！你们的灾殃，你们的不幸，全交给了我，凡地上一切的苦恼、悲哀、患难，索性由我一人负担了去吧！

我心里虽这样的在替他祝福，我的眼泪却连连续续地落了下来。半年以来，因为失业的原因，在上海流离的苦处，我想起来了。三个月前头，我的女人和小孩，孤苦伶仃地由这条铁路上经过，萧萧索索地回家去的情状，我也想出来了。啊啊，农家夫妇的幸福，读书阶级的飘零！我女人经过的悲哀的足迹，现在更由我一步步地践踏过去！若是有情，怎得不哭呢！

四围的景色，忽而变了，一刻前那样丰润华丽的自然的美景，都好像在那里嘲笑我的样子：

"你回来了么？你在外国住了十几年，学了些什么回来？你的能力怎么不拿些出来让我们看看？现在你有养老婆儿子的本领么？哈哈！你读书学术，到头来还是归到乡间去啃你祖宗的积聚！"

我俯首看看飞行车轮，看看车轮下的两条白闪闪的铁轨和枕木卵石，忽而感得了一种强烈的死的诱惑。我的两脚抖了起来，跟跄前进了几步，又呆呆地俯视了一忽，两手捏住了铁栏，我闭着眼睛，咬紧牙齿，在脚尖上用了一道死力，便把身体轻轻地抬跳起来了。

六

啊啊，死的胜利吓！我当时若志气坚强一点，就早脱离了这烦恼悲苦的世界，此刻好坐在天神Beatrice¹的脚下拈花作微笑了。但是我那一跳，气力没有用足。我打开眼睛来看时，大地高天，稻田草地，依旧在火车的四周驰骋，车轮的辗声，依旧在我的耳朵里雷鸣，我的身体却坐在栏杆的上面，绝似病了的鹦鹉，被锁住在铁条上待毙的样子。我看看两旁的美景，觉得半点钟以前的称颂自然美的心境，怎么也恢复不过来。我以泪眼与硖石的灵山相对，觉得硖西公园后石山上在太阳光下游玩的几个男女青年，都是挤我出世界外去的魔鬼。车到了临平，我再也不能细赏那荷花世界柳丝乡的风景。我只觉得青翠的临平山，将要变成我的埋骨之乡。笕桥过了，艮山门过了。灵秀的宝叔山，奇兀的北高峰，清泰门外贯流着的清浅的溪流，溪流上摇映着的萧疏的杨柳，野田中交叉的窄路，窄路上的行人，前朝的最大遗物，参差婉绕的城墙，都不能唤起我的兴致来。车到了杭州城站，我只同死刑囚上刑场似的下了月

---

1 比阿特丽斯，但丁《神曲》中的人物。

台。一出站内，在青天皎日的底下，看看我儿时所习见的红墙旅舍、酒馆茶楼，和年轻气锐的生长在都会中的妙年人士，我心里只是怦怦地乱跳，仰不起头来。这种幻灭的心理，若硬要把它写出来的时候，我只好用一个譬喻。譬如当青春的年少，我遇着了一位绝世的佳人，她对我本是初恋，我对她也是第一次的破题儿。两人相携相挽，同睡同行，春花秋月地过了几十个良宵。后来我的金钱用尽，女人也另外有了心爱的人儿，她就学了樊素，同春去了。我只得和悲哀孤独、贫困恼羞，结成伴侣。几年在各地流浪之余，我年纪也大了，身体也衰了，披了一身破褴的衣服，仍复回到当时我两人并肩携手的故地来。山川草木，星月云霓，仍不改其美观。我独坐湖滨，正在临流自吊的时候，忽在水面看见了那弃我而去的她的影像。她容貌同几年前一样的娇柔，衣服同几年前一样的华丽，项下挂着的一串珍珠，比从前更加添了一层光彩，额上戴着的一圈玛瑙，比曩时更红艳得多了。且更有难堪者，回头来一看，看见了一位文秀闲雅的美少年，站在她的背后，用了两手在那里摸弄她的腰背。

啊啊！这一种譬喻，值得什么？我当时一下车站，对杭州的天地感得的那一种羞惭懊丧，若以言语可以形容的时候，我当时的夏布衫袖，就不会被泪汗湿透了，因为说得出譬喻得出的悲怀，还不是世上最伤心的事情呀。我慢慢俯了首，离开了刚下车的人群与争揽客人的车夫和旅馆的招待者，独行踽踽地进了一家旅馆,我的心里好像有千斤重的一块铅石垂在那里的样子。

开了一个单房间,洗了一个脸,茶房拿了一张纸来,要我写上姓名、年岁、籍贯、职业。我对他呆呆地看了一忽,他好像是疑我不曾出过门、不懂这规矩的样子,所以又仔仔细细地解说了一遍。啊啊,我哪里是不懂规矩,我实在是没有写的勇气哟,我的无名的姓氏,我的故乡的籍贯,我的职业!啊啊!叫我写出什么来?

被他催迫不过,我就提起笔来写了一个假名,填上了"异乡人"的三字,在职业栏下写了一个"无"字。不知不觉我的眼泪竟濮嗒濮嗒地滴了两滴在那张纸上。茶房也看得奇怪,向纸上看了一看,又问我说:

"先生府上是哪里,请你写上了吧,职业也要写的。"

我没有方法,就把"异乡人"三字圈了,写上"朝鲜"两字,在职业之下也圈了一圈,填了"浮浪"两字进去。茶房出去之后,我就关上了房门,倒在床上尽情地暗泣起来了。

七

伏在床上暗泣了一阵,半日来旅行的疲倦,征服了我的心身。在蒙眬半觉的中间,我听见了几声咚咚的叩门声。糊糊涂涂地起来开了门，我看见祖母不言不语地站在门外。天色好像晚了，房里只是灰黑得辨不清方向。但是奇怪得很，在这灰黑的空气里，祖母面上的表情，我却看得清清楚楚。这表情不是悲哀，当然也不是愉乐，只是一种压人的庄严的沉默。我们默默地对坐了几分钟，她才移动了她那皱纹很多的嘴说：

"达！你太难了，你何以要这样的孤洁呢！你看看窗外看！"

我向她指着的方向一望，只见窗下街上黑暗嘈杂的人丛里有两个大火把在那里燃烧，再仔细一看，火把中间坐着一位木偶，但是奇极怪极。这木偶的面貌，竟完全与我的一个朋友的面貌一样。依这情景看来，大约是赛会了，我回转头来正想和祖母说话，房内的电灯啪地响了一声，放起光来了，茶房站在我的床前，问我晚饭如何。我只呆呆地不答，因为祖母是今年二月里刚死的，我正在追想梦里的音容，哪里还有心思回茶房的话哩？

遣茶房走了，我洗了一个面，就默默地走出了旅馆。夕阳的残照，在路旁的层楼屋脊上还看得出来。店头的灯火，也星星地上了。日暮的空气，带着微凉，拂上面来。我在羊市街头走了几转，穿过车站的庭前，踏上清泰门前的草地上去。沉静的这杭州故郡，自我去国以来，也受了不少的文明的侵害，各处的旧迹，一天一天地被拆毁了。我走到清泰门前，就起了一种怀古之情，走上将拆而犹在的城楼上去。城外一带杨柳桑树上的鸣蝉，叫得可怜。它们的哀吟，一声声沁入了我的心脾，我如同海上的浮尸，把我的情感，全部付托了蝉声，尽做梦似的站在丛残的城堞上看那西北的浮云和暮天的急情，一种淡淡的悲哀，把我的全身溶化了。这时候若有几声古寺的钟声，当当地一下一下，或缓或徐地飞传过来，怕我就要不自觉地从城墙上跳入城濠，把我的灵魂和人在晚烟之中，去笼罩着这故都的城市。然而南屏不远，curfew[1]今晚上是不会鸣了。我独自一个冷清清地立了许久，看西天只剩了一线红云，把日暮的悲哀尝了个饱满，才慢慢地走下城来。这时候天已黑了，我下城来在路上的乱石上钩了几脚，心里倒起了一种莫名其妙的恐怖。我想想白天在火车上谋自杀的心思和此时的恐怖心一比，就不觉微笑了起来，啊啊，自负为灵长的两足动物哟，你的感情思想，原只是矛盾的连续呀！说什么理性？讲什么哲学？

走下了城，踏上清冷的长街，暮色已经弥漫在市上了。各家的稀淡的灯光，比数刻前增加了一倍势力。清泰门直街上的行人的影子，一个一个从散射在街上的电灯光里闪过，现出一种日暮的情调来。天气虽还不曾大热，然而有几家却早把小桌子摆在门前，露天地在那里吃晚饭了。我真成了一个孤独的异乡人，光了两眼，尽在这日暮的长街上行行前进。

---

1 译为：宵禁；晚钟。

我在杭州并非没有朋友，但是他们或当厅长，或任参谋，现在正是非常得意的时候；我若飘然去会，怕我自家的心里比他们见我之后憎嫌我的心思更要难受。我在沪上，半年来已经饱受了这种冷眼，到了现在，万一家里容我，便可回家永住，万一情状不佳，便拟自决的时候，我再也犯不着去讨这些没趣了。我一边默想，一边看看两旁的店家在电灯下围桌晚餐的景象，不知不觉两脚便走入了石牌楼的某中学所在的地方。啊啊，桑田沧海的杭州，旗营改变了，湖滨添了些邪恶的中西人的别墅，但是这一条街，只有这一条街，依旧清清冷冷，和十几年前我初到杭州考中学的时候一样。物质文明的幸福，些微也享受不着，现代经济组织的流毒，却受得很多的我，到了这条黑暗的街上，好像是已经回到了故乡的样子，心里忽感得了一种安泰，大约是兴致来了，我就踏进了一家巷口的小酒店里去买醉去。

八

在灰黑的电灯底下，面朝了街心，靠着一张粗黑的桌子，坐下喝了几杯高粱，我终觉得醉不成功。我的头脑，愈喝酒愈加明晰，对于我现在的境遇反而愈加自觉起来了。我放下酒杯，两手托着了头，呆呆地向灰暗的空中凝视了一会，忽而有一种沉郁的哀音夹在黑暗的空气里,渐渐地从远处传了过来。这哀音有使人一步一步在感情中沉没下去的魔力,真可以说是中国管弦乐所独具的神奇。过了几分钟,这哀音的发动者渐渐地走近我的身边,我才辨出了胡琴与砰击磁器的谐音来。啊啊!你们原来是流浪的声乐家,在这半开化的杭州城里想来卖艺糊口的可怜虫!

他们二三人的瘦长的清影,和后面跟着看的几个小孩,在酒馆前头掠过了。那一种凄楚的谐音,也一步一步地幽咽了,听不见了。我心里忽起了一种绝大的渴念,想追上他们,去饱尝一回哀音的美味。付清了酒账,我就走出店来,在黑暗中追赶上去。但是他们的几个人,不知走上了什么方向,我拼死地追寻,终究寻他们不着。唉,这昙花的一现,难道是我的幻觉么?难道是上帝显示给我的未来的预言么?但是那悠扬沉郁的弦音和磁盘砰击的声响,还缭绕在我的心中。我在行人稀少的黑暗的街上东奔西走地追寻了一会,没有方法,就只好从丰乐桥直街走到了湖边上去。

湖上没有月华,湖滨的几家茶楼旅馆,也只有几点清冷的电灯,在那里放淡薄的微光;宽阔的马路上,行人也寥落得很。我横过了湖塍马路,在湖边上立了许久。湖的三面,只有沉沉的山影,山腰山脚的别庄里,有几点微明的灯火,要静看才看得出来。几颗淡淡的星光,倒映在湖里,微风吹来,湖里起了几声豁豁的浪声。四边静极了。我把一枝吸尽的纸烟头丢入湖里，啾地响了一声，纸烟的火就熄了。我被这一种静寂的空气压迫不过，就放大了喉咙，对湖心噢噢地发了一声长啸，我的胸中觉得舒畅了许多。沿湖的向西走了一段，我忽在树阴下椅子上，发现了一对青年男女。他和她的态度太无忌惮了，我心里便忽而起了一种不快之感，把刚才长啸之后的畅怀消尽了。

啊啊！青年的男女哟！享受青春，原是你们的特权，也是我平时的主张。但是你们在不幸的孤独者前头，总应该谦逊一点，方能完全你们的爱情的美处。你们且牢牢记着吧！对了，贫儿，切不要把你们的珍珠宝物给他看，因为贫儿看了，愈要觉得他自家的贫困的呀！

我从人家睡尽的街上，走回城站附近的旅馆里来的时候，已经是深夜了。解衣上床，躺了一会，终觉得睡不着。我就点上一枝纸烟，一边吸着，一边在看帐顶。在沉闷的旅舍夜半的空气里，我忽而听见了一阵清脆的女人声音，和门外的茶房，在那里说话。

"来哉来哉！噢哟，等得诺（你）半业（日）嗒哉！"

这是轻佻的茶房的声音。

"是哪一位叫的？"

啊啊！这一定是土娼了！

"仰（念）三号里！"

"你同我去呵！"

"噢哟，根（今）朝诺（你）个（的）面孔真白嗒！"

茶房领了她从我门口走过，开入了间壁念三号的房里。

"好哉，好哉！活菩萨来哉！"

茶房领到之后，就关上门走下楼去了。

"请坐。"

"不要客气！先生府上是哪里？"

"阿拉（我）宁波。"

"是到杭州来耍子的么？"

"来宵（烧）香个。"

"一个人么？"

"阿拉邑个宁（人），京（今）教（朝）体（天）气轧业（热），查拉（为什么）勿赤膊？"

"啥话语！"

"诺（你）勿脱，阿拉要不（替）诺脱哉。"

"不要动手，不要动手！"

"回（还）朴（怕）倒霉索啦？"

"不要动手，不要动手，我自家来解吧。"

"阿拉要摸一摸！"

吃吃的窃笑声，床壁的震动声。

啊啊！本来是神经衰弱的我，即在极安静的地方，尚且有时睡不着觉，哪里还经得起这样淫荡的吵闹呢！北京的浙江大老诸君呀，听说杭州有人倡设公娼的时候，你们曾经竭力地反对，你们难道还不晓得你们的子女姊妹在干这种营业，而在扰乱及贫苦的旅人么？盘踞在当道，只知敲剥百姓的浙江的长官呀！你们若只知聚敛，不知济贫，怕你们的妻妾，也要为快乐的原因，学她们的妙技了。唉唉！"邑有流亡愧俸钱"，你们曾听人说过这句诗否？！

九

我睡在床上，被间壁的淫声挑拨得不能合眼，没有方法，只得起来上街去闲步。这时候大约是后半夜的一二点钟的样子，上海的夜车已到着，羊市街福缘巷的旅店，都已关门睡了。街上除了几乘散乱停住的人力车外，只有几个敝衣凶貌的罪恶的子孙在灰色的空气里阔步。我一边走一边想起了留学时代在异国的首都里每晚每晚的夜行，把当时的情状与现在在这中国的死灭的都会里这样的流离的状态一对照，觉得我的青春、我的希望、我的生活，都已成了过去的云烟，现在的我和将来的我只剩得极微极细的一些儿现实味，我觉得自家实际上已经成了一个幽灵了。我用手向身上摸了一摸，觉得指头触着了一种极粗的夏布材料，又向脸上用了力摘了一把，神经也感得了一种痛苦。

"还好还好，我还活在这里，我还不是幽灵，我还有知觉哩！"

　　这样地一想，我立时把一刻前的思想打消，恰好脚也正走到了拐角头的一家饭馆前了。在四邻已经睡寂的这深更夜半，只有这一家店同睡相不好的人的嘴似的空空洞洞地开在那里。我晚上不曾吃过什么，一见了这家店里的锅子炉灶，便也觉得饥饿起来，所以就马上踏了进去。

　　喝了半斤黄酒，吃了一碗面，到付钱的时候，我又痛悔起来了。我从上海出发的时候，本来只有五元钱的两张钞票。坐二等车已经是不该的了，况又在车上大吃了一场。此时除付过了酒面钱外，只剩得一元几角余钱，明天付过旅馆宿费，付过早饭账，付过从城站到江干的黄包车钱，哪里还有钱购买轮船票呢？我急得没有方法，就在静寂黑暗的街巷里乱跑了一阵，我的身体，不知不觉又被两脚搬到了西湖边上。湖上的静默的空气，比前半夜，更增加了一层神秘的严肃。游戏场也已经散了，马路上除了拐角头边上的没有看见车夫的几乘人力车外，生动的物事一个也没有。我走上了环湖马路，在一家往时也曾投宿过的大旅馆的窗下立了许久。看看四边没有人影，我心里忽然来了一种恶魔的诱惑。

　　"破窗进去吧，去撮取几个钱来吧！"

　　我用了心里的手，把那扇半掩的窗门轻轻地推开，把窗门外的铁杆，细心地拆去了二三枝，从墙上一踏，我就进了那间屋子。我的心眼，看见床前白帐子下摆着一双白花缎的女鞋，衣架上挂着一件纤巧的白华丝纱衫，和一条黑纱裙。我把洗面台的抽斗轻轻抽开，里边在一个小小儿的粉盒和一把白象牙骨折扇的旁边，横躺着一个沿口有光亮的钻珠绽着的女人用的口袋。我向床上看了几次，便把那口袋拿了，走到窗前，心里起了一种怜惜羞悔的心思，又走回去，把口袋放归原处。站了一忽，看看那狭长的女鞋，心里忽又起了一种异想，就伏倒去把一只鞋子拿在手里。我把这双女鞋闻了一回，玩了一回，最后又起了一种残忍的决心，索性把口袋、鞋子一齐拿了，跳出窗来。我幻想到了这里，忽而恢复了我的意识，面上就立时变得绯红，额上也钻出了许多汗珠。我眼睛眩晕了一阵，我就急急地跑回城站的旅馆来了。

十

　　奔回到旅馆里，打开了门，在床上静静地躺了一忽，我的兴奋，渐渐地镇静了下去。间壁的两位幸福者也好像各已倦了，只有几声短促的鼾声和时时从半睡状态里漏出来的一声二声的低幽的梦话，击动我的耳膜。我经了这一番心里的冒险，神经也已倦竭，不多一会，两只眼包皮就也沉沉地盖下来了。

　　一睡醒来，我没有下床，便放大了喉咙，高叫茶房，问他是什么时候。

"十点钟哉,鲜散(先生)!"

啊啊!我记得接到我祖母的病电的时候,心里还没有听见这一句回话时的恼乱!即趁早班轮船回去,我的经济,已难应付,哪里还更禁得在杭州再留半日的呢?况且下午二点钟开的轮船是快班,价钱比早班要贵一倍。我没有方法,把脚在床上蹬踢了一回,只得悻悻地起来洗面。用了许多愤激之辞,对茶房发了一回脾气,我就付了宿费,出了旅馆从羊市街慢慢地走出城来。这时候我所有的财产全部,除了一个瘦黄的身体之外,就是一件半旧的夏布长衫、一套白洋纱的小衫裤、一双线袜、两只半破的白皮鞋和八角小洋。

太阳已经升上了中天,光线直射在我的背上。大约是因为我的身体不好,走不上半里路,全身的粘汗竟流得比平时更多一倍。我看看街上的行人,和两旁的住屋中的男女,觉得他们都很满足地在那里享乐他们的生活,好像不晓得忧愁是何物的样子。背后忽而起了一阵铃响,来了一乘包车,车夫向我骂了几句,跑过去了,我只看见了一个坐在车上穿白纱长衫的少年绅士的背形,和车夫的在那里跑的两只光腿。我慢慢地走了一段,背后又起了一阵车夫的威胁声,我让开了路,回转头来一看,看见了三部人力车,载着三个很纯朴的女学生,两腿中间各夹着些白皮箱、铺盖之类,在那里向我冲来。她们大约是放了暑假赶回家去的。我此时心里起了一种悲愤,把平时祝福善人的心地忘了,却用了憎恶的眼睛,狠狠地对那些威胁我的人力车夫看了几眼。啊啊,我外面的态度虽则如此凶恶,但一边我却在默默地原谅他们的呀!

"你们这些可怜的走兽,可怜你们平时也和我一样,不能和那些年轻的女性接触。这也难怪你们的,难怪你们这样的乱冲,这样的兴高采烈的。这几个女性的身体岂不是载在你们的车上的么?她们的白嫩的肉体上岂不是有一种电气会传到你们的身上来的么?虽则原因不同,动机卑微,但是你们的汗,岂不是为了这几个女性的肉体而流的么?啊啊,我若有气力,也愿跟了你们去典一乘车来,专拉这样的如花少女。我更愿意拼死地驰驱,消尽我的精力。我更愿意不受她们的金钱酬报。"

走出了凤山门,站住了脚,默默地回头来看了一眼,我的眼角又忽然涌出了两颗珠露来!

"珍重珍重,杭州的城市!我此番回家,若不马上出来,大约总要在故乡永住了,我们的再见,知在何日?万一情状不佳,故乡父老不容我在乡间终老,我也许到严子陵的钓石矶头,去寻我的归宿的,我这一瞥,或将成了你我的最后的诀别!我到此刻,才知道我胸际实在在痛爱你的明媚的湖山,不过盘踞在你的地上的那些野心狼子,不得不使我怨你恨你而已。啊啊,珍重珍重,杭州的城市!我若在波中淹没的时候,最后映到我的心眼上来的,也许是我儿时亲睦的你的这媚秀的湖山吧!"

还乡后记

> 风烟俱净,天山共色,从流飘荡,任意东西,自富阳至桐庐一百许里,奇山异水,天下独绝,水皆缥碧,千丈见底,游鱼细石,直视无碍,急湍甚箭,猛浪若奔,隔岸高山,皆生寒树,负势竞上,互相轩邈,争高直指,千百成群。泉水激石,泠泠作响,好鸟相鸣,嘤嘤成韵。蝉则千啭不穷,猿则百叫无绝,鸢飞戾天者,望峰息心,经纶世务者,窥谷忘反,横柯上蔽,在昼犹昏,疏条交映,有时见日。

——吴均

一

Où Peut-on être mieux qu'au sein de sa famille?
"法国的古歌"。

"比在家庭的怀抱里觉得更好的地方,是什么地方?"像这样的地方,当然是没有的,法国的这一句古歌,实在是把人情世态道尽了。

当微雨潇潇之夜,你若身眠古驿,看看萧条的四壁,看看一点欲尽的寒灯,倘不想起家庭的人,这人便是没有心肠者,任它草堆也好,破窑也好,你儿时放摇篮的地方,便是你死后最好的葬身之所呀!我们在客中卧病的时候,每每要想及家乡,岂不就是这事的明证?

我空拳只手地奔回家去。到了杭州,又把路费用尽,在赤日的底下,在车行的道上,我就不得不步行出城。缓步当车,说起来倒是好听,但是在二十世纪的堕落的文明里,沉沦过的我,生得又贫贱多骄,喜张虚势;更何况一向以享乐为主义的我,自然哪里能够安贫守分,蹀躞泥中呢!

这一天阴历的六月初三,天气倒好得很。但是炎炎的赤日,只能助长有钱有势的人的纳凉佳兴,与我这行路病者,却是丝毫无补的!我慢慢地出了凤山门,立在城河桥上,一边用了我那半旧的夏布长衫襟袖,揩拭汗水,一边回头看看杭州的城市,与杭州城上盖着的青天和城墙界上的一排山岭,真有万千的感慨,横亘在胸中。预言者自古不为其故乡所容,我今朝却只能对了故里的丘山,来求最后的荫庇,五柳先生的心事,痛可知了。

啊啊!亲爱的诸君,请你们不要误会,我并非是以预言者自命的人,不过说我流离颠沛,却是与预言者的境遇相同,社会错把我作了天才看待罢了。即使罗秀才能行破石飞鸡的奇迹,然而他的品格,岂不和飘泊在欧洲大陆,猖狂乞食的寄泊栖(gipsy)[1]一样的卑下的么?

我勉强走到了江干,腹中饥饿得很了。回故乡去的早班轮船,当然已经开出,等下午的快船出发,还有三个钟头。我在杂乱窄狭的南星桥市上飘流了一会,在靠江的一条冷清的夹道里找出了一家坍败的饭馆来。

饭店的房屋的骨骼,同我的胸腔一样,肋骨一条一条地数得出来。幸亏还有左侧的一根木椽,从邻家墙上,横着支住在那里,否则怕去秋的潮汛,早好把它拉入江心,作伍子胥的烧饭柴火了。店里的几张板凳桌子,都积满了灰尘油腻,好像是前世纪的遗物。账柜上坐着一个四十内外的女人,在那里做鞋子。灰色的店里,并没有什么生动的气象,只有在门口柱上贴着的一张"安寓客商"的尘蒙的红纸,还有些微现世的感觉。我因为脚下的钱已快完,不能更向热闹的街心去寻辉煌的菜馆,所以就慢慢地踱了进去。

啊啊,物以类聚!你这短翼差池的饭馆,你若是二足的走兽,那我正好和你分庭抗礼结为兄弟!

---

[1] 即吉卜赛人,指四海为家的人。

要回去了,我们要开船了!怕有野鬼来麻烦,你就拿这一点纸帛送给他们吧!你可要饭吃?你可安稳?你可觉得伤心?你不要怕,我在这里,我什么地方都不去了,我只在你的边上。……"

我幽幽地讲到了最后的一句,咽喉就塞住了。我在座上拱了两手,把头伏了下去,两面颊上,只感着一道热气。我重新把我所欲爱的女人,一个一个想了出来,见她们闭着口眼,冰冷地直卧在我的前头。我觉得隐忍不住了,竟任情地放了一声哭声。那个在炉灶上的妇人,以为我在催她的饭,她就同哄小孩子似的用了柔和的声气说:

"好了好了!就快好了,请再等一忽儿!"

啊啊!我又想起来了,我又想起来了,年幼的时候,当我哭泣的时候,祖母、母亲哄我的那一种声气!

"已故的老祖母,倚闾的老母亲!你们的不肖的儿孙,现在正落魄了在江干等回故里的船呀!"

我在自己制成的伤心的泪海里游泳了一会,那妇人捧了一碗汤、一碗炒饭,摆到我的面前来。我仰起头来对她一看,她倒惊了一跳。对我呆看了一眼,她就去绞了一块手巾递给我,叫我擦一擦面。我对了这半老妇人的殷勤,心里说不出的只在感谢。几日来因为睡眠不足、营养不良的缘故,已经是非常感到衰弱,动辄就要流泪的我,对她的这一种感谢,也变成了两行清泪,噗嗒地滴下腮来。她看了这种情形,就

问我说:

"客人,你可是遇见了坏人?"

我摇一摇头,勉强地对她笑了一笑,什么话也不能回答。她呆呆地立了一回,看我不能讲话,也就留了一句"饭不够,好再炒的"安慰我的话,走向她的柜上去了。

三

我吃完了饭,付了她二角银角子,把找回来的八九个铜子,也送给了她,她却摇着头说:

"客人,你是赶船的么?船上要用钱的地方多得很哩,这几个铜子你收着用吧!"

我以为她怪我吝啬,只给她几个铜子的小账,所以又摸了两角银角子出来给她。她却睁大了眼睛对我说:

"咿咿!这算什么?这算什么?"

她硬不肯受,我才知道了她的真意,所以说:

"但是无论如何,我总要给你几个小账的。"

她又推了一回,才收了三个铜子说:

"小账已经有了。"

啊啊,我自回中国以来,遇见的都是些卑污贪暴的野心狼子,我万万想不到在浇薄的杭州城外,有这样的一个真诚的妇人的。妇人呀妇人,你的坍败的屋椽,你的凋零的店铺,大约就是你的真诚的结果,社会对你的报酬?啊啊,我真恨我没有黄金十万,为你建造一家华丽的大酒楼。

"再会再会!"

"顺风顺风!船上要小心一点。"

"谢谢!"

我受妇人的怜惜,这可算是平生的第一次。

走出了饭馆,从太阳晒着的这条冷静的夹道,走上轮船公司的那条大街上去。大约是将近午饭的时候了,街上的行人,比曩时少了许多。我走到轮船公司门口,向窗里一看,见账房内有五六个男子围了桌子,赤了膊在那里说笑吃饭。卖票的窗前的屋里,在角头椅上,只坐着两个乡下人,在那里等候,从他们的衣服态度上看来,他们想必是临浦、萧山一带的农民,也不知他们有什么心事,他们的眉毛却蹙得紧紧的。

我走近了他们,在他们旁边坐下之后,两人中间的一个看了我一眼,问我说:

"鲜散(先生)!到临浦厌办(烟篷)几个脸(钱)?"

"我也不知道,大约是一二角角子吧。"

"喏(你)到啥地方起(去)咯?"

"我上富阳去的。"

"哎(我们)是为得打官司到杭州来咯。"

我并不问他,他却把这一回因为一个学堂里出身的先生告了他的状,不得不到杭州来的事情对我详细地诉说了:

"哎真勿要打官司啦!格煞(现在)田里已(又)忙,宁(人)也走勿开,真真苦煞哉啦!汉(那)个学堂里个(的)鲜散,心也脱凶哉,哎请啦宁刚(讲)过好两遍,情愿拿出八十块洋钿不(给)其(他),其(他)要哎百念块。喏(你)看,格煞五荒六月,教哎啥地方去变出一百念块洋钿来呢!"

他说着似乎是很伤心的样子。

"唉唉!你这老实的农民,我若有钱,我就给你一百二十块钱救你出险了。但是……"

thou's met me in an evil hour,[1]

……

To spare thee now is past my power,[2]

……

我心里这样地一想,又重新起了一阵身世之悲。他看我默默地不语,便也住了口,仍复沉入悲愁的境里去了。

---

1 译为:你在不幸的时刻遇到了我。
2 译为:现在搭救你已经超出了我的能力范围。

四

　　我坐在轮船公司的那只角上,默默地与那农民相对,耳里断断续续地听了些在账房里吃饭的人的笑语,只觉得一阵一阵的哀心隐痛,绝似临盆的孕妇,要产产不出来的样子。

　　杭州城外,自闸口至南星,统江干一带,本是我旧游之地,我记得没有去国之先,在岸边花艇里,金尊檀板,也曾眠醉过几场。江上的明月,月下的青山,与越郡的鸡酒、佐酒的歌姬,当然依旧在那里助长人生的乐趣。但是我呢?我身上的变化呢?我的同干柴似的一双手里,只捏了三个两角的银角子,在这里等买船票!

　　过了一点多钟,轮船公司的那间屋里,挤满了旅人,我因为怕逢知我的同乡,只俯了首,默默地坐着不敢吐气。啊啊,窗外的被阳光晒着的长街,在街上手轻脚健快快活活来往的行人,请你们饶恕我的罪吧,我心里真恨不得丢一个炸弹,与你们同归于尽呀。

　　跟了那两个农民,在窗口买了一张烟篷船票,我就走出公司,走上码头,走上跳板,走上驳船去。

　　原来钱塘江岸,浅滩颇多,码头下有一排很长的跳板,接在那里。我跟了众人,一步一步地从跳板上走到驳船里去的时候,却看见了一个我自家的影子,斜映在江水里,慢慢地在那里前进。等走到跳板尽处,将上驳船的时候,我心里忽而想起了一段我女人写给我的信上的话：

我从来没有一个人单独出过门，那天晚上，我对你说的让我一个人回去的话，原是激于一时的意气而发，我实不知道抱着一个六个月的孩子的妇人的单独旅行是如何苦法。那天午后，你送我上车，车开之后，我抱了龙儿，看看车里坐着的男女，觉得都比我快乐。我又探头出来，遥向你住着的上海一望，只见了几家工厂，和屋上排列在那里的一列烟囱。我对龙儿看了一眼，就不知不觉地涌出了两滴眼泪。龙儿看了我这样子，也好像有知识似的对我呆住了。他跳也不跳了，笑也不笑了，默默地尽对我呆看。我看了这种样子，更觉得伤心难耐，就把我的颜面俯上他的脸去，紧紧地吻了他一回。他呆了一会，就在我的怀里睡着了。

火车行行前进，我看看车窗外的野景，忽而想起去年你带我出来的时候的景象。啊啊！去岁的初秋，你我一路出来上A地去的快乐的旅行，和这一回惨败了回来的情状一比，当时的感慨如何，大约是你所能推想得出的。

在江干的旅馆里过了一夜，第二天的早晨，我差茶房送了一个信给住在江干的我的母舅，他就来了。把我的行李送上轮船之后，买了票子，他又来陪我上船去。龙儿硬不要他抱，所以我只能抱着龙儿，跟在他后面，一步一步地走上那骇人的跳板,等跳板走尽的时候,我本想把龙儿交给母舅,纵身一跳,就跳入钱塘江里去的。但是仔细一想,在昏夜的扬子江边还淹不死的我,在白日的这浅渚里,哪里能达到我的目的?弄得半死不活,走回家去,反而要被人家笑话,还不如忍着吧。

我到家以后,这几天来,简直还没有取过饮食,所以也没有气力写信给你,请你谅我。……

五

啊啊,贫贱夫妻百事哀!我的女人吓,我累你不少了。

我走上了驳船,在船篷下坐定之后,就把三个月前,在上海北站,送我女人回家的事情想了出来。忘记了我的周围坐着的同行者,忘记了在那里摇动的驳船,并且忘记了我自家的失意的情怀,我只见清瘦的我的女人抱了我们的营养不良的小孩在火车窗里,在对我流泪。火车随着蒸汽机关在那里前进,她的眼泪洒满的苍白的脸儿,也和车轮合着了拍子,一隐一现地在那里窥探我。我对她点一点头,她也对我点一点头。我对她手招一招,教她等我一忽,她也对我手招一招。我想使尽我的死力,跳上火车去和她坐一块儿,但是心里又怕跳不上去,要跌下来。我迟疑了许久,看她在窗里的愁容,渐渐地远下去,淡下去了，才抱定了决心，站起来向前面伸出了一只手去。我攀着了一根铁杆，听见了一声啊啊的冲击的声音，纵身向上一跳，觉得双脚踏在木板上了。忽有许多嘈杂的人声，逼上我的耳膜来，并且有几只强有力的手，突突地向我背后推打了几下，我回转头来一看，方知是驳船到了轮船身边，大家在争先地跳上轮船来，我刚才所攀着的铁杆，并不是火车的回栏，我的两脚也并不是在火车中间，却踏在小轮船的舷上。

我随了众人挤到后面的烟篷角上去占了一个位置，静坐了几分钟，把头脑休息了一下，方才从刚才的幻梦状态里醒了转来。

向船外一望，我看见透明的淡蓝色的江水，在那里反射日光。更抬头起来，望到了对岸的我看见一条黄色的沙滩，一排苍翠的杂树，静静地躺在午后的阳光里吐气。

我弯了腰背孤伶仃地坐了一忽，轮船开了。在闸口停了一停，这一只同小孩子的玩具似的小轮船就仆独仆独地奔向西去。两岸的树林沙渚，旋转了好几次，江岸的草舍、农夫，和偶然出现的鸡犬、小孩，都好像是和平的神话里的材料，在那里等赫西奥特（Hesiodos）[1]的吟咏似的。

经过了闻家堰，不多一忽，船就到了东江嘴，上临浦义桥的船客，是从此地换入更小的轮船，溯支江而去的。买票

---

[1] 即古希腊诗人赫西奥德（约公元前8世纪）。

前和我坐在一起的那两个农民,被茶房拉来拉去地拉到了船边,将换入那只等在那里的小轮船去的时候,一个和我讲话过的人,忽而回转头来对我看了一眼,我也不知不觉地回了他一个目礼。啊啊!我真想跟了他们跳上那只小轮船去,因为一个钟头之后,我的轮船就要到富阳了,这回前去停船的第一个码头,就是富阳了,我有什么面目回家去见我的衰亲,见我的女人和小孩呢?

　　但是命运注定的最坏的事情,终究是避不掉的。轮船将近我故里的县城的时候,我的心脏的鼓动也和轮船的机器一样,仆独仆独地响了起来。等船一靠岸,我就杂在众人堆里,披了一身使人眩晕的斜阳,俯着首走上岸来。上岸之后,我却走向和回家的路径方向相反的一个冷街上的土地庙去坐了二点钟。等太阳下山,人家都在吃晚饭的时候,我方才乘了夜阴,走上我们家里的后门去。我倾耳一听,听见大家都在庭前吃晚饭,偶尔传过来的一声我女人和母亲的说话的声音,使我按不住地想奔上前去,和她们去说一句话,但我终究忍住了。乘后门边没有一个人在,我就放大了胆,轻轻推开了门,不声不响地摸上楼上我的女人的房里去睡了。

　　晚上我的女人到房里来睡的时候,如何地惊惶,我和她如何地对泣,我们如何地又想了许多谋自尽的方法,我在此地不记下来了,因为怕人家说我是为欲引起人家的同情的缘故,故意地在夸我自家的苦处。

灯蛾埋葬之夜(节选)

今年的夏季,实在并没有什么大热的天气,尤其是在我这一个离群的野寓里。

有一天晚上,天气特别地闷,晚餐后上床去躺了一忽,终觉得睡不着,就又起来,打开了窗户,和她两人坐在天井里候凉。

两人本来是没有什么话好谈,所以只是昂着头在看天上的飞云,和云堆里时时露现出来的一颗两颗的星宿。

一边慢摇着蒲扇,一边这样地默坐在那里,不晓得坐了多久了,室内桌上的一枝洋烛,忽而灭了它的芯光。

而人既不愿意动弹,也不愿意看见什么,所以灯光的有无,也毫没有关系,仍旧是默默地坐在黑暗里摇动扇子。

又坐了好久好久,天末似起了凉风,窗帘也动了,天上的云层,飞舞得特别地快。

打算去睡了,就问了一声:

"现在不晓得是什么时候了?"

她立了起来，慢慢走进了室内，走入里边房里去拿火柴去了。

停了一会，我在黑暗里看见了一丝火光和映在这火光周围的一团黑影，及黑影底下的半面她的苍白的脸。

第一枝火柴灭了，第二枝也灭了，直到了第三枝才点旺了洋烛。

洋烛点旺之后，她急急地走了出来，手里却拿着了那个大表，轻轻地说：

"不晓是什么时候了，表上还只有六点多钟呢。"

接过表来，拿近耳边去一听，什么声响也没有。我连这表是在几日前头开过的记忆也想不起来了。

"表停了！"

轻轻地回答了一声，我也消失了睡意，想再在凉风里坐它一刻。但她却又继续着说：

"灯盘上有一只很美的灯蛾死在那里。"

跑进去一看，果然有一只身子淡红，翅翼绿色，比蝴蝶小一点，但全身却肥硕得很的灯蛾横躺在那里。右翅上有一处焦影，触须是烧断了。默看了一分钟，用手指轻轻拨了它几拨，我双目仍旧盯视住这扑灯蛾的美丽的尸身，嘴里却不能自禁地说：

"可怜得很！我们把它去向天井里埋葬了吧！"

点了灯笼，用银针向黑泥松处掘了一个圆穴，把这美丽的尸身埋葬完时,天风加紧了起来,似乎要下大雨的样子。

闩上门户,上床躺下之后,一阵风来,接着如乱石似的雨点,便打上了屋檐。

一面听着雨声,一面我自语似的对她说:

"霞!明天是该凉快了,我想到上海去看病去。"

南行杂记

一

上船的第二日,海里起了风浪,饭也不能喫,僵卧在舱里,自家倒得了一个反省的机会。

这时候,大约船在舟山岛外的海洋里,窗外又凄凄地下雨了。半年来的变化,病状,绝望,和一个女人的不名誉的纠葛,母亲的不了解我的恶骂,在上海的几个月的游荡——一幕一幕的过去的痕迹,很杂乱地尽在眼前交错。

上船前的几天,虽则是心里很牢落,然而实际上仍是一件事情也没有干妥。闲下来在船舱里这么地一想,竟想起了许多琐杂的事情来:

"那一笔钱,不晓几时才拿得出来?"

"分配的方法,不晓有没有对C君说清?"

"一包火腿和茶叶,不知究竟要什么时候才能送到北京?"

"啊!一封信又忘了!忘了!"

像这样的乱想了一阵，不知不觉，又昏昏地睡去，一直到了午后的三点多钟。在半醒半觉的昏睡余波里沉浸了一回，听见同舱的K和W在说话，并且话题逼近到自家的身上来了：

"D不晓得怎么样？"K的问话。

"叫他一声吧！"W答。

"喂，D！醒了吧？"K又放大了声音，向我叫。

"乌乌……乌……醒了，什么时候了？"

"舱里空气不好，我们上'突克'去换一换空气吧！"

K的提议，大家赞成了，自家也忙忙地起了床。风停了，雨也已经休止，"突克"上散坐着几个船客。海面的天空，有许多灰色的黑云在那里低徊。一阵一阵的大风渣沫，还时时吹上面来。湿空气里，只听见那几位同船者的杂话声。因为是粤音，所以辨不出什么话来，而实际上我也没有听取人家的说话的意思和准备。

三人在铁栏杆上靠了一会，K和W在笑谈什么话，我只呆呆地凝视着黯淡的海和天，动也不愿意动，话也不愿意说。

正在这一个失神的当儿，背后忽儿听见了一种清脆的女人的声音。回头来一看，却是昨天上船的时候看见过一眼的那个广东姑娘。她只有十七八岁年纪，衣服的材料虽则十分素朴，然而剪裁的式样，却很时髦。她的微突的两只近视眼，狭长的脸子，曲而且小且薄的嘴唇，梳的一条垂及腰际的辫发，不高不大的身材，并不白洁的皮肤，以及一举一动的姿势,简直和北京的银弟一样。昨天早晨,在匆忙杂乱的中间,看见了一眼,已经觉得奇怪了,今天在这一个短距离里,又深深地视察了一番,更觉得她和银弟的中间,确有一道相通的气质。在两三年前,或者又要弄出许多把戏来搅扰这一位可怜的姑娘的心意;但当精力消疲的此刻,竟和大病的人看见了丰美的盛馔一样,心里只起了一种怨恨,并不想有什么动作。

她手里抱着一个周岁内外的小孩,这小孩尽在吵着,仿佛要她抱上什么地方去的样子。她想想没法,也只好走近了我们的近边,把海浪指给那小孩看。我很自然地和她说了两句话,把小孩的一只肥手捏了一回。小孩还是吵着不已,她又只好把他抱回舱里去。我因为感着了微寒,也不愿意在"突克"上久立,过了几分钟,就匆匆地跑回了船室。

喫完了较早的晚饭,和大家谈了些杂天,电灯上火的时候,窗外又凄凄地起了风雨。大家睡熟了,我因为白天三四个钟头的甜睡,这时候竟合不拢眼来。拿出了一本小说来读,读不上几行,又觉得毫无趣味。丢了书,直躺在被里,想来想去想了半天,觉得在这一个时候对于自家的情味最投合的,还是因那个广东女子而惹起的银弟的回忆。

计算起来,在北京的三年乱杂的生活里,比较得有一点前后的脉络,比较得值得回忆的,还是和银弟的一段恶姻缘。

人生是什么?恋爱又是什么?年纪已经到了三十,相貌又奇丑,毅力也不足,名誉、金钱都说不上的这一个可怜的生物,有谁来和你讲恋爱?在这一种绝望的状态里,醉闷的中间,真想不到会遇着这一个一样飘零的银弟!

我曾经对什么人都声明过:"银弟并不美,也没有什么特别可爱的地方。"若硬要说出一点好处来,那只有她的娇小的年纪和她的尚不十分腐化的童心。

酒后的一次访问,竟种下了恶根,在前年的岁暮,前后两三个月里,弄得我心力耗尽,一直到此刻还没有恢复过来,全身只剩了一层瘦黄的薄皮包着的一副残骨。

这当然说不上是什么恋爱,然而和平常的人肉买卖,仿佛也有点分别。啊啊,你们若要笑我的蠢,笑我的无聊,也只好由你们笑,实际上银弟的身世是有点可同情的地方在那里。

她父亲是乡下的裁缝,没出息的裁缝,本来是苏州塘口的一个恶少年;因为姘识了她的娘,他们俩就逃到了上海,在浙江路的荣安里开设了一间裁缝摊。当然是一间裁缝摊,并不是铺子。在这苦中带乐的生涯里,银弟生下了地。过了几时,她父亲又在上海拐了一笔钱和一个女子,大小四人就又从上海逃到了北京。拐来的那个女子,后来当然只好去当娼妓,银弟的娘也因为男人的不德,饮上了酒,渐渐地变成了班子里的龟婆。罪恶贯盈,她父亲竟于一天严寒的晚上在雪窠里醉死了。她的娘以节蓄下来的四五百块恶钱,包了一个姑娘,勉强维持她的生活。像这样的日子,过了几年,银弟也长大了。在这中间，她的娘自然不能安分守寡，和一个年轻的琴师又结成了夫妇。循环报应，并不是天理，大约是人事当然的结果，前年春天，银弟也从"度嫁"的身分进了一步，去上捐当作了娼女。而我这前世作孽的冤鬼，也同她前后同时地浮荡在北京城里。

第一次去访问之后，她已经把我的名姓记住。第二天晚上十一点前后醉了回家，家里的老妈子就告诉我说："有一位姓董的，已经打了好几次电话来了。"我当初摸不着头脑，按了老妈子告诉我的号码就打了一个回电。及听到接电话的人说是蘼香馆，我才想起了前一晚的事情，所以并没有教他去叫银弟讲话，马上就把接话机挂上了。

记得这是前年九、十月中的事情，此后天气一天寒似一天，国内的经济界也因为政局的不安一天衰落一天，胡同里车马的稀少，也是当然的结果。这中间我虽则经济并不宽裕，然而东挪西借，一直到年底止，为银弟开销的账目，总结起来，也有几百块钱的样子。在阔人很多的北京城里，这几百块钱，当然算不得什么一回事，可是由相貌不扬、衣饰不富、经验不足的银弟看来，我已经是她的恩客了。此外还有一件事情，说出来是谁也不相信的，使她更加把我当作了一个不是平常的客人看。

一天北风刮得很厉害，寒空里黑云飞满，仿佛就要下雪的日暮，我和几个朋友，在游艺园看完戏之后，上小有天去喫夜饭去。这时候房间和散座,都被人占去了,我们只得在门前小坐,候人家的空位。过了一忽,银弟和一个四十左右的绅士,从里面一间小房间里出来了。当她经过我面前的时候,一位和我去过她那里的朋友,很冒失地叫了她一声,她抬头一看,才注意到我的身上,窑子在游戏场同时遇见两个客人本来是常有的事情,但她仿佛是很难为情地丢下了那个客人来和我招呼。我一点也不变脸色,仍复是平平和和地对她说了几句话,叫她快些出去,免得那个客人要起疑心。她起初还以为我在喫醋,后来看出了我的真心,才很快活地走了。

好容易等到了一间空屋,又因为和银弟讲了几句话的结果,被人家先占了去,我们等了二十几分钟,才得了一间空座进去坐了。喫菜吃到第二碗,伙计在外边嚷,说有电话,要请一位姓×的先生说话。我起初还不很注意,后来听伙计叫的的确是和我一样的姓,心里想或者是家里打来的,因为他们知道我在游艺园,而小有天又是我常去喫晚饭的地方。猫猫虎虎到电话口去一听,就听出了银弟的声音。她要我马上去她那里,她说刚才那个客人本来要请她听戏,但她拒绝了。我本来是不想去的,但喫完晚饭,出游艺园的时候,时间还早,朋友们不愿意就此分散,大家你一句我一句,就决定要我上银弟那里去问她的罪。

在她房里坐了一个多钟头,接着又打了四圈牌,喫完了酒,想马上回家,而银弟和同去的朋友,都要我在那里留宿。

他们出去之后,并且把房门带上,在外面上了锁。

那时候已经是一点多钟了,妓院里特有的那一种艳乱的杂音,早已停歇,窗外的风声,倒反而加起劲来。银弟拉我到火炉旁边去坐下,问我何以不愿意在她那里宿。我只是对她笑笑,吸着烟,不和她说话。她呆了一会,就把头搁在我的肩上,哭了起来。妓女的眼泪,本来是不值钱的,尤其是那时候我和她的交情并不深,自从头一次访问之后,拢总还不过去了三四次,所以我看了她这一种样子,心里倒觉得很不快活,以为她在那里用手段。她哭了半天,我只好抱她上床,和她横靠在叠好的被条上面。她止住眼泪之后,又沉默了好久,才慢慢地举起头来说:

"耐格人啊,真姆拨良心!……"

又停了几分钟,感伤的话,一齐地发出来了:

"平常日甲末,耐总勿肯来,来仔末,总设两句鬼话啦,就跑脱哉。打电话末,总教老妈子回复,设:'勿拉屋里!'真朝碰着仔,要耐来拉给搭,耐回想跑回起。叫人家格面子阿过得起?……数数看,像哦给当人,实在勿配做耐格朋友……"

说到了这里,她又重新哭了起来,我的心也被她哭软了。拿出手帕来替她擦干了眼泪,我不由自主地吻了她好半天。换了衣服,洗了身,和她在被里睡好,桌上的摆钟,正敲了四下。这时候她的余哀未去,我也很起了一种悲感,所以两人虽抱在一起，心里却并没有失掉互相尊敬的心思。第二天一直睡到午前的十点钟起来，两人间也不曾有一点猥亵的行为。起床之后，洗完脸，要去叫早点心的时候，她问我吃荤的呢还是吃素的，我对她笑了一笑，她才跑过来捏了我一把，轻轻地骂我说：

"耐拉取笑娥呢，回是勒拉取笑耐自家？"

我也轻轻地回答她说：

"我益格沫事，已经割脱着！"

这一晚的事情，说出来大家总不肯相信，但从此之后，她对我的感情，的确是剧变了。因此我也更加觉得她的可怜，所以自那时候起到年底止的两三个月中间，我竟为她付了几百块钱的账。当她身子不净的时候，也接连在她那里留了好几夜宿。

去年正月，因为一位朋友要我去帮他的忙，不得不在兵荒燎乱之际，离开北京，西车站的她的一场大哭，又给了我一个很深的印象。

躺在船舱里的棉被上，把银弟和我中间的一场一场的悲喜剧，回想起来之后，神经愈觉得兴奋，愈是睡不着了。不得已只好起来，拿了烟罐、火柴，想上食堂去吸烟去。跳下了床，开门出来，在门外的通路上，却巧又遇见了那位很像银弟的广东姑娘。我因为正在回忆之后，突然见了她的形象，照耀在电灯光里，心里忽而起了一种奇妙的感觉，竟瞪了两眼,呆呆地站住了。她看了我的奇怪的样子,也好像很诧异似的站住了脚。这时候幸亏同船者都已睡尽,没有人看见,而我也于一分钟之内,恢复了意识,便不慌不忙地走过她的身边,对她问了一声"还没有睡么?"就上食堂去吸烟去。

二

从上海出发之后第四天的早晨,听说是已经过了汕头,也许今天晚上可以进虎门的。船客的脸上,都现出一种希望的表情来,天也放晴,"突克"上的人声也嘈杂起来了。

这一次的航海,总算还好,风浪不十分大,路上也没有遇着强盗,而今天所走的地方,已经是安全地带了。在"突克"的左旁,一位广东的老商人,一边拿了望远镜在望海边的岛屿,一边很努力地用了普通话对我说了一段话。

太阳忽隐忽现,海风还是微微地拂上面来,我们究竟向南走了几千里路,原是谁也说不清楚,可是纬度的变迁的证明,从我们的换了夹衣之后还觉得闷热的事实上找得出来,所以我也不知不觉地对那老商人说:

"老先生,我们已经接触了南国的风光了!"

吃了早午饭,又在"突克"上和那老商人站立了一回,看看远处的岛屿海岸,也没有什么不同的变化,我就回到了舱里去享受午睡。大约是几天来运动不足，消化不良的缘故，头一搁上枕，就作了许多乱梦。梦见了去年在北京德国病院里死的一位朋友，梦见了两月前头，在故乡和我要好的那个女人，又梦见了几回哥哥和我吵闹的情形，最后又梦见我自家在一家酒店门口发怔，因为这酒家柜上，一盘一盘陈列着在卖的尽是煮熟了的人头和人的上半身。

午后三点多钟，睡醒之后，又上"突克"去看了一次，四面的景色，还是和午前一样，问问同伴，说要明天午后才得到广州。幸而这时候那广东姑娘出来了，和她不即不离地说了几句极普通的话，觉得旅愁又减少了一点。这一晚和前几晚一样，看了几页小说，吸了几支烟，想了些前后错杂的事情，就不知不觉地睡着了。

船到虎门外，等领港的到来，慢慢地驶进珠江，是在开船后第五天的午后三点多钟，天空黯淡，细雨丝丝在下，四面的小岛，远近的渔村，水边的绿树，使一般船客都中心不定地跑来跑去在"突克"和舱室的中间行走，南方的风物，煞是离奇，煞是可爱！

若在北方，这时候只是一片黄沙瘠土，空林里总认不出一串青枝绿叶来，而这南乡的二月，水边山上，苍翠欲滴的树叶，不消再说，江岸附近的水田里，仿佛是已经在忙分秧稻的样子。珠江江口，汊港又多，小岛更夥，望南望北，看得出来的，不是嫩绿浓阴的高树，便是方圆整洁的农园。树阴下有依水傍山的瓦屋，园场里排列着荔枝、龙眼的长行，中间且有粗枝大干，红似相思的木棉花树，这是梦境呢还是实际？我在船头上竟看得发呆了。

"美啊！这不是和日本长崎口外的风景一样么？"同舱的K叫着说。

"美啊！这简直是江南五月的清和景！"同舱的W亦受了感动。

"可惜今天的天气不好，把这一幅好景致染上了忧郁的色彩。"我也附和他们说。

船慢慢地进了珠江，两岸的水乡人家的春联和门楣上的横额，都看得清清楚楚。前面老远，在空蒙的烟雨里，有两座小小的宝塔看见了。

"那是广州城！"

"那是黄埔！"

像这样的惊喜的叫唤，时时可以听见，而细雨还是不止，天色竟阴阴地晚了。

吃过晚饭，再走出舱来的时候，四面已经是夜景了。远近的湾港里，时有几盏明灭的渔灯看得出来，岸上人家的墙壁，还依稀可以辨认。广州城的灯火，看得很清，可是问问船员，说到白鹅潭还有二十多里。立在黄昏的细雨里，尽把脖子伸长，向黑暗中瞭望，也没有什么意思，又想回到食堂里去吸烟，但W和K却不愿意离开"突克"。

不知经过了几久,轮船的轮机声停止了。"突克"上充满了压人的寂静,几个喜欢说话的人,又受了这寂静的威胁,不敢作声,忽而船停住了,跑来跑去有几个水手呼唤的声音。轮船下舢板中的男女的声音,也听得出来了,四面的灯火人家,也增加了数目。舱里的茶房,不知道什么时候出来的,这时候也站在我们的身旁,对我们说:

"船已经到了,你们还是回舱去照料东西吧!广东地方可不是好地方。"

我们问他可不可以上岸去,他说晚上雇舢板危险,还不如明天早上上去的好。这一晚总算到了广州,而仍在船上宿了一宵。

在白鹅潭的一宿,也算是这次南行的一个纪念,总算又和那广东姑娘同在一只船上多睡了一晚。第二天早晨,天一亮,不及和那姑娘话别,我们就雇了小艇,冒雨冲上岸来了。

第四章　浮生半日闲

近来心机一转，去买了些《芥子园》《三希堂》等画谱来，在开始学画了；原因是想靠了卖画，来造一所房子，万一画画仍旧是不能吃饭，那么至少至少，我也可以画许多房子，挂在四壁，给我自己的想象以一顿醉饱，如饥者的画饼，旱天的画云霓。

饮食男女在福州

福州的食品，向来就很为外省人所赏识；前十余年在北平，说起私家的厨子，我们总同声一致地赞成刘崧生先生和林宗孟先生家里的蔬菜的可口。当时宣武门外的忠信堂正在流行，而这忠信堂的主人，就系旧日刘家的厨子，曾经做过清室的御厨房的。上海的小有天以及现在早已歇业了的消闲别墅，在粤菜还没有征服上海之先，也曾盛行过一时。面食里的伊府面，听说还是汀州伊墨卿太守的创作；太守住扬州日久，与袁子才也时相往来，可惜他没有像随园老人那么地好事，留下一本食谱来，教给我们以烹调之法；否则，这一个福建萨伐郎（Savarin）[1]的荣誉，也早就可以驰名海外了。

福建菜的所以会这样著名，而实际上却也实在是丰盛不过的原因，第一，当然是由于天然物产的富足。福建全省，东南并海，西北多山，所以山珍海味，一例地都贱如泥沙。

---

[1] 一种圈状的重油发面饼，在酒味糖浆中浸渍过。

听说沿海的居民,不必忧虑饥饿,大海潮回,只消上海滨去走走,就可以拾一篮海货来充作食品。又加以地气温暖,土质腴厚,森林蔬菜,随处都可以培植,随时都可以采撷。一年四季,笋类菜类,常是不断;野菜的味道,吃起来又比别处的来得鲜甜。福建既有了这样丰富的天产,再加以在外省各地游宦营商者的数目的众多,作料采从本地,烹制学自外方,五味调和,百珍并列,于是乎闽菜之名,就宣传在饕餮家的口上了。清初周亮工著的《闽小纪》两卷,记述食品处独多,按理原也是应该的。

　　福州海味,在春三二月间,最流行而最肥美的,要算来自长乐的蚌肉,与海滨一带多有的蛎房。《闽小纪》里所说的西施舌,不知是否指蚌肉而言;色白而腴,味脆且鲜,以鸡汤煮得适宜,长圆的蚌肉,实在是色香味俱佳的神品。听说从前有一位海军当局者,老母病剧,颇思乡味;远在千里外,欲得一蚌肉,以解死前一刻的渴慕,部长纯孝,就以飞机运蚌肉至都。从这一件轶事看来,也可想见这蚌肉的风味了;我这一回赶上福州,正及蚌肉上市的时候,所以红烧、白煮,吃尽了几百个蚌,总算也是此生的豪举,特笔记此,聊志口福。

　　蛎房并不是福州独有的特产,但福建的蛎房,却比江浙沿海一带所产的,特别地肥嫩清洁。正二三月间,沿路的摊头店里,到处都堆满着这淡蓝色的水包肉;价钱的廉,味道的鲜,比到东坡在岭南所贪食的蚝,当然只会得超过。可惜苏公不曾到闽海去谪居，否则，阳羡之田，可以不买，苏氏子孙，或将永寓在三山二塔之下，也说不定。福州人叫蛎房作"地衣"，略带"挨"字的尾声，写起字来，我想只有"蚭"字，可以当得。

在清初的时候，江瑶柱似乎还没有现在那么地通行，所以周亮工再三地称道，誉为逸品。在目下的福州，江瑶柱却并没有人提起了，鱼翅席上，缺少不得的，倒是一种类似宁波横脚蟹的蝤蟹，福州人叫作"新恩"，《闽小纪》里所说的虎蝤，大约就是此物。据福州人说，蝤肉最滋补，也最容易消化，所以产妇、病人以及体弱的人往往爱吃。但由对蟹类素无好感的我看来，却仍赞成周亮工之言，终觉得质粗味劣，远不及蚌与蛎房或香螺的来得干脆。

福州海味的种类，除上述的三种以外，原也很多很多；但是别地方也有，我们平常在上海也常常吃得到的东西，记下来也没有什么价值，所以不说。至于与海错相对的山珍哩，却更是可以干制、可以输出的东西，益发地没有记述的必要了，所以在这里只想说一说叫作肉燕的那一种奇异的包皮。

初到福州，打从大街小巷里走过，看见好些店家，都有一个大砧头摆在店中；一两位壮强的男子，拿了木锥，只在对着砧上的一大块猪肉，一下一下地死劲地敲。把猪肉这样地乱敲乱打，究竟算什么回事？我每次看见，总觉得奇怪；后来向福州的朋友一打听，才知道这就是制肉燕的原料了。

所谓肉燕者，就是将猪肉打得粉烂，和入面粉，然后再制成皮子，如包馄饨的外皮一样，用以来包制菜蔬的东西。听说这物事在福建，也只是福州独有的特产。

福州食品的味道，大抵重糖；有几家真正福州馆子里烧出来的鸡鸭四件，简直是同蜜饯的罐头一样，不杂入一粒盐花。因此福州人的牙齿，十人九坏。有一次去看三赛乐的闽剧，看见台上演戏的人，个个都是满口金黄；回头更向左右的观众一看，妇女子的嘴里也大半镶着全副的金色牙齿。于是天黄黄，地黄黄，弄得我这一向就痛恨金牙齿的偏执狂者，几乎想放声大哭，以为福州人故意在和我捣乱。

将这些脱嫌糖重的食味除起，若论到酒，则福州的那一种土黄酒，也还勉强可以喝得。周亮工所记的玉带春、梨花白、蓝家酒、碧霞酒、莲须白、河清、双夹、西施红、状元红等，我都不曾喝过，所以不敢品评。只有会城各处在卖的鸡老（酪）酒，颜色却和绍酒一样的红似琥珀，味道略苦，喝多了觉得头痛。听说这是以一生鸡，悬之酒中，等鸡肉鸡骨都化了后，然后开坛饮用的酒，自然也是越陈越好。福州酒店外面，都写"酒库"两字，发卖叫发扛，也是新奇得很的名称。以红糟酿的甜酒，味道有点像上海的甜白酒，不过颜色桃红，当是西施红等名目出处的由来。莆田的荔枝酒，颜色深红带黑，味甘甜如西班牙的宝德红葡萄，虽则名贵，但我却终不喜欢。福州一般宴客，喝的总还是绍兴花雕，价钱极贵，斤量又不足，而酒味也淡似沪杭各地,我觉得建庄终究不及京庄。

福州的水果花木,终年不断;橙柑、福橘、佛手、荔枝、龙眼、甘蔗、香蕉,以及茉莉、兰花、橄榄等等,都是全国闻名的品物;好事者且各有谱牒之著,我在这里,自然可以不说。

闽茶半出武夷,就是不是武夷之产,也往往借这名山为号召。铁罗汉、铁观音的两种,为茶中柳下惠,非红非绿,略带赭色;酒醉之后,喝它三杯两盏,头脑倒真能清醒一下。其他若龙团玉乳,大约名目总也不少,我不恋茶娇,终是俗客,深恐品评失当,贻笑大方,在这里只好轻轻放过。

从《闽小纪》中的记载看来,番薯似乎还是福建人开始从南洋运来的代食品;其后因种植的便利,食味的甘美,就流传到内地去了;这植物传播到中国来的时代,只在三百年前,是明末清初的时候,因亮工所记如此,不晓得究竟是否确实。不过福建的米麦,向来就说不足,现在也须仰给于外省或台湾,但田稻倒又可以一年两植。而福州正式的酒席,大抵总不吃饭散场,因为菜太丰盛了,吃到后来,总已个个饱满,用不着再以饭颗来充腹之故。

饮食处的有名处所,城内为树春园、南轩、河上酒家、可然亭等。味和小吃,亦佳且廉;仓前的鸭面,南门兜的素菜与牛肉馆,鼓楼西的水饺子铺,都是各有长处的小吃处;久吃了自然不对,偶尔去一试,倒也别有风味。城外在南台的西菜馆,有嘉宾、西宴台、法大、西来,以及前临闽江、内设戏台的广聚楼等。洪山桥畔的义心楼,以吃形同比目鱼的贴沙鱼著名;仓前山的快乐林,以吃小盘西洋菜见称,这些当然又是菜馆中的别调。至如我所寄寓的青年会食堂,地方清洁宽广,中西菜也可以吃吃,只是不同耶稣的飨宴十二门徒一样,不许顾客醉饮葡萄酒浆,所以正式请客,大感不便。

此外则福建特有的温泉浴场,如汤门外的百合、福龙泉,飞机场的乐天泉等,也备有饮馔供客;浴客往往在这些浴场里可以鬼混一天,不必出外去买酒买食,却也便利。从前听说更可以在个人池内男女同浴,则饮食男女,就不必分求,一举竟可以两得了。

要说福州的女子,先得说一说福建的人种。大约福建土著的最初老百姓,为南洋近边的海岛人种;所以面貌习俗,与日本的九州一带,有点相像。其后汉族南下,与这些土人杂婚,就成了无诸种族,系在春秋战国,吴越争霸之后。到得唐朝,大兵入境;相传当时曾杀尽了福建的男子,只留下女人,以配光身的兵士;故而直至现在,福州人还呼丈夫为"唐晡人",晡者系日暮袭来的意思,同时女人的"诸娘仔"之名,也出来了。还有现在东门外北门外的许多工女农妇,头上仍带着三把银刀似的簪为发饰,俗称它们作三把刀,据说犹是当时的遗制。因为她们的父亲、丈夫、儿子,都被外来的征服者杀了;她们誓死不肯从敌,故而时时带着三把刀在身边,预备复仇。只今台湾的福建籍妓女,听说也是一样；亡国到了现在，也已经有好多年了，而她们却仍不肯与日本的嫖客同宿。若有人破此旧习，而与日本嫖客同宿一宵者，同人中就视作禽兽，耻不与伍，这又是多么悲壮的一幕惨剧！谁说犹唱后庭花处，商女都不知家国的兴亡哩！试看汉奸到处卖国，而妓女乃不肯辱身，其间相去，又岂止泾渭的不同？这一种古代的人种，与唐人杂婚之后，一部分不完全唐化，仍保留着他们固有的生活习惯、宗教仪式的，就是现在仍旧退居在北门外万山深处的畲民。此外的一族，以水上为家，明清以后，一向被视为贱民，不时受汉人的蹂躏的，相传其祖先系蒙古人。自元亡后，遂贬为蛋户，俗呼科蹄。科蹄实为"曲蹄"之别音，因他们常常曲膝盘坐在船舱之内，两脚弯曲，故有此称。串通倭寇，骚扰沿海一带的居民，古时在泉州叫作泉郎的，就是这一种人种的旁支。

因为福州人种的血统，有这种种的沿革，所以福建人的面貌，和一般中原的汉族，有点两样，大致广颡深眼，鼻子与颧骨高突，两颊深陷成窝，下额部也稍稍尖凸向前。这一种面相，生在男人的身上，倒也并不觉得特别；但一生在女人的身上，高突部为嫩白的皮肉所调和，看起来却个个都是线条刻划分明，像是希腊古代的雕塑人形了。福州女子的另一特点，是在她们的皮色的细白。生长在深闺中的宦家小姐，不见天日，白腻原也应该；最奇怪的，却是那些住在城外的工农佣妇，也一例地有着那种嫩白微红，像刚施过脂粉似的皮肤。大约日夕灌溉的温泉浴是一种关系，吃的闽江江水，总也是一种关系。

我们从前没有居住过福建，心目中总只以为福建人种是一种蛮族。后来到了那里，和他们的文化一接触，才晓得他们虽则开化得较迟，但进步得却很快；又因为东南是海港的关系，中西文化的交流，也比中原僻地为频繁，所以闽南的有些都市，简直繁华摩登得可以同上海来争甲乙。及至观察稍深，一移目到了福州的女性，更觉得她们的美的水准，比苏杭的女子要高好几倍；而装饰的入时，身体的康健，比到苏州的小型女子，又得高强数倍都不止。

"天生丽质难自弃"，表露欲，装饰欲，原是女性的特嗜；而福州女子所有的这一种显示本能，似乎比什么地方的人还要强一点。因而天晴气爽，或岁时伏腊，有迎神赛会的关头，南大街，仓前山一带，完全是美妇人披露的画廊。眼睛个个是灵敏深黑的，鼻梁个个是细长高突的，皮肤个个是柔嫩雪白的；此外还要加上以最摩登的衣饰，与来自巴黎、纽约的化妆品的香雾与红霞，你说这幅福州晴天午后的全景，美丽不美丽？迷人不迷人？

亦唯因此之故，所以也影响到了社会，影响到了风俗。国民经济破产，是全国到处都一样的事实；而这些妇女子，又大半是不生产的中流以下的阶级。衣食不足，礼义廉耻之凋伤，原是自然的结果，故而在福州住不上几月，就时时有暗娼流行的风说，传到耳边上来。都市集中人口以后，这实在也是一种不可避免而急待解决的社会大问题。

说及了娼妓，自然不得不说一说福州的官娼。从前邵武诗人张亨甫，曾著过一部《南浦秋波录》，是专记南台一带的烟花韵事的；现在世业凋零，景气全落，这些乐户人家，完全没有旧日的豪奢影子了。福州最上流的官娼，叫作白面处，是同上海的长三一样的款式。听几位久住福州的朋友说，白面处近来门可罗雀，早已掉在没落的深渊里了；其次还勉强在维持市面的，是以卖嘴不卖身为标榜的清唱堂，无论何人，只须花三元法币，就能进去听三出戏。就是这一时号称极盛的清唱堂，现在也一家一家地废了业，只剩了田墩的三五家人家。自此以下，则完全是惨无人道的下等娼妓，与野鸡款式的无名密贩了，数目之多，求售之切，到了骇人听闻的地步。至于城内的暗娼，包月妇，零售处之类，只听见公安维持者等谈起过几次，报纸上见到过许多回，内容虽则无从调查，但演绎起来，旁证以社会的萧条，产业的不振，国步的艰难，与夫人口的过剩，总也不难举一反三，晓得她们的大概。

总之，福州的饮食男女，虽比别处稍觉得奢侈，而福州的社会状态，比别处也并不见得十分地堕落。说到两性的纵弛、人欲的横流，则与风土气候有关，次热带的境内，自然要比温带、寒带为剧烈。而食品的丰富，女子一般姣美与健康，却是我们不曾到过福建的人所意想不到的发现。

上海的茶楼

茶，当然是中国的产品，《尔雅》释槚为苦茶，早采为茶，晚采为茗。《茶经》分门别类，一曰茶，二曰槚，三曰蔎，四曰茗，五曰荈。《神农食经》，说茶茗宜久服，令人有力，悦志。华佗《食论》，也说茶久食，益意思。因此中国人，差不多人人爱吃茶，天天要吃茶；柴、米、油、盐、酱、醋、茶，至将茶列入了开门七件事之一，为每人每日所不能缺的东西。

外国人的茶，最初当然也系由中国输入的奢侈品，所谓梯、泰（Tea, The）等音，说不定还是闽粤一带土人呼茶的字眼，日记大家Pepys'头一次吃到茶的时候，还娓娓说到它的滋味性质，大书特书，记在他的那部可宝贵的日记里。外国人尚且推崇得如此，也难怪在出产地的中国，遍地都是卢仝、陆羽的信徒了。

茶店的始祖，不知是哪个人；但古时集社，想来总也少

---

1 英国日记作家塞缪尔·皮普斯（1633—1703）。

不了茶茗的供设；风传到了晋代，嗜茶者愈多，该是茶楼酒馆的极盛之期。以后一直下来，大约世界越乱，国民经济越不充裕的时候，茶馆店的生意也一定越好。何以见得？因为价廉物美，只消有几个钱，就可以在茶楼住半日，见到许多友人，发些牢骚，谈些闲天的缘故。

上面所说的，是关于茶及茶楼的一般的话；上海的茶楼，情形却有点儿不同，这原也像人口过多，五方杂处的大都会中常有的现象，不过在上海，这一种畸形的发达更要使人觉得奇怪而已。

上海的水陆码头，交通要道，以及人口密聚的地方的茶楼，顾客大抵是帮里的人。上茶馆里去解决的事情，第一是是非的公断，即所谓吃讲茶；第二是拐带的商量，女人的跟人逃走，大半是借茶楼出发地的；第三，才是一般好事的人的去消磨时间。所以上海的茶楼，若没这一批人的支持，营业是维持不过去的；而全上海的茶楼总数之中，以专营业这一种营业的茶店居五分之四；其余的一分，像城隍庙里的几家，像小菜场附近的有些，才是名副其实，供人以饮料的茶店。

譬如有某先生的一批徒弟，在某处做了一宗生意，其后更有某先生的同辈的徒弟们出来干涉了，或想分一点肥，或是牺牲者请出来的调人，或者竟系在当场因两不接头而起冲突的诸事件发生之后，大家要开谈判了，就约定时间，约定伙伴，一家上茶馆里去。这时候，参集的人，自然是愈多愈好，文讲讲不下来，改日也许再去武讲的；比他们长一辈的先生们，当然要等到最后不能解决的时候，才来上场。这些帮里的人，也有着便衣的巡捕，也有穿私服的暗探，上面没有公事下来，或牺牲者未进呈子之先，他们当然都是那一票生意经的股东。

　　这是吃讲茶的一般情形，结果大抵由理屈者方面惠茶钞，也许更上饭馆子去吃一次饭都说不定。至于赎票、私奔，或拐带等事情的谈判，表面上的当事人人数自然还要减少；但周围上下，目光炯炯，侧耳探头，装作毫不相干的神气，或坐或立地埋伏在四面的人，为数却也绝不会少，不过紧急事情不发生，他们就可以不必出来罢了。从前的日升楼，现在的一乐天、全羽居、四海升平楼等大茶馆，家家虽则都有禁吃讲茶的牌子挂在那里，但实际上顾客要吃起讲茶来，你又哪里禁止得他们住。

　　除了这一批有正经任务的短帮茶客之外，日日于一定的时间来一定的地方做顾客的，才是真正的卢仝、陆羽们。他们大抵是既有闲而又有钱的上海中产的住民；吃过午饭，或者早晨一早，他们的两只脚，自然走熟的地方走。看报也在那里，吃点点心也在那里，与日日见面的几个熟人谈推背图的实现，说东洋人的打仗，报告邻居一家小户人家的公鸡的生蛋也就在那里。

　　物以类聚，地借人传，像在跑马厅的附近，城隍庙的境内的许多茶店，多半是或系弄古玩，或系养鸟儿，或者也有专喜欢听说书的专家茶客的集会之所。像湖心亭、春风得意楼等处，虽则并无专门的副作用留存着在，可是有时候，却也会集茶客的大成，坐得济济一堂，把各色有专门嗜好的茶人尽吸在一处的。

至如有女招待的吃茶处，以及游戏场的露天茶棚之类，内容不同，顾客的性质与种类自然又各别了。

上海的茶店业，既然发达到了如此的极盛，自然，随茶店而起的副业，也要必然地滋生出来。第一，卖烧饼、油包，以及小吃品的摊贩，当然是等于眉毛之于眼睛一样，一定是家家茶店门口或近处都有的。第二，是卖假古董、小玩意的商人了，你只要在热闹市场里的茶楼上坐他一两个钟头，像这一种小商人起码可以遇见到十人以上。第三，是算命、测字、看相的人。第四，这总算是最新的一种营养者，而数目却也最多，就是航空奖券的推销员。至如卖小报、拾香烟蒂头，以及糖果香烟的叫卖人等，都是这一游戏场中所共有的附属物，还算不得上海茶楼的一种特点。

还有茶楼的夜市，也是上海地方最著名的一种色彩。小时候在乡下，每听见去过上海的人，谈到四马路、青莲阁、四海升平楼的人肉市场，同在听天方夜谭一样，往往不能够相信。现在因国民经济破产，人口集中都市的结果，这一种肉阵的排列和拉撕的悲喜剧，都不必限于茶楼，也不必限于四马路一角才看得见了，所以不谈。

移家琐记

一

流水不腐,这是中国人的俗话,stagnate pond,这是外国人形容固定的颓毁状态的一个名词。在一处羁住久了,精神上习惯上,自然会生出许多霉烂的斑点来。更何妨洋场米贵,狭巷人多,以我这一个穷汉,夹杂在三百六十万上海市民的中间,非但汽车、洋房、跳舞、美酒等文明的洪福享受不到,就连吸一口新鲜空气,也得走十几里路。移家的心愿,早就有了;这一回却因朋友之介,偶尔在杭城东隅租着了一所适当的闲房,筹谋计算,也张罗拢了二三百块洋钱,于是这很不容易成就的戋戋私愿,竟也猫猫虎虎地实现了。小人无大志,蜗角亦乾坤,触蛮鼎定,先让我来谢天谢地。

搬来的那一天,是春雨霏微的星期二的早上,为计时日的正确,只好把一段日记抄在下面:

一九三三年四月廿五（阴历四月初一），星期二，晨五点起床，窗外下着蒙蒙的时雨，料理行装等件，赶赴北站，衣帽尽湿。携女人儿子及一仆妇登车，在不断的雨丝中，向西进发。野景正妍，除白桃花，菜花，棋盘花外，田野里只一片嫩绿，浅淡尚带鹅黄。此番因自上海移居杭州，故行李较多，视孟东野稍为富有，沿途上落：被无产同胞的搬运夫，敲刮去了不少。午后一点到杭州城站，雨势正盛，在车上蒸干之衣帽，又涔涔湿矣。

新居在浙江图书馆侧面的一堆土山旁边，虽只东倒西斜的三间旧屋，但比起上海的一楼一底的弄堂洋房来，究竟宽敞得多了，所以一到寓居，就开始做室内装饰的工作。沙发是没有的，镜屏是没有的，红木器具、壁画纱灯，一概没有。几张板桌，一架旧书，在上海时，塞来塞去，只觉得没地方塞的这些破铜烂铁，一到了杭州，向三间连通的矮厅上一摆，看起来竟空空洞洞，像煞是沧海中间的几颗粟米了。最后装上壁去的，却是上海八云装饰设计公司送我的一块石膏圆面。塑制者是江山徐葆蓝氏，面上刻出的是《圣经》里马利马格大伦的故事。看来看去，在我这间黝暗矮阔的大厅陈设之中，觉得有一点生气的，就只是这一块同深山白雪似的小小的石膏。

二

　　向晚雨歇，电灯来了。灯光灰暗不明，问先搬来此地住的王母以"何不用个亮一点的灯球"，方才知道朝市而今虽不是秦，但杭州一隅，也绝不是世外的桃源，这样要捐，那样要税，居民的负担，简直比世界哪一国的首都，都加重了；即以电灯一项来说，每一个字，在最近也无法地加上了好几成的特捐。"烽火满天殍满地，儒生何处可逃秦？"这是几年前作过的叠秦韵的两句山歌，我听了这些话后，嘴上虽则不念出来，但心里却也私私地转想了好几次。腹诽若要加刑，则我这一篇琐记，又是自己招认的供状了，罪过罪过。

　　三更人静，门外的巷里，忽传来了些笃笃笃的敲小竹梆的哀音。问是什么。说是卖馄饨圆子的小贩营生。往年这些担头很少，现在冷街僻巷，都有人来卖到天明了，百业的凋敝，城市的萧条，这总也是民不聊生的一点点的实证吧？

　　新居落寞，第一晚睡在床上，翻来覆去总睡不着觉。夜半挑灯，就只好拿出一本新出版的《两地书》来细读。有一位批评家说，作者的私记，我们没有阅读的义务。当时我对这话，倒也佩服得五体投地，所以书店来要我出书简集的时候，我就坚决地谢绝了，并且还想将一本为无钱过活之故而拿去出卖的日记都教他们毁版，以为这些东西，是只好于死后，让他人来替我印行的；但这次将鲁迅先生和密斯许的书简集来一读，则非但对那位批评家的信念完全失掉，并且还在这一部两人的私记里，看出了许多许多平时不容易看到的社会黑暗面来。至如鲁迅先生的诙谐愤俗的气概，许女士的诚实庄严的风度，还是在长书短简里自然流露的余音，由我们熟悉他们的人看来，当然更是味中有味，言外有情，可以不必提起，我想就是绝对不认识他们的人，读了这书，至少也可以得到几多的教训。私记私记，义务云乎哉？

从夜半读到天明，将这《两地书》读完之后，神经觉得愈兴奋了，六点敲过，就率性走到楼下去洗了一洗手脸，换了一身衣服，踏出大门，打算去把这杭城东隅的侵晨朝景，看它一个明白。

三

夜来的雨，是完全止住了，可是外貌像马加弹姆式[1]的沙石马路上，还满涨着淤泥，天上也还浮罩着一层明灰的云幕。路上行人稀少，老远老远，只看得见一部慢慢在向前拖走的人力车的后形。从狭巷里转出东街，两旁的店家，也只开了一半，连挑了菜担在沿街赶早市的农民，都像是没有灌气的

---

1 英语单词 macadam 的谐音，译为：柏油碎石路。

橡皮玩具。四周一看，萧条复萧条，衰落又衰落，中国的农村，果然是破产了，但没有实业生产机关，没有和平保障的像杭州一样的小都市，又何尝不在破产的威胁下战栗着待毙呢？中国目下的情形，大抵总是农村及小都市的有产者，集中到大都会去。在大都会的帝国主义保护之下变成殖民地的新资本家，或变成军阀官僚的附属品的少数者，总算是找着了出路。他们的货财，会愈积而愈多，同时为他们所牺牲的同胞，当然也要加速度地倍加起来。结果就变成这样的一个公式：农村中的有产者集中小都市，小都市的有产者集中大都会，等到资产花尽，而生财无道的时候，则这些素有恒产的候鸟就又得倒转来从大都会而小都市而仍返农村去作贫民。转转循环，丝毫不爽，这情形已经继续了二三十年了，再过五年十年之后的社会状态，自然可以不卜而知了啦，社会的症结究在哪里？唯一的出路究在哪里？难道大家还不明白吗？空喊着抗日抗日，又有什么用处？

　　一个人在大街上踱着想着，我的脚步却于不知不觉的中间，开了倒车，几个弯儿一绕，竟又将我自己的身体，搬到了大学近旁的一条路上来了。向前面看过去，又是一堆土山。山下是平平的泥路和浅浅的池塘。这附近一带，我儿时原也来过的。二十几年前头，我有一位亲戚曾在报国寺里当过军官，更有一位哥哥，曾在陆军小学堂里当过学生。既然已经回到了寓居的附近，那就爬上山去看它一看吧，好在一晚没有睡觉，头脑还有点儿糊涂，登高望望四境，也未始不是一帖清凉的妙药。

　　天气也渐渐开朗起来了，东南半角，居然已经露出了几点青天和一丝白日。土山虽则不高，但眺望倒也不坏。湖上的群山，环绕在西北的一带，再北是空间，更北是湖州境内的发祥的青山了。东面迢迢，看得见的，是临平山、皋亭山、黄鹤山之类的连峰叠嶂。再偏东北处，大约是唐栖镇上的超山山影，看去虽则不远，但走走怕也有半日好走哩。在土山上环视了一周，由远及近，用大量观察法来一算，我才明白了这附近的地理。原来我那新寓，是在军装局的北方，而三面的土山，系遥接着城墙，围绕在军装局的匡外的。怪不得今天破晓的时候，还听见了一阵喇叭的吹唱，怪不得走出新寓的时候，还看见了一名荷枪直立的守卫士兵。

　　"好得很！好得很！……"我心里在想，"前有图书，后有武库，文武之道，备于此矣！"我心里虽在这样地自作有趣，但一种没落的感觉，一种不能再在大都会里插足的哀思，竟渐渐地渐渐地溶浸了我的全身。

住所的话

　　自以为青山到处可埋骨的飘泊惯的流人，一到了中年，也颇以没有一个归宿为可虑；近来常常有求田问舍之心，在看书倦了之后，或夜半醒来，第二次再睡不着的枕上。

　　尤其是春雨萧条的暮春，或风吹枯木的秋晚，看看天空，每会作赏雨茅屋及江南黄叶村舍的梦想；游子思乡，飞鸿倦旅，把人一年年弄得意气消沉的这时间的威力，实在是可怕，实在是可恨。

　　从前很喜欢旅行，并且特别喜欢向没有火车、飞机、轮船等近代交通利器的偏僻地方去旅行。一步一步地缓步着，向四面绝对不曾见过的山川风物回视着，一刻有一刻的变化，一步有一步的境界。到了地旷人稀的地方，你更可以高歌低唱，袒裼裸裎，把社会上的虚伪的礼节、谨严的态度，一齐洗去。人与自然，合而为一，大地高天，形成屋宇，蟣蟊蚁虱，不觉其微，五岳昆仑，也不见其大。偶或遇见些茅篷泥壁的人家，遇见些性情纯朴的农牧，听他们谈些极不相干的私事，更可以和他们一道地悲，一道地喜。半岁的鸡娘，新生一蛋，其乐也融融，与国王年老，诞生独子时的欢喜，并无什么分别。黄牛吃草，嚼断了麦穗数茎，今年的收获，怕要减去一勺，其悲也戚戚，与国破家亡的流离惨苦，相差也不十分远。

至于有山有水的地方呢，看看云容岩影的变化，听听大浪啮矶的音乐，应临流垂钓，或松下息阴。行旅者的乐趣，更加可以多得如放翁的入蜀道、刘阮的上天台。

这一种好游旅、喜飘泊的情性，近年来渐渐地减了；连有必要的事情，非得上北平、上海去一次不可的时候，都一天天地拖延下去，只想不改常态，在家吃点精致的菜，喝点芳醇的酒，睡睡午觉，看看闲书，不愿意将行动和平时有所移易；总之是懒得动。

而每次喝酒，每次独坐的时候，只在想着计划着的，却是一间洁净的小小的住宅，和这住宅周围的点缀与铺陈。

若要住家，第一的先决问题，自然是乡村与城市的选择。以清静来说，当然是乡村生活比较得和我更为适合。可是把文明利器——如电灯、自来水等——的供给，家人买菜购物的便利，以及小孩的教育问题等合计起来，却又觉得住城市是必要的了。具城市之外形，而又富有乡村的景象之田园都市，在中国原也很多。北方如北平，就是一个理想的都城；南方则未建都前之南京，濒海的福州等处，也是住家的好地。

可是乡土的观念，附着在一个人的脑里，同毛发的生于皮肤一样，丛长着原没有什么不对，全脱了却也势有点儿不可能。所以三年之前，也是在一个春雨霏微的节季，终于听了霞的劝告，搬上杭州来住下了。

杭州这一个地方，有山有湖，还有文明的利器、儿童的学校，去上海也只有四个钟头的火车路程，住家原没有什么不合适。可是杭州一般的建筑物，实在太差，简直可以说没有一间合乎理想的住宅，旧式的房子呢，往往没有院子，顶多顶多也不过有一堆不大有意义的假山，和一条其实是只能产生蚊子的鱼池。所谓新式的房子呢，更加恶劣了，完全是上海弄堂洋房的抄袭，冬天住住，还可以勉强，一到夏天，就热得比蒸笼还要难受。而大抵的杭州住宅，都没有浴室的设备，公共浴场呢，又觉得不卫生而价贵。

所以自从迁到杭州来住后，对于住所的问题，更觉得切身地感到了。地皮不必太大，只教有半亩之宫，一亩之隙，就可以满足。房子亦不必太讲究，只须有一处可以登高望远的高楼、三间平屋就对。但是图书室、浴室、猫狗小舍、儿童游嬉之处、灶房，却不得不备。房子的四周，一定要有阔一点的回廊；房子的内部，更需要亮一点的光线。此外是四周的树木和院子里的草地了，草地中间的走路，总要用白沙来铺才好。四面若有邻舍的高墙，当然要种些爬山虎以掩去墙头，若系旷地，只须植一道矮矮的木栅，用黑色一涂就可以将就。门窗当一例以厚玻璃来做，屋瓦应先钉上铅皮，然后再覆以茅草。

照这样的一个计划来建筑房子，大约总要有二千元钱来买地皮、四千元钱来充建筑费，才有点儿希望。去年年底，在微醉之后，将这私愿对一位朋友说了一遍，今年他果然送给了我一块地，所以起楼台的基础，倒是有了。现在只在想筹出四千元钱的现款来建造那一所理想的住宅。胡思乱想的结果，在前两三个月里，竟发了疯，将烟钱、酒钱省下了一半，去买了许多奖券；可是一回一回地买了几次，连末尾也不曾得过，而吃了坏烟、坏酒的结果，身体却显然受了损害了。闲来无事，把这一番经过，对朋友一说，大家笑了一场之后，就都为我设计，说从前的人，曾经用过的最上妙法，是发自己的讣闻，其次是做寿，再其次是兜会。

可是为了一己的舒服，而累及亲戚朋友，也着实有点说不过去，近来心机一转，去买了些《芥子园》《三希堂》等画谱来，在开始学画了；原因是想靠了卖画，来造一所房子，万一画画仍旧是不能吃饭，那么至少至少，我也可以画许多房子，挂在四壁，给我自己的想象以一顿醉饱，如饥者的画饼，旱天的画云霓。这一个计划，若不至于失败，我想在半年之后，总可以得到一点慰安。

记风雨茅庐

　　自家想有一所房子的心愿，已经起了好几年了；明明知道创造欲是好，所有欲是坏的事情，但一轮到了自己的头上，总觉得衣、食、住、行四件大事之中的最低限度的享有，是不可以不保住的。我衣并不要锦绣，食也自甘于藜藿，可是住的房子，代步的车子，或者至少也必须一双袜子与鞋子的限度，总得有了才能说话。况且从前曾有一位朋友劝过我说，一个人既生下了地，一块地却不可以没有，活着可以住住立立，或者睡睡坐坐，死了便可以挖一个洞，将己身来埋葬；当然这还是没有火葬、没有公墓以前的时代的话。

　　自搬到杭州来住后，于不意之中，承友人之情，居然弄到了一块地，从此葬的问题总算解决了；但是住呢，占据的还是别人家的房子。去年春季，写了一篇短短的应景而不希望有什么结果的文章，说自己只想有一所小小的住宅；可是发表了不久，就来了一个回响。一位做建筑事业的朋友先来说，"你若要造房子，我们可以完全效劳"；一位有一点钱的朋友也说,"若通融得少一点,或者还可以想法"。四面一凑,于是起造一个风雨茅庐的计划即便成熟到了百分之八十,不知我者谓我有了钱,深知我者谓我冒了险,但是有钱也罢,冒险也罢,入秋以后,总之把这笑话勉强弄成了事实,在现在的寓所之旁,也竟丁丁笃笃地动起了工,造起了房子。这也许是我的folly[1],这也许是朋友们对于我的过信,不过从今以后,那些破旧的书籍,以及行军床、旧马子之类,却总可以不再去周游列国,学夫子的栖栖一代了,在这些地方,所有欲原也有它的好处。

本来是空手做的大事,希望当然不能过高;起初我只打算以茅草来代瓦,以涂泥来作壁,起它五间不大不小的平房,聊以过过自己有一所住宅的瘾的;但偶尔在亲戚家一谈,却谈出来了事情。他说:"你要造房屋,也得拣一个日,看一看方向;古代的《周易》,现代的天文地理,却实在是有至理存在那里的呢!"言下他还接连举出了好几个很有征验的实例出来给我听,而在座的其他三四位朋友,并且还同时做了填具脚踏手印的见证人。更奇怪的,是他们所说的这一位具有通天入地眼的奇迹创造者,也是同我们一样,读过哀皮西提[2],演过代数几何,受过现代高等教育的学校毕业生。经这位亲

---

1 译为:愚行;愚蠢。
2 英语字母中abcd的谐音。

戚的一介绍，经我的一相信，当初的计划，就变了卦，茅庐变作了瓦屋，五开间的一排营房似的平居，拆作了三开间两开间的两座小蜗庐。中间又起了一座墙，墙上更挖了一个洞；住屋的两旁，也添了许多间的无名的小房间。这么的一来，房屋原多了不少，可同时债台也已经筑得比我的风火围墙还高了几尺。

这一座高台基石的奠基者郭相经先生，并且还在劝我说："东南角的龙手太空，要好，还得造一间南向的门楼，楼上面再做上一层水泥的平台才行。"他的这一句话，又恰巧打中了我的下意识里的一个痛处；在这只空角上，我实在也在打算盖起一座塔样的楼来，楼名是十五六年前就想好的，叫作"夕阳楼"。现在这一座塔楼，虽则还没有盖起，可是只打算避避风雨的茅庐一所，却也涂上了朱漆，嵌上了水泥，有点像是外国乡镇里的五六等贫民住宅的样子了；自己虽则不懂阳宅的地理，但在光线不甚明亮的清早或薄暮看起来，倒也觉得郭先生的设计，并没有弄什么玄虚，和科学的方法，仍旧还是对的。所以一定要在光线不甚明亮的时候看的原因，就因为我的胆子毕竟还小，不敢空口说大话要包工用了最好的材料来造我这一座贫民住宅的缘故。

这倒还不在话下，有点儿觉得麻烦的，却是预先想好的那个"风雨茅庐"的风雅名字与实际的不符。皱眉想了几天，又觉得中国的山人并不入山，儿子的小犬也不是狗的玩意儿，原早已有人在干了,我这样小小地再说一个并不害人的谎,总也不至于有死罪。况且西湖上的那间巍巍乎有点像先施、永安的堆栈似的高大洋楼之以"××草舍"作名称,也不曾听见说有人去干涉过。多一事不如少一事,九九归原,还是照最初的样子,把我的这间贫民住宅,仍旧叫作了避风雨的茅庐。横额一块,却是因马君武先生这次来杭之便,硬要他伸了风痛的右手,替我写上的。

寂寞的春朝

大约是年龄大了一点的缘故罢?近来简直不想行动,只爱在南窗下坐着晒晒太阳,看看旧籍,吃点容易消化的点心。

今年春暖,不到废历的正月,梅花早已开谢,盆里的水仙花,也已经香到了十分之八了。因为自家想避静,连元旦应该去拜年的几家亲戚人家都懒得去。饭后瞌睡一醒,自然只好翻翻书架,检出几本正当一点的书来阅读。顺手一抽,却抽着了一部退补斋刻的陈龙川的文集。一册一册地翻阅下去,觉得中国的现状,同南宋当时,实在还是一样。外患的迭来,朝廷的蒙昧,百姓的无智,志士的悲哽,在这中华民国的二十四年,和孝宗的乾道淳熙,的确也没有什么绝大的差别,从前有人吊岳飞说:"怜他绝代英雄将,争不迟生付孝宗!"但是陈同甫的《中兴五论》,上孝宗皇帝的《三书》,毕竟又有点什么影响?

读读古书,比比现代,在我原是消磨春昼的最上法门。但是且读且想,想到了后来,自家对自家,也觉得起了反感。

在这样好的春日，又当这样有为的壮年，我难道也只能同陈龙川一样，作点悲歌慷慨的空文，就算了结了么？但是一上书不报，再上，三上书也不报的时候，究竟一条独木，也支不起大厦来的。为免去精神的浪费，为避掉亲友的来扰，我还是拖着双脚，走上城隍山去看热闹去。

自从迁到杭州来后，这城隍山真对我发生了绝大的威力。心中不快的时候，闲散无聊的时候，大家热闹的时候，风雨晦冥的时候，我的唯一的逃避之所就是这一堆看去也并不高大的石山。去年旧历的元旦，我是上此地来过的；今年虽则年岁很荒，国事更坏，但山上的香烟热闹，绿女红男，还是同去年一样。对花溅泪，怕要惹得旁人说煞风景，不得已我只好于背着手走下山来的途中，哼它两句旧诗：

    大地春风十万家，偏安原不损繁华。
    输降表已传关外，册帝文应出海涯。
    北阙三书终失策，暮年一第亦微瑕。
    千秋论定陈同甫，气壮词雄节较差。

走到了寓所，连题目都想好了，是《乙亥元日，读陈龙川集，有感时事》。

里西湖的一角落

记得是在六七年——也许是十几年了——的前头,当时映霞的外祖父王二南先生还没有去世,我于那一年的秋天,又从上海到了杭州,寄住在里湖一区僧寺的临水的西楼;目的是想去整理一些旧稿,出几部书。

秋后的西湖,自中秋节起,到十月朝的前后,有时候也竟可以一直延长到阴历十一月的初头,我以为世界上更没有一处比西湖再美丽、再沉静、再可爱的地方。

天气渐渐凉了,可是还不至于感到寒冷,蚊蝇自然也减少了数目。环抱在湖西一带的青山,木叶稍稍染一点黄色,看过去仿佛是嫩草的初生。夏季的雨期过后,秋天百日,大抵是晴天多,雨天少。万里的长空,一碧到底,早晨也许在东方有几缕朝霞,晚上在四周或许上一圈红晕,但是皎洁的日中,与深沉的半夜,总是青天浑同碧海,教人举头越看越感到幽深。这中间若再添上几声络纬的微吟和蟋蟀的低唱,以及山间报时刻的鸡鸣与湖中代步行的棹响,那湖上的清秋静境，就可以使你感味到点滴都无余渖的地步。"秋天好，最好在西湖……"我若要唱一阕小令的话，开口就得念这么的两句。西湖的秋日真是一段多么发人深省，迷人骨的时季呀！（写到了此地，我同时也在流滴着口涎。）

是在这一种淡荡的湖月林风里，那一年的秋后，我就在里湖僧寺的那一间临水西楼上睡觉，抽烟，喝酒，读书，拿笔写文章。有时候自然也到山前山后去走走路，里湖外湖去摇摇船，可是白天晚上，总是在楼头坐着的时候多，在路上水上的时候少，为的是想赶着这个秋天，把全集的末一二册稿子，全部整理出来。

但是预定的工作，刚做了一半的时候，有一天午后二南先生却坐了洋车，从城里出来访我了。上楼坐定之后，他开口微笑着说："好诗！好诗！"原来前几天我寄给城里住着的一位朋友的短札，被他老先生看见了；短札上写的，是东倒西歪的这么的几行小字："逋鼠禅房日闭关，夜窗灯火照孤山，此间事不为人道，君但能来与往还。"被他老先生一称赞，我就也忘记了本来的面目，马上就叫厨子们热酒，煮鱼，摘菜，做点心。两人喝着酒，高谈着诗，先从西泠十子谈起，波及了《杭郡诗辑》，《两浙輶轩录》的正录、续录，又转到扬州八怪、明末诸贤的时候，他老先生才忽然想起，从袋里拿出了一张信来说：

"这是北翔昨天从哈尔滨寄来的信，要我为他去拓三十张杨云友的墓碣来,你既住近在这里,就请你去代办一办。我今天的来此,目的就为了这件事情。"

从这一天起,我的编书的工作就被打断了。重新缠绕着我,使我时时刻刻,老发生着幻想的,就是杨云友的那一个小小的坟亭。亭是在葛岭的山脚,正当上山路口东面的一堆荒草中间的。四面的空地,已经被豪家侵占得尺寸无余了,而这一个小小的破烂亭子,还幸而未被拆毁。我当老先生走后的第二天带了拓碑的工匠,上这一条路去寻觅的时候,身上先钩惹了一身的草子与带刺的荆棘。到得亭下,将荒草割了一割,为探寻那一方墓碣又费了许多工夫。直到最后,扫去了坟周围的几堆垃圾牛溲,捏紧鼻头,绕到了坟的后面,跪下去一摸一看,才发现了那一方以青石刻成的张北翔所写的明女士杨云友的碑铭。这时候太阳已经打斜了,从山顶上又吹下了一天西北风来。我跪伏在污臭的烂泥地上,从头将这墓碣读了一遍,觉得立不起身来了;一种无名的伤感,直从丹田涌起,冲到了心,冲上了头。等那位工匠走近身边,叫了我几声不应,使了全身的气力,将我扶起的时候,他看了我一面,也突然间骇了一大跳。因为我的青黄的面上,流满了一脸的眼泪,眼色也似乎是满带了邪气。他以为我白日里着了鬼迷了,不问皂白,就将我背贴背地背到了石牌坊的道上,叫集了许多住在近边的乡人,抬送我到了寺里。

过了几天,他把三十张碑碣拓好送来了;进寺门之后,在楼下我就听见他在轻轻地问小和尚说：

"楼上的那位先生，以后该没有发疯吧？"

小和尚骂了他几声"胡说！"就跑上楼来问我要不要会他一面，我摇了摇头，只给了他些过分的工钱。

这一个秋天，虽则为了这一件事情而打断了我的预定的工作，但在第二年春天出版的我的一册薄薄的集子里，竟添上了一篇叫作《十三夜》的小说。小说虽则不长，由别人看起来，或许也不见得有什么好处，但在我自己，却总因为它是一个难产的孩子，所以格外地觉得爱惜。

过了几年，是杭州大旱的那一年，夏天挈妻带子，我在青岛、北戴河各处避了两个月暑，回来路过北平，偶尔又在东安市场的剧园里看了一次荀慧生扮演的《杨云友三嫁董其昌》的戏。荀慧生的扮相并不坏，唱做更是恰到好处，当众挥毫的几笔淡淡墨山水，也很可观，不过不晓得为什么，我却觉得杨云友总不是那一副相貌。

又是几年过去了，一九三六年的春天，忽而发了醉兴，跑上了福州。福州的西城角上，也有一个西湖。每当夏天的午后，或冬日的侵晨，有时候因为没地方走，老跑到这小西湖的边上去散步。一边走着，一边也爱念着"天下西湖三十六，就中最好是杭州"的两句成语，以慰乡思。翻翻福州的《西湖志》，才晓得宛在堂的东面，斜坡草地的西北方，旧有一座强小姐的古墓，是很著灵异的。强小姐的出身世系，我也莫名其妙，但是宋朝有一位姓强的余杭人，曾经著过许多很好的诗词，我仿佛还有点儿记得。这一个强小姐墓，当然是清朝的墓，而福州土著的人，或者也许有姓强的，但当我走过西湖，走过这强小姐的墓时，却总要想起"钱塘苏小是乡亲"的一句诗，想起里湖一角落里那一座杨云友的坟亭；这仅仅是联想作用的反射么，或者是骸骨迷恋者的一种疯狂的症候？我可说不出来。

第五章　何日君再来

太阳离山,大约不过盈尺的光景,点点的遥山,淡得比春初的嫩草,还要虚无缥缈。……芦根的浅水,满浮着芦花的绒穗,也不像积绒,也不像银河。

第五章　何日正四六

致映霞（一九二七，部分）

1

王女士：

在客里的几次见面，就这样地匆匆别去，太觉得伤心。

你去上海之先，本打算无论如何，和你再会谈一次的，可是都被你拒绝了，连回信也不给我一封。

这半个月来的我的心境，荒废得很，连夜的失眠，也不知是为了何事。

你几时到上海来，千万请你先通知我，我一定到车站上去接你。有许多中伤我的话，大约你总不至于相信他们吧！

听说你对苕溪君的婚约将成，我也不愿意打散这件喜事，可是王女士，人生只有一次的婚姻，结婚与情爱，有微妙的关系，你但须想想你当结婚年余之后，就不得不日日作家庭的主妇，或抱了小孩，袒胸哺乳等情形，我想你必能决定你现在所应走的路。

你情愿做一个家庭的奴隶吗？你还是情愿做一个自由的女王？你的生活，尽可以独立，你的自由，绝不应该就这样地轻轻抛去。

我对你的要求，希望你给我一个"是"或"否"的回答。我在这里等你的回信。

上海闸北宝山路三德里Ａ十一号

达夫

十二月廿五日

2

映霞君：

接到了你的回信，我真快活极了。你能够应许我来杭州和你相见么？时间和地点，统由你决定，希望你马上能够写一封回信来通知我。

信的往复，总须三天，若约定时日，须在阴历的来年正月初二以后。你的回信若能以快信寄来最好。

达夫

十二月廿七日晚上

3

霞君惠鉴：

　　昨晚上发出了一封快信，今天又想了一天，想你的家庭，不晓得会不会因此而起疑心。我胁下若有两只翼膀，早就飞到杭州来了。I think you should have understood me, you should have understood![1]

　　因为天冷的原因，今晨起来竟伤了风。一个人睡在客里，又遇到了一年将尽的这一个寒宵，想起身世，真伤心之至。

　　我病了，我在候你的回音，无论如何，我想于正月初二或初三搭早车到杭州来养病。

　　平常回杭州来总住在西湖饭店，这一回我想住在城站，因为去你那里近些，不晓得你以为何如？

　　今晚上已经十二点了，我一个人翻来覆去，在床上终于睡不着。明朝一早打算就去请医生看病，大约正月初二三总能起床向杭州来的，我只在这里等你的回信。

达夫

十二月廿八夜

1　意为：我认为你会理解我的，你应该理解我。

4

霞君惠鉴：

　　二月八日的信，今天才接到，我已经了解你的意思。杭州决定不来了，但相逢如此，相别又是如此，这一场春梦，未免太无情了。

　　中国人不晓得人生的真趣，所以大家以为像我这样的人，就没有写信给你的资格。其实我的地位，我的家庭，和我的事业，在我眼里，便半分钱也不值。假如你能understand me, accept me,[1] 则我现在就是生命也可以牺牲，还要说什么地位，什么家庭？现在我已经知道了，知道你的真意了。人生无不散的筵席，我且留此一粒苦种，聊作他年的回忆吧！你大约不晓得我这几礼拜来的苦闷。我现在正在准备，准备到法国去度我的残生。王女士，我们以后，不晓得还有见面的机会没有？

　　　　　　　　　　　　　　　　　　　达夫

　　　　　　　　　　　　　　　　　　二月十日

　　你说我这一回去杭州的动机是不应该，我真失望极了，

---

[1] 文中两句英文，译为：理解我，接受我。

伤心极了。

达夫又及

5

映霞君：

十日早晨发了一封信，你在十日晚上就来了回信。但我在十日午后，又发一封信，不晓得你也接到了没有？我只希望你于接到十日午后的那封信后，能够不要那么地狠心拒绝我。我现在正在计划去欧洲，这是的确的。但我的计划之中，本有你在内，想和你两人同去欧洲留学的。现在事情已经弄得这样，我真不知道如何是好。我接到了你的回信之后，真不明了你的真意。我从没有过现在这样的经验，这一次我对于你的心情，只有上天知道，并没有半点不纯的意思存在在中间。人家虽则在你面前说我的坏话，但我个人，至少是很sincere[1]的，我简直可以为你而死。

沪上谣言很盛，杭州不晓得安稳否？我真为你急死了，你若有一点怜惜我的心思，请你无论如何，再写一封信给我！

---

1 意为：真诚的。

千万千万,因为我在系念你和你老太太的安危。啊啊,我只恨在上海之日,没有和你两人倾谈的机会,我只恨那些阻难我、中伤我的朋友。他们虽则说是在爱我爱你,故而出此,然而我……

伯刚那里,好几天不去了。因为去的时候,他们总以中国式的话来劝我,说我不应该这样,不应该那样。他们太把中国的礼教、习惯、家庭、名誉、地位看重了。他们都说我现在不应该牺牲(损失太大),不应该为了这一回的事情而牺牲。不过我想我若没有这一点勇气,若想不彻底地偷偷摸摸,那我也不至于到这一个地步了。所以他们简直不能了解我现在的心状,并且不了解什么是人生。人生的乐趣,他们以为只在循规蹈矩的刻板生活上面的,结了婚就不能离婚,吃了饭就不应该喝酒。这些话,是我最不乐意听的话,所以我自你去后,尚贤坊只去了一两趟。

此外还有许多自家也要笑起来的愚事,是在你和我分开以后做的。在纸笔上写出来,不好意思,待隔日有机会相见时再和你说吧。

我无论如何,只想和你见一面,北京是不去了。什么地方也不想去,只想到杭州来一次。请你再不要为我顾虑到身边的危险。我现在只希望你有一封回信来,能够使我满意。

达夫
二月十日午后

6

映霞：

　　这一封信，希望你保存着，可以作我们两人这一次交游的纪念。

　　两月以来，我把什么都忘掉。为了你，我情愿把家庭、名誉、地位，甚而至于生命，也可以丢弃，我的爱你，总算是切而且挚了。我几次对你说，我从没有这样地爱过人，我的爱是无条件的，是可以牺牲一切的，是如猛火电光，非烧尽社会，烧尽己身不可的。内心既感到了这样热烈的爱，你试想想看外面可不可以和你同路人一样，长不相见的？因此我几次的要求你，要求你不要疑我的卑污，不要远避开我，不要于见我的时候要拉一个第三者在内。好容易你答应了我一次，前礼拜日，总算和你谈了半天。第二天一早起来，我又觉得非见你不可，所以又匆匆地跑上尚贤坊去。谁知事不凑巧，却遇到了孙夫人的骤病，和一位不相识的生客的到来，所以那一天我终于很懊恼地走了。那一夜回家，仍旧是没有睡着，早晨起来，就接到了你一封信——在那一天早晨的前夜，我曾有一封信发出，约你今天到先施前面来会——你的信里依旧是说，我们两人在这一个期间内，还是少见面的好。你的苦衷，我未始不晓得。因为你还是一个无瑕的闺女，和男子来往交游，于名誉上有绝大的损失，并且我是一个已婚之人，尤其容易使人家误会。所以你就用拒绝我见面的方法，来防止这一层。第二，你年纪还轻，将来总是要结婚的，所以你所希望于我的，就是赶快把我的身子弄得清清爽爽，可以正式地和你举行婚礼。由这两层原因看来，可以知道你所最重视的是名誉，其次是结婚，又其次才是两人中间的爱情。不消说这一次我见到了你，是很热烈地爱你的。正因为我很热烈地爱你，所以一时一刻都不愿意离开你。又因为我很热烈地爱你，所以我可以丢生命，丢家庭，丢名誉，以及一切社会上的地位和金钱。所以由我讲来，现在我所最重视的，是热烈的爱，是盲目的爱，是可以牺牲一切、朝不能待夕的爱。此外的一切，在爱的面前，都只有和尘沙一样的价值。真正的爱，是不容利害打算的念头存在于其间的。所以我觉得这一次我对你感到的，的确是很纯正、很热烈的爱情。这一种爱情的保持，是要日日见面，日日谈心，才可以使它长成，使它洁化，使它长存于天地之间。而你对我的要求，第一就是不要我和你见面。我起初还以为这是你慎重将事的美德，心里很感服你，然而以我这几天自己的心境来一推想，觉得真正地感到热烈的爱情的时候，两人的不见面，是绝对的不可能的。若两个人既感到了爱情，而还可以长久不见面地说话，那么结婚和同居的那些事情，简直可以不要。尤其是可以使我得到实证的，就是我自家的经验。我和我女人的订婚，是完全由父母作主，在我三岁的时候定下的。后来我长大了，有了知识，觉得两人中间，终不能发生出情爱来，所以几次想离婚，几次受了家庭的责备，结果我的对抗方法，就只是长年地避居在日本，无论如何，总不愿意回国。后来因为祖母的病，我于暑假中回来了一次——那一年我已经有二十五岁了——殊不知母亲、祖母及女家的长者，硬地把我捉住，要我结婚。我逃得无可再逃，避得无可再避，就只好想了一个恶毒法子出来习难女家，就是不要行结婚礼，不要用花轿，不要种种仪式。我以为对于头脑很旧的人，这一个法子是很有效力的。哪里知道女家竟承认了我，还是要我结婚，到了七十二变变完的时候，我才走投无路，只能由他们摆布了，所以就糊里糊涂地结了婚。但我对于我的女人，终是没有热烈的爱情的，所以结婚之后，到如今将满六载，而我和她同住的时候，积起来还不上半年。因为我对我的女人，终是没有热烈的爱情的，所以长年地飘流在外，很久很久不见面，我也觉得一点儿也没有什么。从我这自己的经验推想起来，我今天才得到了一个确实的结论，就是现在你对我所感到的情爱，等于我对于我自己的女人所感到的情爱一样。由你看起来，和我长年不见，也是没有什么的。既然是如此，那么映霞，我真真对你不起了，因为我爱你的热度愈高，使你所受的困惑也愈甚，而我现在爱你的热度，已将超过沸点，那么你现在所受的痛苦，也一定是达到了极点了。爱情本来要两人同等地感到，同样地表示，才能圆满地成立，才能有好好的结果，才能使两方感到一样的愉快，像现在我们这样的爱情，我觉得只是我一面的庸人自扰，并不是真正合乎爱情的原则的。所以这一次因为我起了这盲目的热情之后，我自己倒还是自作自受，吃吃苦是应该的，目下且将连累及你也吃起苦来了。我若是有良心的人，我若不是一个利己者，那么第一我现在就要先解除你的痛苦。你的爱我，并不是真正地由你本心而发的，不过是我的热情的反响。我这里燃烧得愈烈，你那里也痛苦得愈深，因为你一边本不在爱我，一边又不得不聊尽你的对人的礼节，勉强地与我来酬酢。我觉得这样的过去，我的苦楚倒还有限，你的苦楚，未免太大了。今天想了一个下午，晚上又想了半夜，我才达到了这一个结论。由这一个结论再演想开来，我又发现了几个原因。第一我们的年龄相差太远，相互的情感是当然不能发生的。第二我自己的丰采不扬——这是我平生最大的恨事——不能引起你内部的燃烧。第三我的羽翼不丰，没有千万的家财，没有盖世的声誉，所以不能使你五体投地地受我的催眠暗示。

说到了这里，我怕你要骂我，骂我在说俏皮话讥讽你，或者你至少也要说我在无理取闹，无理生气，气你不肯和我相见，但是映霞，我很诚恳地对你说，这一种浅薄的心思，我是丝毫没有的。我从前虽则因为你不愿和我见面而曾经发过气，但到了现在——已经想前思后地想破了的现在，我是丝毫也没有怨你的心思，丝毫也没有讥骂你的心思了。我非但没有怨你讯消你的心思，就是现在我也还在爱你。正因为爱你的原因，所以我想解除你现在的苦痛——心不由主，不得不勉强酬应的苦痛。我非但衷心还在爱你，我并且也非常地在感激你。因为我这一次见了你，才经验到了情爱的本质，才晓得很热烈地想爱人的时候的心境是如何地紧张的。我此后想遵守你所望于我的话，我此后想永远地将你留置在我的心灵上膜拜。我这一回只觉得对你不起，因为我一个人的热爱而致累及了你，累你也受了一个多月的苦。我对于自己所犯的这一点罪恶，认识得很清，所以今后我对于你的报答，也仍旧是和从前一样，你要我怎么样，我就可以怎么样。你——

映霞，这一回我真觉得对你不起，我真累及了你了。

映霞，你这一回也算是受了一回骗，把我之致累于你的事情，想得轻一点，想得开一点吧！

我还希望你不要因此而断绝了我们的友谊，不要因此而混骂一班具有爱人的资格的男人。

这一回的事情，完全是我不好，完全是我一个人自不量力的瞎闯的结果。我这一封信，可以证明你的洁白，证明你的高尚，你不过是一个被难者，一个被疯犬咬了的人。你对我本来并没有什么好恶之感，并没有什么男女的私情的。万一你要证明你的洁白，证明你的高尚，有将这一封信发表的必要的时候，我也没有什么反对的抗议。不过若没有这一种必要的事情发生的时候，我还是希望你保存着，保存到我的死后再发表。

最后我还要重说一句,你所希望我的,规劝我的话,我以后一定牢牢地记着。假使我将来若有一点成就的时候,那么我的这一点成就的荣耀,愿意全部归赠给你。

映霞,映霞,我写完了这一封信,眼泪就忍不住地往下掉了,我我……

7

霞君鉴:

昨天的一日,总算是我平生最快乐的日子。我决计照昨天你所嘱咐的样子做去。此心耿耿,对你只有感谢和愉悦,若有变更,神人共击,我可以指天而誓。

杭州事未大定,你千万不可回去。在下礼拜内,我们当再玩一天,希望你能够允我的请求。我自今天起,要把生活转换,庶几可以报答你的好意。我对你如此地真诚,你若还不能信我,那是你的多疑,你要把这一种疑心丢掉才好。

你有什么不便,请你直接说与我知道,客气是生疏的时候的礼貌,我们的中间,是用不着的了。譬如你的日用起居各端,请你不客气地和我说出,我力虽微薄,心却热到沸点,能为你效劳的事情,就是丢掉生命也有所不惜。

很想做几句诗纪念纪念昨天的会谈情节,可是此调不弹已久,做不出来了。今天早晨,坐在车上,一路跑回家来,只想出了底下的几句不成调的东西:

朝来风色暗高楼,偕隐名山誓白头。
好事只愁天妒我,为君先买五湖舟。
笼鹅家世旧门庭,鸦凤追随自惭形。
欲撰西泠才女传,苦无椽笔写兰亭。

写给你笑笑。

达夫上
三月六日午后

8

映霞:

昨天的一天谈话,使我五体投地了,以后我无论如何,愿意听你的命令。我平生的吃苦处,就在表面上老要作玩世不恭的样子,所以你一定还在疑我,疑我是"玩而不当正经",映霞,这是我的死症,我心里却是很诚实的,你不要因为我表面的态度,而疑到我的内心的诚恳,你若果真疑我,那我就只好死在你的面前了。临走的时候,我要——你执意不肯,上车的时候,我要送你,你又不肯,这是我对你有点不满的地方,以后请你不要这样地固执。噢,噢,不要这样地固执。礼拜日若天气好,我一定和你去吴淞看海,那时候或是我来邀你,或是你来邀我,临时再决定吧!

我今天在开始工作,大约三四天后,一定可以把《创造月刊》七期编好。第一我要感激你期望我之心,所以我一边在作工,一边还在追逐你的幻影,昨天的一天,也许是我的一生的转机吧!映霞,我若有一点成就,这功劳完全是你的。

我说不尽感谢你的话,只希望你对我的心,能够长此热烈过去,纯粹过去,一直到我们俩人死的时候止,我们死是要在一道死的。

达夫

三月八日午后

来函读了,你何以会这样的呢?事情我一定为你去找,请你放心,别的事情当面再说。

切不可绕道宁波回去!

9

映霞：

  我觉得很满足，因为你能够爱我，了解我，我以后的生活，一定要受你的感化，因而大变了。今天在家里，也做了一天的事情，光阴一点儿也没有虚废过去，我想此后，总要一天比一天进步。映霞，我的主意已经定了，请你以后不要再伤心、再疑我，还是好好儿地帮我工作吧。我想这样地工作过去，一年之后，必有效果，创造社若能够弄得好，我若有几万块钱在手头，那我们的事情是一定很容易解决的，现在请你不要失望，不要多愁。

  今天晚上，天气很冷，周家又着人来叫我，我只好冒风出去。可是因为住在他家，怕要把我自己滚入他那个野鸡大学的旋涡里去，所以于八点钟之前，就又逃回到了创造社出版部里来。我坐电车经过偷鸡桥的时候，很想来看你，可是记起了你嘱咐我的话，所以不曾下电车。到了北站前头下车的时候，我又想起了你吩咐我的话，叫我晚上不要回中国地界来，我心里除感激而外，更想得对你不起，因为不能遵守你的话。

  映霞，今晚上我要早睡，我要为你而保重身体。我希望你也要为我而保养你的，因为你的身体，就是我的生命。窗外的风吹得很大，现在已经是十一点钟了，我看书本来还想看下去的，忽而想起了你来信中所说的话——叫我多写信给你——所以就把书丢开，拿起笔来写这一封信给你。

明天大约是晴天，我午前要上银行去拿钱，但午后一定在家，你若愿意来，请你过来谈谈。或者这封信迟到，希望你能够约陈女士同来（大约五点钟之前最好），我们好一同出去吃晚饭。

蒋光赤今天来坐了半天，我告诉他想为他介绍陈女士的事情，他很喜欢，我说礼拜天我们要往吴淞去玩，他说他一定来，和我们同去。

我今天早晨接到你的信后，又有一封信写出了，大约你总已经见到。我们这样地多写信，恐怕要被人家识破，说我们的笑话，以后我和你约定，若没有重要事情发生，就于每日晚上写一封吧，你说好不好？

此信写完后，我就要上床睡了。明儿再见。

达夫

三月十四日晚上十一点半

你今天早晨接到我昨晚发的那封信后的回信接着了。

10

映霞：

　　今天的半天，在我是觉得很快乐的，不晓得你以为怎么样。你们去了以后，医生的周先生又说了许多的话。他也在赞你的美，我听了心里很是喜欢，就譬如是人家在赞我一样，映霞，我与你真已经是合成了一体了。我真是这样地想，假如你身上有一点病痛，我也一定同时一样地可以感到。所以前几天，你有了精神上的愁闷，我也同时感到了你这愁闷，弄得夜不安眠，食不知味。这几天，你的愁闷除掉了，我也就觉得舒服，所以事情也办得很多，饭也比平时多吃了。映霞，以我自己的经验推想起来，大约你总也是和我一样的，所以我此后希望你能够时常和我见面，时常和我在一块，那么我们两人的感情，必定会一天深似一天。今天的请陈女士到创造社来办事的话，若可以实现，我也希望你和她同来。我更希望蒋先生和她的事情，能够成功。明天蒋先生要把他著的两本小说寄给你们，希望陈女士读了能够满意。医生的周先生和蒋先生，都问我以对你的关系，我只说："我对她是十分地爱她，但她对我却是不即不离的样子。"（我告诉人的时候，都是这样地说，好使你对人容易措辞，我只说我在爱你，你却不十分爱我。）我们两人内心的情感，人家都还没有晓得，我想永久不使人家晓得，你以为怎么样？蒋先生今天又在此地过夜，他和我说陈女士,他觉得陈女士的纯洁,很可佩服,他更觉得陈女士的态度好,以为是一个未经世故的可爱的少女。大约蒋先生对她是已经拜倒在裙下了。以后若能好好地对她维持这目下的感情,那他和她的事情就可以成了。

今天月亮很好,可惜因为你们要回去,不能上屋顶去看月亮,几时有机会,我们再来看一晚月亮吧,你以为如何?从明天起,我更要努力,为你而努力。现在夜已深了,蒋先生睡在沙发上,我偷了闲,写成这一封信,以践我前次对你所定的约,大约这信到明天午后总可到你那里,那时候,希望你见了我的信能够喜欢。映霞,下一次我们相会的时候,可要秘密一点,不能教第三者来参加,并不是我想做卑鄙的事情,因为在这一个爱情浓厚的时候,正应当细细地寻味这浓情蜜意。人生苦短,在这短短的人生里,这一段时期尤其不可再得,所以你我都应该尊重它,爱护它,好教他年结婚之后,也有个甜蜜的回忆,你以为如何?你以为如何?请你下回来信的时候告诉我。

达夫
三月十六夜十二点钟在东亚的五层楼上

11

映霞：

　　昨晚上写好，今天早晨发出的那封信，大约你现在总接到了吧？现在天气晴了，天上散满着寒星，我很想到坤范来找你，但又怕你被人家说闲话，所以不敢来，可是，映霞，我的心却在驰向你那里去。映霞，今天我在家里住了一天，想你或者要来，但又想想，天气不好，道路泞泥很多，你大约是不来的，所以于五点钟前，出去走了一趟，到几家书店去看了一趟。从那里回来，吃过晚饭，上天井里去洗手，抬头看见了天上的星光，就想你想得了不得。映霞，明天请你来吧，明天你来一下，陈女士的事情，也可以决定一下，回答我，我好预备，噢，你务必要来的呢，明天午后，我在家里等你（午前我也在家）。

　　映霞，我现在真想哭，昨晚上写信的时候，心里已经难受极了，今天看了你那封午前发的来信，心里更是难受。映霞，我们俩的事情，像这样地过去，漫说三年，恐怕就是三个月也挨不得，你以为怎么样？

　　现在出版部里，又有一点小小的事情发生，我不得不去调解，不写了，明天再见。

映霞，kiss, kiss, a long long kiss.[1]

达夫

三月十九日的晚上八时

12

映霞：

　　现在大约你总已经到了杭州了吧？你的祖父、母亲、弟弟、妹妹都好么？你或者现在在吃晚饭，但我一个人，却只坐在电灯的前头呆想，想你在家庭里团栾的乐趣。

　　今天早晨，我本想等火车开后再回来的，但因为怕看见了那载人离别的机器，堂堂地将你搬载了去，怕看见这机器将你从我的身旁分开，送上每天不能相见的远地去时，心里更要不快乐，更要悲哀，所以就硬了心肠，一挥手就和你别了。我在洋车上，把你的信拆开来看，看完的时候，几乎放声哭了起来，就马上叫车夫拉我回去，回到南火车站去，再和你握一握手。可是走到了蓬莱路口，又遇着了一群军队的通过，把交通都断绝了，所以只好闷闷地回来。回到了闸北，

---

[1] 译为：长长（深深）的吻。

约略睡了一会,就有许多事务要办,又只好勉强起来应付着,一直地忙到了现在。现在大家在吃晚饭,我因为中上吃了太饱,不想下去吃饭,所以马上就坐下来写这封信。

映霞,你叮嘱我的话,我句句都遵守着,我以后要节戒烟酒,要发愤做我的事业了,这一层请你放心。

今天天气实在好得很,但稍觉凉了一点,所以我在流清水鼻涕,人家都以为我在暗泣。映霞,我若果真在这里暗泣,那么你总也该知道,这眼泪是为谁流的。

映霞,我相信你,我敬服你,我更感激你到了万分,以后只教你能够时时写信给我,那我在寂寞之中,还可以自慰。我只盼望我们的自由的日子到来,到那时候,我们俩可以永远地不至于离开。映霞,从前你住在梅白克路的时候,我们俩虽则不是在一个屋椽之下,但要相见的时候,只教经过一二十分钟就可以相见。那时候即使不和你相见,我心里但想着你是和我同处在上海,同在呼吸一个地方的空气,那心里就要平稳许多,但现在你却去得很远了,我一想到你,就要心酸起来。映霞,这一回的小别,你大约总猜不出要使我感到多苦楚。但你的这一次的返里,却是不得已的,并且我们的来日,亦正长得很,映霞,我希望你能够利用这个机会,说得你母亲心服,好使我们俩的事情,得早一日成功。

你的信里说,今年年内我们总可以达到目的,但以我现在对你的心境讲来,怕就是三四个月也等不得。

总之，映霞，我以后要努力了，要好好儿地做人了，我想把我的事业，重新再来做过一番，庶几可以不使你失望，不使人家会笑你爱错了人。

我以后不跑出去了，绝对不跑出去了，就想拼命地著书，拼命地珍摄身体，非但是为了我自己，并且是为了你。

今天头昏得很，想早点睡觉，只写到此地为止，此信，当于明天一早，由我自家跑上租界上去寄出。我希望你当没有接到这一封信之先，已经有了寄给我的来书。

映霞，再见，再见！

一九二七年四月三日晚上写

达夫寄自上海创造社

闸北虽则交通不便，但信是仍旧可以通的，不过迟一点就是。

四月四日早付邮

13

最亲爱的映霞：

前天发出的信，大约你总已经接到了。我害了重伤风，自前月廿五那天起，一直到现在，将近十天，没有好过。这中间日本有几位文学者来，我还勉强和他们应酬。写给你的信上，我也没有提及，恐怕你担心思。但是今天已经好了，完全好了，请你放心。

我决计于端午节后上北京去。我希望你于阳历五月廿一（星期六）坐晚车到上海来。星期日在上海住一天，星期一坐了早车就可以回嘉兴了。

映霞，我这几天睡在床上，想你想得要命，尤其是早晨眼睛一睁开来的时候，你爹爹和葆童，都已有信来了，他们以为我还不知道你上嘉兴去，特来通知我的，他们的好意，我真感激得了不得。

映霞，你身体好么？这一向的天气，寒冷不常，请你千万要保重。

我在伤风那一天，照了一张小照相，现在附在这一封信里寄给你，或者可以藏在你的那个心盒里头。照相照得不好，并且似乎太大，你把上下剪去，只把脸子收藏在里头就对了。

我本来还想照一张六寸半身的寄给你，因为这几天来忙得很，所以没有照，等你到上海来的时候，一定可以照好了，叫你带去。

霞生蒋氏，我到如今没有会过面，因为他的行踪不定的原因。映霞，你少写些信，我是要吃醋的，一笑。

达夫上
五月五日、四月初四

回忆鲁迅

序言

鲁迅作古的时候,我正飘流在福建。那一天晚上,刚在南台一家饭馆里吃晚饭,同席的有一位日本的新闻记者,一见面就问我,鲁迅逝世的电报,接到了没有。我听了,虽则大吃了一惊,但总以为是同盟社造的谣。因为不久之前,我曾在上海会过他,我们还约好于秋天同去日本看红叶的。后来虽也听到他的病,但平时晓得他老有因为落夜而致伤风的习惯,所以,总觉得这消息是不可靠的误传。因为得了这一个消息之故,那一天晚上,不待终席,我就走了。同时,在那一夜里,福建报上,有一篇演讲稿子,也有改正的必要,所以从南台走回城里的时候,我就直上了报馆。

晚上十点以后,正是报馆里最忙的时候,我一到报馆,与一位负责的编辑,只讲了几句话,就有位专编国内时事的记者,拿了中央社的电稿,来给我看了;电文却与那一位日本记者所说的一样,说是"著作家鲁迅,于昨晚在沪病故"了。

我于惊愕之余,就在那一张破稿纸上,写了几句电文:"上海申报转许景宋女士:骤闻鲁迅噩耗,未敢置信,万请节哀,余事面谈。"第二天的早晨,我就踏上了三北公司的靖安轮船,奔回到了上海。

鲁迅的葬事,实在是中国文学史上空前的一座纪念碑,他的葬仪,也可以说是民众对日人的一种示威活动。工人、学生、妇女团体,以前鲁迅生前的挚友亲戚,和读他的著作、受他的感化的不相识的男男女女,参加行列的,总有一万人以上。

当时中国各地的民众正在热叫着对日开战,上海的知识分子,尤其是孙夫人、蔡先生等旧日自由大同盟的诸位先进,提倡得更加激烈,而鲁迅适当这一个时候去世了,他平时,也是主张对日抗战的,所以民众对于鲁迅的死,就拿来当作了一个非抗战不可的象征;换句话说,就是在把鲁迅的死,看作了日本侵略中国的具体事件之一。在这个时候,在这一种情绪下的全国民众,对鲁迅的哀悼之情,自然可以不言而喻了;所以当时全国所出的刊物,无论哪一种定期或不定期的印刷品上,都充满了哀悼鲁迅的文字。

但我却偏有一种爱冷不感热的特别脾气,以为鲁迅的崇拜者、友人、同事,既有了这许多追悼他的文字与著作,那我这一个渺乎其小的同时代者,正可以不必马上就去铺张些我与鲁迅的关系。在这一个闹热关头,我就是写十万百万字的哀悼鲁迅的文章,于鲁迅之大,原是不能再加上以毫末,而于我自己之小,反更足以多一个证明。因此,我只在《文学》月刊上,写了几句哀悼的话,此外就一字也不提,一直沉默到了现在。

现在哩!鲁迅的全集,已经出版了;而全国民众,正在一个绝大的危难底下抖擞。在这伟大的民族受难期间,大家似乎对鲁迅个人的伤悼情绪,减少了些了,我却想来利用余闲,写一点关于鲁迅的回忆。若有人因看了这回忆之故,而去多读一次鲁迅的集子,那就是我对于故人的报答,也就是我所以要写这些断片的本望。

廿七年八月十四日在汉寿

和鲁迅第一次的相见,不知是在哪一年哪一月哪一日——我对于时日、地点,以及人的姓名之类的记忆力,异常地薄弱,人非要遇见至五六次以上,才能将一个人的名氏和一个人的面貌连合起来,记在心里——但地方却记得是在北平西城的砖塔胡同一间坐南朝北的小四合房子里。因为记得那一天天气很阴沉,所以一定是在我去北平,入北京大学教书的那一年冬天,时间仿佛是在下午的三四点钟。若说起那一年的大事情来,却又有史可稽了,就是曹锟贿选成功,做大总统的那一个冬天。

去看鲁迅，也不知是为了什么事情。他住的那一间房子，我却记得很清楚，是在那两座砖塔的东北面，正当胡同正中的地方，一个三四丈宽的小院子，院子里长着三四株枣树。大门朝北，而住屋——三间上房——却朝正南，是杭州人所说的倒骑龙式的房子。

那时候，鲁迅还在教育部里当佥事，同时也在北京大学里教小说史略。我们谈的话，已经记不起来了，但只记得谈了些北大的教员中间的闲话，和学生的习气之类。

他的脸色很青，胡子是那时候已经有了；衣服穿得很单薄，而身材又矮小，所以看起来像是一个和他的年龄不大相称的样子。

他的绍兴口音，比一般绍兴人所发的来得柔和，笑声非常之清脆，而笑时眼角上的几条小皱纹，却很是可爱。

房间里的陈设，简单得很；散置在桌上、书橱上的书籍，也并不多，但却十分地整洁。桌上没有洋墨水和钢笔，只有一方砚瓦，上面盖着一个红木的盖子。笔筒是没有的，水池却像一个小古董，大约是从头发胡同的小市上买来的无疑。

他送我出门的时候，天色已经晚了，北风吹得很大；门口临别的时候，他不晓说了一句什么笑话，我记得一个人在走回寓舍来的路上，因回忆着他的那一句，满面还带着了笑容。

同一个来访我的学生，谈起了鲁迅。他说："鲁迅虽在冬天，也不穿棉裤，是抑制性欲的意思。他和他的旧式的夫人是不要好的。"因此，我就想起了那天去访问他时，来开门的那一位清秀的中年妇人，她人亦矮小，缠足梳头，完全是一个典型的绍兴太太。

数年前，鲁迅在上海，我和映霞去北戴河避暑回到了北平的时候，映霞曾因好奇之故，硬逼我上鲁迅自己造的那一所西城象鼻胡同后面西三条的小房子里，去看过这中年的妇人。她现在还和鲁迅的老母住在那里，但不知她们在强暴的邻人管制下的生活也过得惯不。

那时候，我住在阜成门内巡捕厅胡同的老宅里。时常来往的，是住在东城禄米仓的张凤举、徐耀辰两位，以及沈尹默、沈兼士、沈士远的三昆仲；不时也常和周作人氏、钱玄同氏、胡适之氏、马幼渔氏等相遇，或在北大的休息室里，或在公共宴会的席上。这些同事，都是鲁迅的崇拜者，而对于鲁迅的古怪脾气，都当作一件似乎是历史上的轶事在谈论。

在我与鲁迅相见不久之后，周氏兄弟反目的消息，从禄米仓的张、徐二位那里听到了。原因很复杂，而旁人终于也不明白是究竟为了什么。但终鲁迅的一生，他与周作人氏，竟没有和解的机会。

本来，鲁迅与周作人氏哥儿俩，是住在八道湾的那一所大房子里的。这一所大房子，系鲁迅在几年前，将他们绍兴的祖屋卖了，与周作人在八道湾买的；买了之后，加以修缮，他们弟兄和老太太就统在那里住了。俄国的那位盲诗人爱罗先珂寄住的，也就是这一所八道湾的房子。

后来鲁迅和周作人氏闹了，所以他就搬了出来，所住的，大约就是砖塔胡同的那一间小四合了。所以，我见到他的时候，正在他们的口角之后不久的期间。

据凤举他们判断，以为他们弟兄间的不睦，安全是两人的误解，周作人氏的那位日本夫人，甚至说鲁迅对她有失敬之处。但鲁迅有时候对我说："我对启明，总老规劝他的，教他用钱应该节省一点。我们不得不想想将来，但他对于经济，总是进一个花一个的，尤其是他那一位夫人。"从这些地方，会合起来，大约他们反目的真因，也可以猜度到一二成了。不过凡是认识鲁迅，认识启明及他的夫人的人，都晓得他们三个人，完全是好人；鲁迅虽则也痛骂过正人君子，但据我所知的他们三人来说，则只有他们才是真正的正人君子。现在颇有些人，说周作人已作了汉奸，但我却始终仍是怀疑。所以，全国文艺作者协会致周作人的那一封公开信，最后的决定，也是由我改削过的；我总以为周作人先生，与那些甘心卖国的人，是不能作一样的看法的。

这时候的教育部，薪水只发到二成三成，公事是大家不办的，所以，鲁迅很有功夫教书，编讲义，写文章。他的短文，大抵是由孙伏园氏拿去，在《晨报副刊》上发表；教书是除北大外，还兼任着师大。

有一次，在鲁迅那里闲坐，接到了一个来催开会的通知，我问他忙么。他说，忙倒也不忙，但是同唱戏的一样，每天总得到处去扮一扮。上讲台的时候，就得扮教授，到教育部去也非得扮官不可。

他说虽则这样地说，但做到无论什么事情时，却总肯负完全的责任。

至于说到唱戏呢，在北平虽则住了那么久，可是他终于没有爱听京戏的癖性。他对于唱戏听戏的经验，始终只限于绍兴的社戏、高腔、乱弹、目连戏等，最多也只听到了徽班。阿Q所唱的那句"手执钢鞭将你打"，就是乱弹班《龙虎斗》里的句子，是赵玄坛唱的。

对于目连戏，他却有特别的嗜好，他有好几次同我说，这戏里的穿插，实在有许许多多的幽默味。他曾经举出不少的实例，说到一个借了鞋袜靴子去赴宴会的人，到了人来向他索还，只剩一件大衫在身上的时候，这一位老兄就装作肚皮痛，以两手按着腹部，口叫着"我肚皮痛杀哉"，将身体伏矮了些，于是长衫就盖到了脚部以遮掩过去的一段，他还照样地做出来给我们看过。说这一段话时，我记得《月夜》的著者川岛兄也在座上，我们曾经大笑过的。

后来在上海，我有一次谈到了予倩、田汉诸君想改良京剧，来作宣传的话，他根本就不赞成，并且很幽默地说，以京剧来宣传救国，那就是"我们救国啊啊啊啊了，这行么？"。

孙伏园氏在晨报社，为了鲁迅的一篇挖苦人的恋爱的诗，与刘勉己氏闹翻了脸。鲁迅的学生李小峰就与伏园联合起来，出了《语丝》。投稿者除上述的诸位之外，还有林语堂氏，在国外的刘半农氏，以及徐旭生氏等。但是周氏兄弟，却是《语丝》的中心。而每次语丝社中人叙会吃饭的时候，鲁迅总不出席，因为不愿与周作人氏遇到的缘故。因此，在这一两年中，鲁迅在社交界，始终没有露一露脸。无论什么人请客，他总不肯出席；他自己哩，除了和一二人去小吃之外，也绝对地不大规模（或正式）地请客。这脾气，直到他去厦门大学以后，才稍稍改变了些。

鲁迅的对于后进的提拔，可以说是无微不至。《语丝》发刊以后，有些新人的稿子，差不多都是鲁迅推荐的。他对于高长虹他们的一集团，对于沉钟社的几位，对于未名社的诸子，都一例地在为说项。就是对于沈从文氏，虽则已有人在孙伏园去后的《晨报副刊》上在替吹嘘了，他也时时提到，唯恐诸编辑的埋没了他。还有当时在北大念书的王品青氏，也是他所属望的青年之一。

鲁迅和景宋女士（许广平）的认识，是当他在北京（那时北平还叫作北京）女师大教书的中间，前后经过，《两地书》里已经记载得很详细，此地可以不必说。但他和许女士的进一步的接近，是在"三一八"惨案之前，章士钊做教育总长，使刘百昭去用了老妈子军以暴力解散女师大的时候。

鲁迅是向来喜欢打抱不平的，看了章士钊的横行不法，又兼自己还是这学校的讲师，所以，当教育部下令解散女师大的时候，他就和许季茀、沈兼士、马幼渔等一道起来反对。当时的鲁迅，还是教育部的佥事，故而总长的章士钊也就下令将他撤职。为此，他一面向行政院控告章士钊，提起行政诉讼，一面就在《语丝》上攻击《现代评论》的为虎作伥，尤以对陈源（通伯）教授为最烈。

《现代评论》的一批干部，都是英国留学生；而其中像周鲠生、皮宗石、王世杰等，却是两湖人。他们和章士钊，在同到过英国的一点上，在同是湖南人的一点上，都不得不帮教育部的忙。鲁迅因而攻击绅士态度，攻击《现代评论》的受贿赂，这一时候他的杂文，怕是他一生之中，最含热意的妙笔。在这一个压迫和反抗、正义和暴力的争斗之中，他与许广平便有了更进一步的认识机会。

在这前后，我和他见面的次数并不多，因为我已经离开了北平，上武昌师范大学文科去教书了，可是这一年（民十三？）暑假回北京，看见他的时候，他正在做控告章士钊的状子，而女师大为校长杨荫榆的问题，也正是闹得最厉害的期间。当他告诉我完了这事情的经过之后，他仍旧不改他的幽默态度说：

"人家说我在打落水狗，但我却以为在打枪伤老虎，在扮演周处或武松。"

这句话真说得我高笑了起来。可是他和景宋女士的认识，以及有什么来往，我却还一点儿也不曾晓得。

直到两年（？）之后，他因和林文庆博士闹意见，从厦门大学回上海的那一年暑假，我上旅馆去看他，谈到了中午，就约他及景宋女士与在座的许钦文去吃饭。在吃完饭后，茶房端上咖啡来时，鲁迅却很热情地向正在搅咖啡杯的许女士看了一眼，又用告诫亲属似的热情的口气，对许女士说：

"密斯许，你胃不行，咖啡还是不吃的好，吃些生果吧！"

在这一个极微细的告诫里，我才第一次看出了他和许女士中间的爱情。

从此以后，鲁迅就在上海住下了，是在闸北去窦乐安路不远的景云里内一所三楼朝南的洋式弄堂房子里。他住二层的前楼，许女士是住在三楼的。他们两人间的关系，外人还是一点儿也没有晓得。

有一次，林语堂——当时他住在愚园路，和我静安寺路的寓居很近——和我去看鲁迅，谈了半天出来，林语堂忽然问我：

"鲁迅和许女士，究竟是怎么回事，有没有什么关系的？"

我只笑着摇摇头，回问他说：

"你和他们在厦大同过这么久的事，难道还不晓得么？我可真看不出什么来。"

说起林语堂，实在是一位天性淳厚的真正英美式的绅士，他绝不疑心人有意说出的不关紧要的谎。我只举一个例出来，就可以看出他的本性。当他在美国向他的夫人求爱的时候，他第一次捧呈了她一册克莱克夫人著的小说《模范绅士约翰·哈里法克斯》；但第二次他忘记了，又捧呈了她以这册 John Halifax Gentleman。这是林夫人亲口对我说的话，当然是不会错的。从这一点上看来，就可以看出语堂真是如何地忠厚老实的一位模范绅士。他的提倡幽默，挖苦绅士态度，我们都在说，这些都是从他的 Inferiority Complex（不及错觉）心理出发的。

语堂自从那一回经我说过鲁迅和许女士中间大约并没有什么关系之后，一直到海婴（鲁迅的儿子）将要生下来的时候，才兹恍然大悟。我对他说破了，他满脸泛着好好先生的微笑说：

"你这个人真坏！"

鲁迅的烟瘾，一向是很大的；在北京的时候，他吸的，总是哈德门牌的拾枝装包。当他在人前吸烟的时候，他总探手进他那件灰布棉袍的袋里去摸出一枝来吸；他似乎不喜欢将烟包先拿出来，然后再从烟包里抽出一枝，而再将烟包塞回袋里去。他这脾气，一直到了上海，仍没有改过，不晓是为了怕麻烦的原因呢，抑或为了怕人家看见他所吸的烟是什么牌。

他对于烟酒等刺激品，一向是不十分讲究的；对于酒，他是同烟一样。他的量虽则并不大，但却老爱喝一点。在北平的时候，我曾和他在东安市场的一家小羊肉铺里喝过白干；到了上海之后，所喝的，大抵是黄酒了。但五加皮、白玫瑰，他也喝，啤酒、白兰地他也喝，不过总喝得不多。

爱护他，关心他的健康无微不至的景宋女士，有一次问我："周先生平常喜欢喝一点酒，还是给他喝什么酒好？"我当然答以黄酒第一。但景宋女士却说，他喝黄酒时，老要量喝得很多，所以近来她在给他喝五加皮。并且说，因为五加皮酒性太烈，她所以老把瓶塞在平时拔开，好教消散一点酒气，变得淡些。

在这些地方，本可看出景宋女士的一心为鲁迅牺牲的伟大精神来；仔细一想，真要教人感激得下眼泪的，但我当时却笑了，笑她的太没有对于酒的知识。当然她原也晓得酒精成分多少的科学常识，可是爱人爱得过分时，常识也往往会被热挚的真情，掩蔽下去。我于讲完了量与质的问题，讲完了酒精成分的比较问题之后，就劝她，以后，顶好是给周先生以好的陈黄酒喝，否则还是喝啤酒。

这一段谈话后不久，忽而有一天，鲁迅送了我两瓶十多年陈的绍兴黄酒，说是一位绍兴同乡带出来送他的。我这才放了心，相信以后他总不再喝五加皮等烈酒了。

我的记忆力很差，尤其是对于时日及名姓等的记忆。有些朋友，当见面时却混得很熟，但竟有一年半载以上，不晓得他的名姓的，因为混熟了，又不好再请教尊姓大名的缘故。像这一种习惯，我想一般人也许都有，可是，在我觉得特别地厉害。而鲁迅呢，却很奇怪，他对于遇见过一次，或和他在文字上有点纠葛过的人，都记得很详细，很永固。

所以，我在前段说起过的，鲁迅到上海的时日，照理应该在十八年的春夏之交；因为他于离开厦门大学之后，是曾上广州中山大学去住过一年的；他的重回上海，是在因和顾颉刚起了冲突，脱离中山大学之后；并且因恐受当局的压迫拘捕，其后亦曾在广州闲住了半年以上的时间。

他对于辞去中山大学教职之后，在广州闲住的半年那一节事情，也解释得非常有趣。他说：

"在这半年中，我譬如是一只雄鸡，在和对方呆斗。这呆斗的方式，并不是两边就咬起来，却是振冠击羽，保持着一段相当距离的对视。因为对方的假君子，背后是有政治力量的，你若一经示弱，对方就会用无论哪一种卑鄙的手段，来加你以压迫。

"因而有一次,大学里来请我讲演,伪君子正在庆幸机会到了,可以罗织成罪我的证据。但我却不忙不迫地讲了些魏晋人的风度之类,而对于时局和政治,一个字也不曾提起。"

在广州闲住了半年之后,对方的注意力有点松懈了,就是对方的雄鸡,坚忍力有点不能支持了;他就迅速地整理行囊,乘其不备,而离开了广州。

人虽则离开了,但对于代表恶势力而和他反对的人,他却始终不会忘记。所以,他的文章里,无论在哪一篇,只教用得上去的话,他总不肯放松一着,老会把这代表恶势力的敌人押解出来示众。

对于这一点,我也曾再三地劝他过,劝他不要上当。因为有许多无理取闹,来攻击他的人,都想利用了他来成名。实际上,这一个文坛登龙术,是屡试屡验的法门,过去曾经有不少的青年,因攻击鲁迅而成了名的。但他的解释,却很彻底。他说:

"他们的目的,我当然明了。但我的反攻,却有两种意思。第一,是正可以因此而成全了他们;第二,是也因为了他们,而真理愈得阐发。他们的成名,是烟火似的一时的现象,但真理却是永久的。"

他在上海住下之后,这些攻击他的青年,愈来愈多了。

最初,是高长虹等,其次是太阳社的钱杏邨等,后来则有创造社的叶灵凤等。他对于这些人的攻击,都三倍四倍地给予了反攻,他的杂文的光辉,也正因了这些不断的搏斗而增加了熟练与光辉。他的全集的十分之六七,是这种搏斗的火花,成绩俱在,在这里可以不必再说。

此外还有些并不对他攻击,而亦受了他的笔伐的人,如张若谷、曾今可等;他对于他们,在酒兴浓溢的时候,老笑着对我说:

"我对他们也并没有什么仇。但因为他们是代表恶势力的缘故,所以我就做了堂·克蓄德[1],而他们却做了活的风车。"

关于"堂·克蓄德"这一名词,也是钱杏邨他们奉赠给他的。他对这名词并不嫌恶,反而是很喜欢的样子。同样在有一时候,叶灵凤引用了苏俄讥高尔基的画来骂他,说他是"阴阳面的老人",他也时常笑着说:"他们比得我太大了,我只恐怕承当不起。"

创造社和鲁迅的纠葛,系开始在成仿吾的一篇批评,后来一直地继续到了创造社的被封时为止。

鲁迅对创造社,虽则也时常有讥讽的言语,散发在各杂文里;但根底却并没有恶感。他到广州去之先,就有意和我

---

[1] 即堂吉诃德,塞万提斯所作长篇小说《堂吉诃德》的主人公。

们结成一条战线,来和反动势力拮抗的;这一段经过,恐怕只有我和鲁迅及景宋女士三人知道。

至于我个人与鲁迅的交谊呢,一则因系同乡,二则因所处的时代,所看的书,和所与交游的友人,都是同一类属的缘故,始终没有和他发生过冲突。

后来,创造社因被王独清挑拨离间,分成了派别,我因一时感情作用,和创造社脱离了关系,在当时,一批幼稚病的创造社同志,都受了王独清等的煽动,与太阳社联合起来攻击鲁迅,但我却始终以为他们的行动是越出了常轨,所以才和他计划出了《奔流》这一个杂志。

《奔流》的出版,并不是想和他们对抗,用意是在想介绍些真正的革命文艺的理论和作品,把那些犯幼稚病的左倾青年,稍稍纠正一点过来。

当编《奔流》的这一段时期,我以为是鲁迅的一生之中,对中国文艺影响最大的一个转变时期。

在这一年当中,鲁迅的介绍左翼文艺的正确理论的一步工作,才开始立下了系统。而他的后半生的工作的纲领,差不多全是在这一个时期里定下来的。

当时在上海负责在做秘密工作的几位同志,大抵都是在我静安寺路的寓居里进出的人;左翼作家联盟,和鲁迅的结合,实际上是我做的媒介。不过,左翼成立之后,我却并不愿意参加,原因是因为我的个性是不适合于这些工作的,我对于我自己，认识得很清，决不愿担负一个空名，而不去做实际的事务；所以，左联成立之后，我就在一月之内，对他们公然地宣布了辞职。

但是暗中站在超然的地位，为左联及各工作者的帮忙，也着实不少。除来不及营救，已被他们杀死的许多青年不计外，在龙华，在租界捕房被拘去的许多作家，或则减刑，或则拒绝引渡，或则当时释放等案件，我现在还记得起来的，当不只十件八件的少数。

鲁迅的热心于提拔青年的一件事情，是大家在说的。但他的因此而受痛苦之深刻，却外边很少有人知道。像有些先受他的提拔，而后来却用攻击的方法以成自己的名的事情，还是彰明显著的事实，而另外还有些"挑了一担同情来到鲁迅那里，强迫他出很高的代价"的故事，外边的人，却大抵都不晓得了。在这里，我只举一个例：

在广州的时候，有一位青年的学生，因平时被鲁迅所感化而跟他到了上海。到了上海之后，鲁迅当然也收留他一道住在景云里那一所三层楼的弄堂房子里。但这一位青年，误解了鲁迅的意思，以为他没有儿子——当时海婴还没有生——所以收留自己和他住下，大约总是想把自己当作他的儿子的意思。后来，他又去找了一位女朋友来同住，意思是为鲁迅当儿媳妇的。可是，两人坐食在鲁迅的家里，零用衣饰之类，鲁迅当然是供给不了的；于是这一位自定的鲁迅的子嗣，就发生了很大的不满，要求鲁迅，一定要为他谋一出路。

鲁迅没法子，就来找我，教我为这青年去谋一职业，如报馆校对，书局伙计之类；假使是真的找不到职业，那么亦必须请一家书店或报馆在名义上用他做事，而每月的薪水三四十元，当由鲁迅自己拿出，由我转交给这书局或报馆，作为月薪来发给。

这事我向当时的现代书局说了，已经说定是每月由书局和鲁迅各拿出一半的钱来，使用这一位青年。但正当说好的时候，这一位青年却和爱人脱离了鲁迅而走了。

这一件事情，我记得章锡琛曾在鲁迅去世的时候写过一段短短的文章；但事实却很复杂，使鲁迅为难了好几个月。从这一回事情之后，鲁迅就爱说"青年是挑了一担同情来的"趣话。不过这仅仅是一例，此外，因同情青年的遭遇，而使他受到痛苦的事实还正多着哩！

民国十八年以后，因国共分家的结果，有许多青年，以及正义的斗士，都无故而被牺牲了。此外，还有许多从事革命运动的青年，在南京、上海，以及长江流域的通都大邑里，被捕的，正不知有多少。在上海专为这些革命志士以及失业工人等救济而设的一个团体，是共济会。但这时候，这救济会已经遭了当局之忌，不能公开工作了；所以弄成请了律师，也不能公然出庭,有了店铺作保,也不能去向法庭请求保释的局面。在这时候,带有国际性的民权保障自由大同盟,才在孙夫人(宋庆龄女士)、蔡先生(孑民)等的领导之下,在上海成立了起来。鲁迅和我,都是这自由大同盟的发起人,后来也连做了几任的干部,一直到南京的通缉令下来,杨杏佛被暗杀的时候为止。

在这自由大同盟活动的期间,对于平常的集会,总不出席的鲁迅,却于每次开会时一定先期而到;并且对于事务是一向不善处置的鲁迅,将分派给他的事务,也总办得井井有条。从这里,我们又可以看出,鲁迅不仅是一个只会舞文弄墨的空头文学家,对于实务,他原是也具有实际干才的。说到了实务,我又不得不想起我们合编的那一个杂志《奔流》——名义上,虽则是我和他合编的刊物,但关于校对、集稿、算发稿费等琐碎的事务,完全是鲁迅一个人效的劳。

他的做事务的精神,也可以从他的整理书斋,和校阅原稿等小事情上看得出来。一般和我们在同时做文字工作的人,在我所认识的中间,大抵十个有九个都是把书斋弄得杂乱无章的。而鲁迅的书斋,却在无论什么时候,都整理得必清必楚。他的校对的稿子,以及他自己的文章,涂改当然是不免,但总缮写得非常地清楚。

直到海婴长大了,有时候老要跑到他的书斋里去翻弄他的书本杂志之类;当这样的时候,我总看见他含着苦笑,对海婴说："你这小捣乱看好了没有？"海婴含笑走了的时候，他总是一边谈着笑话，一边先把那些搅得零乱的书本子堆叠得好好，然后再来谈天。

记得有一次，海婴已经会得说话的时候了，我到他的书斋去的前一刻，海婴正在那里捣乱，翻看书里的插图。我去的时候，书本子还没有理好。鲁迅一见着我，就大笑着说："海婴这小捣乱，他问我几时死；他的意思是我死了之后，这些书本都应该归他的。"

鲁迅的开怀大笑，我记得要以这一次为最兴高采烈。听这话的我，一边虽也在高笑，但暗地里一想到了"死"这一个定命，心里总不免有点难过。尤其是像鲁迅这样的人，我平时总不会把死和他联合起来想在一道。就是他自己，以及在旁边也在高笑的景宋女士，在当时当然也对于死这一个观念的极微细的实感都没有的。

这事情，大约是在他去世之前的两三年的时候；到了他死之后，在万国殡仪馆成殓出殡的上午，我一面看到了他的遗容，一面又看见海婴仍是若无其事地在人前穿了小小的丧服在那里快快乐乐地跑，我的心真有点儿绞得难耐。

鲁迅的著作的出版者，谁也知道是北新书局。北新书局的创始人李小峰是北大鲁迅的学生；因为孙伏园从《晨报副刊》出来之后，和鲁迅、启明及语堂等，开始经营《语丝》

之发行，当时还没有毕业的李小峰，就做了《语丝》的发行兼管理印刷的出版业者。

北新书局从北平分到上海，大事扩张的时候，所靠的也是鲁迅的几本著作。

后来一年一年地过去，鲁迅的著作也一年一年地多起来了，北新和鲁迅之间的版税交涉，当然成了一个很大的问题。

北新对著作者，平时总只含混地说，每月致送几百元版税，到了三节，便开一清单来报账的。但一则他的每月致送的款项，老要拖欠，再则所报之账，往往不十分清爽。

后来，北新对鲁迅及其他的著作人，简直连月款也不提，节账也不算了。靠版税在上海维持生活的鲁迅，一时当然也破除了情面，请律师和北新提起了清算版税的诉讼。

照北新开给鲁迅的旧账单等来计算，在鲁迅去世的前六七年，早该积欠有两三万元了。这诉讼，当然是鲁迅的胜利，因为欠债还钱，是古今中外一定不易的自然法律。北新看到了这一点，就四出地托人向鲁迅讲情，要请他不必提起诉讼，大家来设法谈判。

当时我在杭州小住，打算把一部不曾写了的《蜃楼》写它完来。但住不上几天，北新就有电报来了，催我速回上海，为这事尽一点力。

后来经过几次的交涉，鲁迅答应把诉讼暂时不提，而北新亦愿意按月摊还积欠两万余元，分十个月还了；新欠则每月致送四百元,决不食言。

这一场事情,总算是这样地解决了;但在事情解决,北新请大家吃饭的那一天晚上,鲁迅和林语堂两人,却因误解而起了正面的冲突。

冲突的原因,是在一个不在场的第三者,也是鲁迅的学生,当时也在经营出版事业的某君。北新方面,满以为这一次鲁迅的提起诉讼,完全系出于这同行第三者的挑拨。而忠厚诚实的林语堂,于席间偶尔提起了这一个人的名字。

鲁迅那时,大约也有了一点酒意,一半也疑心语堂在责备这第三者的话,是对鲁迅的讽刺;所以脸色变青,从坐位里站了起来,大声地说:

"我要声明!我要声明!"

他的声明,大约是声明并非由这第三者的某君挑拨的。语堂当然也要声辩他所讲的话,并非是对鲁迅的讽刺;两人针锋相对,形势真弄得非常地险恶。

在这席间,当然只有我起来做和事老;一面按住鲁迅坐下,一面我就拉了语堂和他的夫人,走下了楼。

这事当然是两方的误解,后来鲁迅原也明白了;他和语堂之间,是有过一次和解的。可是到了他去世之前年,又因为劝语堂多翻译一点西洋古典文学到中国来,而语堂说这是老年人做的工作之故,而各起了反感。但这当然也是误解,当鲁迅去世的消息传到当时寄居在美国的语堂耳里的时候,语堂是曾有极悲痛的唁电发来的。

鲁迅住的景云里那一所房子,是在北四川路尽头的西面,去虹口花园很近的地方。因而去狄思威路北的内山书店亦只有几百步路。

书店主人内山完造,在中国先则卖药,后则经营贩卖书籍,前后总已有了二十几年的历史。他生活很简单,懂得生意经,并且也染上了中国人的习气,喜欢讲交情。因此,我们这一批在日本住久的人在上海,总老喜欢到他店里去坐坐谈谈;鲁迅于在上海住下之后,也就是这内山书店的常客之一。

"一二八"沪战发生,鲁迅住的那一个地方,去天通庵只有一箭之路,交战的第二日,我们就在担心着鲁迅一家的安危。到了第三日,并且谣言更多了,说和鲁迅同住的他三弟巢峰(周建人)被敌宪兵殴伤了;但就在这一个下午,我却在四川路桥南,内山书店的一家分店的楼上,会到了鲁迅。

他那时也听到了这谣传了,并且还在报上看见了我寻他和其他几位住在北四川路的友人的启事。他在这兵荒马乱之间,也依然不消失他那种幽默的微笑;讲到巢峰被殴伤的那一段谣言的时候,还加上了许多我们所不曾听见过的新鲜资料,证明一般空闲人的喜欢造谣生事、乐祸幸灾。

在这中间,我们就开始了向全世界文化人呼吁,出刊物公布暴敌狞恶侵略者面目的工作,鲁迅当然也是签名者之一;

他的实际参加联合抗敌的行动,和一班左翼作家的接近,实际上是从这一个时期开始的。

"一二八"战事过后,他从景云里搬了出来,住在内山书店斜对面的一家大厦的三层楼上;租金比较地贵,生活方式也比较地奢侈,因而一般平时要想寻出一点弱点来攻击他的人,就又像是发掘得了至宝。

但他在那里住得也并不久,到了南京的秘密通缉令下来,上海的反动空气很浓厚的时候,他却搬上了内山书店的北面,新造好的大陆新村(四达里对面)的六十几号房屋去住了。在这里,一直住到了他去世的时候为止。

南京的秘密通缉令,列名者共有六十几个,多半与民权保障自由大同盟有关的文化人。而这通缉案的呈请者,却是在杭州的浙江省党部的诸先生。

说起杭州,鲁迅绝端地厌恶;这通缉案的呈请者们,原是使他厌恶的原因之一,而对于山水的爱好,别有见解,也是他厌恶杭州的一个原因。

有一年夏天,他曾同许钦文到杭州去玩过一次;但因湖上的闷热,蚊子的众多,饮水的不洁等关系,他在旅馆里一晚没有睡觉,第二天就逃回上海来了。自从这一回之后,他每听见人提起杭州,就要摇头。

后来,我搬到杭州去住的时候,他也曾写过一首诗送我,头一句就是"钱王登遐仍如在";这诗的意思,他曾同我说过,指的是杭州党政诸人的无理的高压。他从五代时的记录里,曾看到过钱武肃王的时候,浙江老百姓被压榨得连裤子都没有穿,不得不以砖瓦来遮盖下体。这事不知是出在哪一部书里,我到现在也还没有查到,但他的那句诗的原意,却就系此而言。我因不听他的忠告,终于搬到杭州去住了,结果竟不出他之所料,被一位党部的先生,弄得家破人亡;这一位吃党饭出身,积私财至数百万,曾经呈请南京中央党部通缉我们的先生,对我竟做出了比敌人对待我们老百姓还更凶恶的事情,而且还是在这一次的抗战军兴之后。我现在虽则已远离祖国,再也受不到他的奸淫残害的毒爪了;但现在仍还在执掌以礼义廉耻为信条的教育大权的这一位先生,听说近来因天高皇帝远,浑水好捞鱼之故,更加加重了他对老百姓的这一种远溢过钱武肃王的德政。

鲁迅不但对于杭州没有好感,就是对他出身地的绍兴,也似乎并没有什么依依不舍的怀恋。这可从有一次他的谈话里看得出来。是他在上海住下不久的时候,有一回我们谈起了前两天刚见过面的孙伏园。他问我伏园住在哪里,我说,他已经回绍兴去了,大约总不久就会出来的。鲁迅言下就笑着说:"伏园的回绍兴,实在也很可观!"他的意思,当然是绍兴又凭什么值得这样的频频回去。

所以从他到上海之后,一直到他去世的时候为止,他只匆匆地上杭州去住了一夜,而绝没有回去过绍兴一次。

预言者每不为其故国所容,我于鲁迅更觉得这一句格言的确凿。各地党部的对待鲁迅,自从浙江党部发动了那大弹劾案之后,似乎态度都是一致的。抗战前一年的冬天,我路过厦门,当时有许多厦大同学曾来看我,谈后就说到了厦大门前,经过南普陀的那一条大道,他们想呈请市政府改名"鲁迅路"以资纪念。并且说,这事已经由鲁迅纪念会(主其事的是厦门《星光日报》社长胡资周及记者们与厦大学生代表等人)呈请过好几次了,但都被搁置着不批下来。我因为和当时的厦门市长及工务局长等都是朋友,所以就答应他们说这事一定可以办到。但后来去市长那里一查问,才知道又是党部在那里反对,绝对不准人们纪念鲁迅。这事情,后来我又同陈主席说了,陈主席当然是表示赞同的。可是,这事还没有办理完成,而抗战军兴,现在并且连厦门这一块土地,也已经沦陷了一年多了。

自从我搬到杭州去住下之后,和他见面的机会,就少了下去,但每一次我上上海去的中间,无论如何忙,我总抽出一点时间来去和他谈谈,或和他吃一次饭。

而上海的各书店,杂志编辑者,报馆之类,要想拉鲁迅的稿子的时候,也总是要我到上海去和鲁迅交涉的回数多,譬如,黎烈文初编《自由谈》的时候,我就和鲁迅说,我们一定要维持它，因为在中国最老不过的《申报》，也晓得要用新文学了，就是新文学的胜利。所以，鲁迅当时也很起劲，《伪自由书》《花边文学》集里许多短稿，就是这时候的作品。在起初，他的稿子就是由我转交的。

此外，像良友书店，天马书店，以及生活出的《文学》杂志之类，对鲁迅的稿件，开头大抵都是由我为他们拉拢的。尤其是当鲁迅对编辑者们发脾气的时候。做好做歹，仍复替他们调停和解这一角色，总是由我来担当。所以，在杭州住下的两三年中，光是为了鲁迅之故，而跑上海的事情，前后总也有了好多次。

在他去世的前一年春天，我到了福建，和他见面的机会更加少了。但记得就在他作古的前两个月，我回上海，他曾告诉了我以他的病状，说医生说他的肺不对，他想于秋天到日本去疗养，问我也能够同去不能。我在那时候，也正在想去久别了的日本一次，看看他们最近的社会状态，所以也轻轻谈到了同去岚山看红叶的事。可是从此一别，就再没有和他作长谈的幸运了。

关于鲁迅的回忆，枝枝节节，另外也正还多着，可是他给我的信件之类，有许多已在搬回杭州去之先烧了，有几封在上海北新书局里存着，现在又没有日记在手头，所以就在这里，先暂搁笔，以后若有机会，或许再写也说不定。

送仿吾的行

夜深了，屋外的蛙声、蚯蚓声，及其他的杂虫的鸣声，也可以说是如雨，也可以说是如雷。几日来的日光骤雨，把庭前的树叶，催成作青葱的广幕，从这幕的破处，透过来的一盏两盏的远处大道上的灯光，煞是凄凉，煞是悲寂。你要晓得，这是首夏的后半夜，我们只有两个人，在高楼的回廊上默坐，又兼以一个是飘零在客，一个是门外天涯，明朝晨鸡一唱，仿吾就要过江到汉口去上轮船去的。

天上的星光撩乱，月亮早已下山去了。微风吹动帘衣，幽幽地一响，也大可竖人毛发。夜归的瞎子，在这一个时候，还在街上，拉着胡琴，向东慢慢走去。啊啊，瞎子！你所求的，究竟是什么东西，为的是什么呀？

瞎子过去了，胡琴声也听不出来了，蛙声、蚯蚓声、杂虫声，依旧在百音杂奏；我觉得这沉默太压人难受了，就鼓着勇气，叫了一声：

"仿吾！"

这一声叫出之后,自家也觉得自家的声气太大,底下又不敢继续下去。两人又默默地坐了几分钟。

顽固的仿吾,你想他讲出一句话来,来打破这静默的妖围,是办不到的。但是这半夜中间,我又讲话讲得太多了,若再讲下去,恐怕又要犯起感伤病来。人到了三十,还是长吁短叹,哭己怜人,是没出息的人干的事情;我也想做一个强者,这一回却要硬它一硬,怎么也不愿意再说话。

亭铜,亭铜,前边山脚下女尼庵的钟磬声响了,接着又是比丘尼诵《法华经》的声音、木鱼的声音。

"那是什么?"

仍复是仿吾一流的无文采的问语。

"那是尼姑庵,尼姑念经的声音。"

"倒有趣得很。"

"还有一个小尼姑哩!"

"有趣得很!"

"若在两三年前,怕又要做一篇极浓艳的小说来做个纪念了。"

"为什么不做哩?"

"老了,不行了,感情没有了!"

"不行!不行!要是这样,月刊还能办么?"

"那又是一个问题。"

"看沫若,他才是真正的战斗员!"

"上得场去，当然还可以百步穿杨。"

"不行，这未老先衰的话！"

"还不老么？有了老婆，有了儿子。亲戚朋友，一天一天地少下去。走遍天涯，到头来还是一个无聊赖！"

仿吾兀地不响了，我不觉得讲得太过分了。以年纪而论，仿吾还比我大。可怜的赋性愚直的这仿吾，到如今还是一个童男。去年他哥哥客死在广东。千里长途，搬丧回籍，一直弄到现在，他才能出来。一家老的老，小的小，侄儿侄女，十多个人，责任全负在他的肩上。而现在，我们因为想重把"创造"兴起，叫他丢去了一切，来干这前途渺茫的创造社出版部的大事业。不怕你是一块石，不怕你是一个鱼，当这样的微温的晚上，在这样的高危的楼上，看看前后左右，想想过去未来，叫他怎么能够坦然无介于怀？怎么能够不黯然泪落呢？

朋友的中间，想起来，实在是我最利己。无论如何地吃苦，无论如何地受气，总之在创造社根基未定之先，是不该一个人独善其身地跑上北方去的。有不得已的事故，或者有可托生命的事业可干的时候，还不要去管它，实际上盲人瞎马，渡过黄河，渡过扬子江后，所得到的结果，还不过是一个无聊。京华旅食，叩了富儿的门，一双白眼，一列白牙，是我的酬报。现在想起来，若要受一点人家的嘲笑、轻侮、虐待，那么到处都可以找得到，断没有跑几千里路的必要。像田舍诗人彭思一流的粗骨，理应在乡下草舍里和黄脸婆娘蒋恩谈谈百年以后的空想，做两句乡人乐诵的歌诗，预备一块墓地、两块石碑，好好儿地等待老死才对。爱丁堡有什么？那些老爷、太太、小姐，不过想玩玩乡下初出来的猴子而已，她们哪里晓得什么是诗？听说诗人的头盖骨左边是突起的，她们想看看看。听说诗人的心有七个窟窿，她们想数数看。大都会！首善之区！我和乡下的许多盲目的青年一样，受了这几个好听的名字的骗，终于离开了情逾骨肉的朋友，离开了值得拼命的事业，骑驴走马，积了满身尘土，在北方污浊的人海里，游泳了两三年。往日的亲朋星散，创造社成绩空空，只今又天涯沦落，偶尔在屈贾英灵的近地，机缘凑巧，和老友忽漫相逢，在高楼上空谈了半夜雄天，坐席未温，而明朝又早是江陵千里，不得不南浦送行，我为的是什么？我究在这里干什么呢？

我的确有点伤感起来了。栏外的杜鹃，又只是"不如归去，不如归去"地在那里乱叫。

"仿吾，你还不睡么？"

"再坐一会！"

我不能耐了，就不再说话，一个人进房里去睡了觉。仿吾一个人，在回廊上究竟坐到了什么时候才睡？他一个人坐在那深夜黑暗的回廊上，究竟想了些什么？这些事情，大约只有他一个人知道。第二天早晨，天还未亮的时候，他站在

我的帐外,轻轻地叫我说:

"达夫!你不要起来,我走了。"

一九二五年五月二十三日招商公司的下水船,的确是午前六点钟七起锚的。

小春天气（节选）

一

…………

二

现在我们在这里所享有的，是一年中间最好不过的十月。江北江南，正是小春的时候。况且世界又是大同，东洋车、牛车、马车上，一闪一闪在微风里飘荡的，都是些除五色旗外的世界各国的旗子。天色苍苍，又高又远，不但我们大家酣歌笑舞的声音，达不到天听，就是我们的哀号狂泣，也和耶和华的耳朵，隔着蓬山几千万叠。生逢这样的太平盛世，依理我也应该向长安的落日，遥进一杯祝颂南山的寿酒，但不晓怎么的，我自昨天以来，明镜似的心里，又忽而起了一层翳障。

　　仰起头来看看青天，空气澄清得怖人；各处散射在那里的阳光，又好像要对我说一句什么可怕的话，但是因为爱我怜我的缘故，不敢马上说出来的样子。脚底下铺着扫不尽的落叶，忽而索落索落地响了一声，待我低下头来向发出声音来的地方望去，又看不出什么动静来了，这大约是我们庭后的那一棵大槐树，又摆脱了一叶负担了吧。正是午前十点钟的光景，家里的人，都出去了，我因为孤伶仃一个人在屋里坐不住，所以才踱到院子里来的，然而在院子里站了一忽，也觉得没有什么意思，昨晚来的那一点小小的忧郁，仍复笼罩在我的心上。

　　当半年前，每天只是忧郁的连续的时候，倒反而有一种余裕来享乐这一种忧郁，现在连快乐也享受不了的我的脆弱的身心，忽而沾染了这一层虽则是很淡很淡，但也好像是很深的隐忧，只觉得坐立都是不安。没有方法，我就把香烟连续地吸了好几枝。

　　是神明的摄理呢？还是我的星命的佳会？正在这无可奈何的时候，门铃儿响了。小朋友G君，背了水彩画具架进来说：

　　"达夫，我想去郊外写生，你也同我去郊外走走吧！"

　　G君年纪不满二十，是一位很活泼的青年画家，因为我也很喜欢看画，所以他老上我这里来和我讲些关于作画的事情。据他说："今天天气太好，坐在家里，太对大自然不起，还是出去走走的好。"我换了衣服,一边和他走出门来,一边告诉门房"中饭不来吃,叫大家不要等我"的时候,心里所感得的喜悦,怎么也形容不出来。

三

本来是没有一定目的地的我们,到了路上,自然而然地走向西去,出了平则门。阳光不问城内城外,一例地很丰富地洒在那里。城门附近的小摊儿上,在那里摊开花生来的小贩,大约是因为他穿着的那件宽大的夹袄的原因吧,觉得也反映着一味秋气。茶馆里的茶客,和路上来往的行人,在这样和煦的太阳光里,面上总脱不了一副贫陋的颜色;我看看这些人的样子,心里又有点不舒服起来了,所以就叫G君避开城外的大街沿城折往北去。

夏天常来的这城下长堤上,今天来往的大车特别地少。道旁的杨柳,颜色也变了,影子也疏了。城河里的浅水,依旧映着晴空,反射着日光,实际上和夏天并没有什么区别,但我觉得总有一种寂寥的感觉,浮在水面。抬头看看对岸,远近一排半凋的林木,纵横交错地列在空中。大地的颜色,也不似夏日的茏葱,地上的浅草都已枯尽,带起浅黄色来了。法国教堂的屋顶,也好像失了势力似的,在半凋的树林中孤立在那里。与夏天一样的，只有一排西山连亘的峰峦。大约是今天空气格外澄鲜的缘故吧，这排明褐色的屏障，觉得是近得多了，的确比平时近得多了。此外弥漫在空际的，只有明蓝澄洁的空气，悠久广大的天空和饱满的阳光，和暖的阳光，隔岸堤上，忽而走出了两个着灰色制服的兵来。他们拖了两个斜短的影子，默默地在向南的行走。我见了他们想起了前几天平则门外的抢劫的事情，所以就对G君说：

"我看这里太辽阔，取不下景来，我们还是进城去吧！上小馆子去吃了午饭再说。"

G君踏来踏去地看了一会，对我笑着说：

"近来不晓怎么的，有一种莫名其妙的神秘的灵感，常常闪现在我的脑里。今天是不成了，没有带颜料和油画的家伙来。"

他说着用手向远处教堂一指，同时又接着说：

"几时我想画画教堂里的宗教画看。"

"那好得很啊！"

猫猫虎虎地这样回答了一句，我就转换方向，慢慢地走回到城里来了。落后了几步，他也背着画具，慢慢地跟我走来。

四

喝了两斤黄酒，吃得满满的一腹。我和G君坐在洋车上，被拉往陶然亭去的时候，太阳已经打斜了。本来是有点醉意，又被午后的阳光一烘，我坐在车上，眼睛觉得渐渐地朦胧起来。洋车走尽了粉房琉璃街，过了几处高低不平的新开地，交入南下洼旷野的时候，我向右边一望，只见几列鳞鳞的屋瓦，半隐半现地在西边一带的疏林里跳跃。天色依旧是苍苍无底，旷野里的杂粮，也已割尽，四面望去，只是洪水似的午后的阳光，和远远躺在阳光里的矮小的坛殿城池。我张了一张睡眼，向周围望了一圈，忽笑向G君说：

"'秋气满天地，胡为君远行'，这两句唐诗真有意思，要是今天是你去法国的日子，我在这里饯你的行，那么再比这两句诗适当的句子怕是没有了，哈哈……"

只喝了半小杯酒，脸上已涨得潮红的G君也笑着对我说：
"唐诗不是这样的两句，你记错了吧！"

两人在车上笑说着，洋车已经走入了陶然亭近边的芦花丛里，一片灰白的毫芒，无风也自己在那里作浪。西边天际有几点青山隐隐，好像在那里笑着对我们点头。下车的时候，我觉得支持不住了，就对G君说：

"我想上陶然亭去睡一觉，你在这里画吧！现在总不过两点多钟，我睡醒了再来找你。"

五

　　陶然亭的听差的来摇我醒来的时候，西窗上已经射满了红色的残阳。我洗了手脸，喝了二碗清茶，从东面的台阶上下来，看见陶然亭的黑影，已经越过了东边的道路，遮满了一大块道路东面的芦花水地。往北走去，只见前后左右，尽是茫茫一片的白色芦花。西北抱冰堂一角，扩张着阴影，西侧面的高处，满挂了夕阳最后的余光，在那里催促农民的息作。穿过了香冢鹦鹉冢的土堆的东面，在一条浅水和墓地的中间，我远远认出了G君的侧面朝着斜阳的影子。从芦花铺满的野路上将走近G君背后的时候，我忽而气也吐不出来，向西地瞪目呆住了。这样伟大的，这样迷人的落日的远景，我却从来没有看见过。太阳离山，大约不过盈尺的光景，点点的遥山，淡得比春初的嫩草，还要虚无缥缈。监狱里的一架高亭，突出在许多有谐调的树林的枝干高头。芦根的浅水，满浮着芦花的绒穗，也不像积绒，也不像银河。芦萍开处，忽映出一道细狭而金赤的阳光，高冲牛斗。同是在这反光里飞堕的几簇芦绒，半边是红，半边是白。我向西呆看了几分钟，又回头向东北三面环眺了几分钟，忽而把什么都忘掉了，连我自家的身体都忘掉了。

　　上前走了几步，在灰暗中我看见G君的两手，正在忙动。我叫了一声，G君头也不朝转来，很急促地对我说：

"你来，你来，来看我的杰作！"

我走近前去一看，他画架上，悬在那里，正在上色的，并不是夕阳，也不是芦花，画的中间，向右斜曲的，却是一条颜色很沉滞的大道。道旁是一处阴森的墓地，墓地的背后，有许多灰黑凋残的古木横叉在空间。枯木林中，半弯下弦的残月，刚升起来，冰冷的月光，模糊隐约地照出了一只停在墓地树枝上的猫头鹰的半身。颜色虽则还没有上全，然而一道逼人的冷气，却从这幅未完的画面直向观者的脸上喷来。我蹙紧了眉峰，对这画面静看了几分钟，抬起头来正想说话的时候，觉得太阳已经完全下山了，四面的薄暮的光景也比一刻前促迫了。尤其是使我惊恐的，是我抬起头来的时候，在我们的西北的墓地里，也有一个很淡很淡的黑影，动了一动。我默默地停了一会，惊心定后，再朝转头来看东边天上的时候，却见了一痕初五六的新月，悬挂在空中。又停了一会，把惊恐之心，按捺了下去，我才慢慢地对G君说：

"这张小画，的确是你的杰作，未完的杰作。太晚了，快快起来，我们走吧！我觉得冷得很。"我话没有讲完，又对他那张画看了一眼，打了一个冷痉，忽而觉得毛发都竦竖了起来；同时自昨天来在我胸中盘踞着的那种莫名其妙的忧郁，又笼罩上我的心来了。

G君含了满足的微笑，尽在那里闭了一只眼睛——这是他的脾气——细看他那未完的杰作。我催了他好几次，他才起来收拾画具。我们二人慢慢地走回家来的时候,他也好像倦了,不愿意讲话,我也为那种忧郁所侵袭,不想开口。两人默默地走到灯火荧荧的民房很多的地方,G君方开口问说:

"这一张画的题目,我想叫它'残秋的日暮',你说好不好?"

"画上的表现,岂不是半夜的景象么?何以叫日暮呢?"

他听了我这句话,又含了神秘的微笑说:

"这就是今天早晨我和你谈的神秘的灵感哟!我画的画,老喜欢依画画时候的情感节季来命题,画面和画题合不合,我是不管的。"

"那么,'残秋的日暮'也觉得太衰飒了,况且现在已经入了十月,十月小阳春,哪里是什么残秋呢?"

"那么我这张画就叫作'小春'吧!"

这时候我们已经走进了一条热闹的横街,两人各雇着洋车,分手回来的时候,上弦的新月,也已起来得很高了。我一个人摇来摇去地被拉回家来,路上经过了许多无人来往的乌黑的僻巷。僻巷的空地道上,纵横倒在那里的,只是些房屋和电杆的黑影。从灯火辉煌的大街,忽而转入这样僻静的地方的时候,谁也会发生一种奇怪的感觉出来,我在这初月微明的天盖下,苍茫四顾,也忽而好像是遇见了什么似的,心里的那一种莫名其妙的忧郁,更深起来了。

给一位文学青年的公开状

今天的风沙实在太大了,中午吃饭之后,我因为还要去教书,所以没有许多工夫和你谈天。我坐在车上,一路地向北走去,沙石飞进了我的眼睛。一直到午后四点钟止,我的眼睛四周的红圈,还没有退尽。恐怕同学们见了要笑说我,所以于上课堂之先,我从高窗口在日光大风里把一双眼睛曝晒了许多时。我今天上你那公寓里来看了你那一副样子,觉得什么话也说不出来。现在我想趁着这大家已经睡寂了的几点钟工夫,把我要说的话,写一点在纸上。

平素不认识的可怜的朋友,或是写信来,或是亲自上我这里来的,很多很多。我因为想报答两位也是我素不认识而对于我却有十二分的同情过的朋友的厚恩起见,总尽我的力量帮助他们。可是我的力量太薄弱了,可怜的朋友太多了,所以结果近来弄得我自家连一条棉裤也没有。这几天来天气变得很冷,我老想买一件外套,但终于没有买成。尤其是使我羞恼的,因为恰逢此刻,我和同学们所读的书里,正有一篇俄国郭哥儿¹著的嘲弄像我们一类人的小说《外套》。现在我的经济状态，比从前并没有什么宽裕，从数目上讲起来，反而比从前要少——因为现在我不能向家里去要钱花，每月的教书钱，额面上虽则有五十三加六十四合一百十七块，但实际上拿得到的只有三十三四块——而我的嗜好日深，每月光是烟酒的账，也要开销二十多块。我曾经立过几次对天的深誓，想把这一笔糜费戒省下来，但愈是没有钱的时候，愈想喝酒吸烟。向你讲这一番苦话，并不是因为怕你要来问我借钱，先事预防，我不过欲以我的身体来做一个证据，证明目下的中国社会的不合理，以大学校毕业的资格来糊口的你那种见解的错误罢了。

引诱你到北京来的，是一个国立大学毕业的头衔；你告诉我说你的心里，总想在国立大学弄到毕业，毕业以后至少生计问题总可以解决。现在学校都已考完，你一个国立大学也进不去，接济你的资斧的人，又因他自家的地位摇动，无钱寄你；你去投奔你同县而且带有亲属的大慈善家H，H又不纳。穷极无路，只好写封信给一个和你素不相识而你也明明知道是和你一样穷的我，在这时候这样的状态之下，你还要口口声声地说什么"大学教育""念书"，我真佩服你的坚忍不拔的雄心。不过佩服虽可佩服，但是你的思想的简

---

1 即果戈理。

单、愚直,也却是一样的可惊可异。现在你已经是变成了中性——半去势的文人了,有许多事情,譬如说高尚一点的,去当土匪,卑微一点的,去拉洋车等事情,你已经是干不了的了,难道你还嫌不足,还要想穿几年长袍,做几篇白话诗、短篇小说,达到你的全去势的目的么?大学毕业,大学毕业以后就可以有饭吃,你这一种定理,是哪一本书上翻来的?

像你这样一个白脸长身,一无依靠的文学青年,即使将面包和泪吃,勤勤恳恳地在大学窗下住它五六年,难道你拿毕业文凭的那一天,天上就忽而会下起珍珠白米的雨来的么?

现在不要说中国全国,就是在北京的一区里头,你且去站在十字街头,看见穿长袍黑马褂或哔叽旧洋服的人,你且试对他们行一个礼,问他们一个人要一个名片来看看;我恐怕你不上大半,就可以积起一大堆的什么学士、什么博士来,你若再行一个礼,问一问他们的职业,我恐怕他们都要红红脸说:"兄弟是在这里找事情的。"他们是什么?他们都是大学毕业生吓,你能和他一样的有钱读书么?你能和他们一样的有钱买长袍黑马褂哔叽洋服么?即使你也和他们一样的有了读书买衣服的钱,你能保得住你毕业的时候,事情会来找你么?

大学毕业生坐汽车、吸大烟、一攫千金的人原是有的。然而他们都是为新上台的大老经手减价卖职的人,都是有大刀枪在后面援助的人,都是有几个什么长在他们父兄身上的人,再粗一点说,他们至少也都是会爬乌龟钻狗洞的人,你要有他们那么的后援，或他们那么的乌龟本领、狗本领，那么你就是大学不毕业，何尝不可以吃饭？

我说了这半天，不过想把你的求学读书、大学毕业的迷梦打破而已。现在为你计，最上的上策，是去找一点事情干干。然而土匪你是当不了的，洋车你也拉不了的，报馆的校对、图书馆的拿书者、家庭教师、看护男、门房、旅馆火车菜馆的伙计，因为没有人可以介绍，你也是当不了的——我当然是没有能力替你介绍——所以最上的上策，于你是不成功的了。其次你就去革命去吧，去制造炸弹去吧！但是革命是不是同割枯草一样，用了你那裁纸的小刀，就可以革得成的呢？炸弹是不是可以用了你头发上的灰垢和半年不换的袜底里的腐泥来调和的呢？这些事情，你去问上帝去吧！我也不知道。

比较上可以做得到，并且也不失为中策的，我看还是弄几个旅费，回到湖南你的故土，去找出四五年你不曾见过的老母和你的小妹妹来，第一天相持对哭一天；第二天因为哭了伤心，可以在床上你的草窠里睡去一天；既可以休养，又可以省几粒米下来熬稀粥，第三天以后，你和你的母亲、妹妹，若没有衣服穿，不妨三人紧紧地挤在一处，体热互助的结果，同冬天雪夜的群羊一样，倒可以使你的老母不至冻伤，若没有米吃，你在日中天暖一点的时候，不妨把年老的母亲交付给你妹妹的身体烘着，你自己可以上村前村后去掘一点草根树根来煮汤吃。草根树根里也有淀粉，我的祖母未死的时候，常把洪杨乱日她老人家尝过的这滋味说给我听，我所以知道，现在我既没有余钱可以赠你，就把这秘方相传，作个我们两位穷汉，在京华尘土里相遇的纪念吧！若说草根树根，也被你们的督军、省长、师长、议员、知事掘完，你无论走往何处再也找不出一块一截来的时候，那么你且咽着自家的口水，同唱戏似的把北京的豪富人家的蔬菜，有色有香地说给你的老母亲、小妹妹听听，至少在未死前的一刻半刻钟中间，你们三个昏乱的脑子里，总可以大事铺张地享乐一回。

但是我听你说，你的故乡连年兵燹，房屋田产都已毁尽，老母弱妹，也不知是生是死，五年来音信不通；并且现在回湖南的火车不开，就是有路费也回去不得，何况没有路费呢？

上策不行，次之中策也不行，现在我为你实在是没有什么法子好想了。不得已我就把两个下策来对你讲吧！

第一，现在听说天桥又在招兵，并且听说取得极宽，上自五十岁的老人起，下至十六七岁的少年止，一律都收；你若应募之后，马上开赴前敌，打死在租界以外的中国地界，虽然不能说是为国效忠，也可以算得是为招你的那个同胞效了命，岂不是比饿死冻死在你那公寓的斗室里，好得多么？况且万一不开往前敌，或虽开往前敌而不打死的时候，只教你能保持你现在的这种纯洁的精神，只教你能有如现在想进大学读书一样的精神来宣传你的理想，难保你所属的一师一旅，不为你所感化。这是下策的第一个。

第二，这才是真真的下策了！你现在不是只愁没有地方住、没有地方吃饭而又苦于没有勇气自杀么？你的没有能力做土匪，没有能力拉洋车，是我今天早晨在你公寓里第一眼看见你的时候，已经晓得。但是有一件事情，我想你还能胜任的，要干的时候一定是干得到的。这是什么事情呢？啊啊，我真不愿意说出来——我并不是怕人家对我提起诉讼，说我在嗾使你做贼，啊呀，不愿意说倒说出来了，做贼，做贼，不错，我所说的这件事情，就是叫你去偷窃呀！

无论什么人的无论什么东西，只教你偷得着，尽管偷吧！偷到了，不被发觉，那么就可以把这你偷自他、他抢自第三人的，在现在的社会里称为赃物，在将来进步了的社会里，当然是要分归你有的东西，拿到当铺——我虽然不能为你介绍职业，但是像这样的当铺，却可以为你介绍几家——里去换钱用。万一发觉了呢？也没有什么。第一你坐坐监牢，房钱总可以不付了。第二监狱里的饭，虽然没有今天中午我请你的那家馆子里的那么好，但是饭钱是可以不付的。第三或者什么什么司令，以军法从事，把你枭首示众的时候，那么你的无勇气的自杀，总算是他来代你执行了，也是你的一件快心的事情，因为这样地活在世上，实在是没有什么意思。

我写到这里，觉得没有话再可以和你说了，最后我且来告诉你一种实习的方法吧！

你若要实行上举的第二下策，最好是从亲近的熟人方面做起。譬如你那位同乡的亲戚老H家里,你可以先去试一试看。因为他的那些堆积在那里的富财,不过是方法手段不同罢了,实际上也是和你一样地偷来抢来的。再若你慑于他的慈和的笑里的尖刀,不敢去向他先试,那么不妨上我这里来作个破题儿试试,我晚上卧房的门常是不关,进出很便。不过有一件缺点,就是我这里没有什么值钱的物事。但是我有几本旧书,却很可以卖几个钱。你若来时,最好是预先通知我一下,我好多服一剂催眠药,早些睡下,因为近来身体不好,晚上老要失眠,怕与你的行动不便;还有一句话——你若来时,心肠应该要练得硬一点,不要因为是我的书的原因,致使你没有偷成,就放声大哭起来——

第六章　静观皆自得

原不见秋,更不见雪,只是一味的晴明浩荡,飘飘然,浑浑然,洞贯了我们的肠腑,老僧无相,烧了面,泡了茶,更送来了酒,末后还拿出了纸和墨。

西溪的晴雨

西北风未起,蟹也不曾肥,我原晓得芦花总还没有白,前两星期,源宁来看了西湖,说他倒觉得有点失望,因为湖光山色,太整齐,太小巧,不够味儿,他开来的一张节目上,原有西溪的一项;恰巧第二天又下了微雨,秋原和我就主张微雨里下西溪,好教源宁去尝一尝这西湖近旁的野趣。

天色是阴阴漠漠的一层,湿风吹来,有点儿冷,也有点儿香,香的是野草花的气息,车过方井旁边,自然又下车来,去看了一下那座天主圣教修士们的古墓。从墓门望进去,只是黑沉沉、冷冰冰的一个大洞,什么也看不见,鼻子里却闻吸到了一种霉灰的阴气。

把鼻子掀了两掀,耸了一耸肩膀,大家都说,可惜忘记带了电筒,但在下意识里,自然也有一种恐怖、不安和畏缩的心意,在那里作恶,直到了花坞的溪旁,走进窗明几净的静莲庵(?)堂去坐下,喝了两碗清茶,这一些鬼胎,方才洗涤了个空空脱脱。

游西溪,本来是以松木场下船,带了酒盒行厨,慢慢儿地向西摇去为正宗。像我们那么高坐了汽车,飞鸣而过古荡、东岳,一个钟头要走百来里路的旅客,终于是难度的俗物,但是俗物也有俗益,你若坐在汽车座里,引颈而向西向北一望,直到湖州,只见一派空明,遥盖在淡绿成阴的斜平海上;这中间不见水,不见山,当然也不见人,只是渺渺茫茫,青青绿绿,远无岸,近亦无田园村落的一个大斜坡,过秦亭山后,一直到留下为止的那一条沿山大道上的景色,好处就在这里,尤其是当微雨朦胧,江南草长的春或秋的半中间。

从留下下船,回环曲折,一路向西向北,只在芦花浅水里打圈圈:圆桥茅舍,桑树蓼花,是本地的风光,还不足道;最古怪的,是剩在背后的一带湖上的青山,不知不觉,忽而又会得移上你的面前来,和你点一点头,又匆匆地别了。

摇船的少女,也总好算是西溪的一景;一个站在船尾把摇橹,一个坐在船头上使桨,身体一伸一俯,一往一来,和橹声的咿呀、水波的起落,凑合成一大又圆又曲的进行软调;游人到此,自然会想起瘦西湖边,竹西歌吹的闲情,而源宁昨天在漪园月下老人祠里求得的那枝灵签,仿佛是完全地应了,签诗的语文,是《鄘风·桑中》章末后的三句,叫作"期我乎桑中,要我乎上宫,送我乎淇之上矣"。

此后便到了交芦庵,上了弹指楼,因为是在雨里,带水拖泥,终于也感不到什么的大趣,但这一天向晚回来,在湖滨酒楼上放谈之下,源宁却一本正经地说:"今天的西溪,却比昨日的西湖,要好三倍。"

前天星期假日,日暖风和,并且在报上也曾看到了芦花怒放的消息,午后日斜,老龙夫妇,又来约去西溪,去的时候,太晚了一点,所以只在秋雪庵的弹指楼上,消磨了半日之半。一片斜阳,反照在芦花浅渚的高头,花也并未怒放,树叶也不曾凋落,原不见秋,更不见雪,只是一味的晴明浩荡,飘飘然,浑浑然,洞贯了我们的肠腑,老僧无相,烧了面,泡了茶,更送来了酒,末后还拿出了纸和墨,我们看看日影下的北高峰,看看庵旁边的芦花荡,就问无相,花要几时才能全白。老僧操着缓慢的楚国口音,微笑着说:"总要到阴历十月的中间;若有月亮,更为出色。"说后,还提出了一个交换的条件,要我们到那时候,再去一玩,他当预备些精馔相待,聊当作润笔,可是今天的字,却非写不可,老龙写了"一剑横飞破六合,万家憔悴哭三吴"的十四个字,我也附和着抄了一副不知在哪里见过的联语:"春梦有时来枕畔,夕阳依旧上帘钩。"

喝得酒醉醺醺,走下楼来,小河里起了晚烟,船中间满载了黑暗,龙妇又逸兴遄飞,不知上哪里去摸出了一枝洞箫来吹着。"其声呜呜然,如怨如慕,如泣如诉,余音袅袅,不绝如缕",倒真有点像是七月既望,和东坡在赤壁的夜游。

钓台的春昼

因为近在咫尺,以为什么时候要去就可以去,我们对于本乡本土的名区胜景,反而往往没有机会去玩,或不容易下一个决心去玩的。正唯其是如此,我对于富春江上的严陵,二十年来,心里虽每在记着,但脚却从没有向这一方面走过。一九三一,岁在辛未,暮春三月,春服未成,而中央党帝,似乎又想玩一个秦始皇所玩过的把戏了,我接到了警告,就仓皇离去了寓居。先在江浙附近的穷乡里,游息了几天,偶尔看见了一家扫墓的行舟,乡愁一动,就定下了归计。绕了一个大弯,赶到故乡,却正好还在清明寒食的节前。和家人等去上了几处坟,与许久不曾见过面的亲戚朋友,来往热闹了几天,一种乡居的倦怠,忽而袭上心来了,于是乎我就决心上钓台去访一访严子陵的幽居。

钓台去桐庐县城二十余里,桐庐去富阳县治九十里不足,自富阳溯江而上,坐小火轮三小时可达桐庐,再上则须坐帆船了。

我去的那一天，记得是阴晴欲雨的养花天，并且系坐晚班轮去的，船到桐庐，已经是灯火微明的黄昏时候了，不得已就只得在码头近边的一家旅馆的高楼上借了一宵宿。

桐庐县城，大约有三里路长，三千多烟灶，一二万居民，地在富春江西北岸，从前是皖浙交通的要道，现在杭江铁路一开，似乎没有一二十年前的繁华热闹了。尤其要使旅客感到萧条的，却是桐君山脚下的那一队花船的失去了踪影。说起桐君山，原是桐庐县的一个接近城市的灵山胜地，山虽不高，但因有仙，自然是灵了。以形势来论，这桐君山，也的确是可以产生出许多口音生硬、别具风韵的桐严嫂来的生龙活脉；地处在桐溪东岸，正当桐溪和富春江合流之所，依依一水，西岸便瞰视着桐庐县市的人家烟树。南面对江，便是十里长洲；唐诗人方干的故居，就在这十里桐洲九里花的花田深处。向西越过桐庐县城，更遥遥对着一排高低不定的青峦，这就是富春山的山子山孙了。东北面山下，是一片桑麻沃地，有一条长蛇似的官道，隐而复现，出没盘曲在桃花、杨柳、洋槐、榆树的中间；绕过一支小岭，便是富阳县的境界，大约去程明道的墓地程坟，总也不过一二十里地的间隔，我的去拜谒桐君，瞻仰道观，就在那一天到桐庐的晚上，是淡云微月，正在作雨的时候。

鱼梁渡头，因为夜渡无人，渡船停在东岸的桐君山下。我从旅馆踱了出来，先在离轮埠不远的渡口停立了几分钟，后来向一位来渡口洗夜饭米的少妇，弓身请问了一回，才得到了渡江的秘诀。她说："你只须高喊两三声，船自会来的。"先谢了她教我的好意，然后以两手围成了播音的喇叭，"喂，喂，船渡请摇过来！"地纵声一喊，果然在半江的黑影当中，船身摇动了。渐摇渐近，五分钟后，我在渡口，却终于听出了咿呀柔橹的声音。时间似乎已经入了酉时的下刻，小市里的群动，这时候都已经静息；自从渡口的那位少妇，在微茫的夜色里，藏去了她那张白团团的面影之后，我独立在江边，不知不觉心里头却兀自感到了一种他乡日暮的悲哀。

渡船到岸，船头上起了几声微微的水浪清音，又铜东的一响，我早已跳上了船，渡船也已经掉过头来了。坐在黑沉沉的舱里，我起先只在静听着柔橹划水的声音，然后却在黑影里看出了一星船家在吸着的长烟管头上的烟火，最后因为沉默压迫不过，我只好开口说话了："船家！你这样的渡我过去，该给你几个船钱？"我问。"随你先生把几个就是。"船家说话冗慢悠长，似乎已经带着些睡意了，我就向袋里摸出了两角钱来。"这两角钱，就算是我的渡船钱，请你候我一会，上去烧一次夜香，我是依旧要渡过江来的。"船家的回答，只是恩恩乌乌，幽幽同牛叫似的一种鼻音，然而从继这鼻音而起的两三声轻快的喀声听来，他却已经在感到满足了，因为我也知道，乡间的义渡，船钱最多也不过是两三枚铜子而已。

到了桐君山下，在山影和树影交掩着的崎岖道上，我上岸走不上几步，就被一块乱石绊倒，滑跌了一次。船家似乎也动了恻隐之心了，一句话也不发，跑将上来，他却突然交给了我一盒火柴。我于感谢了一番他的盛意之后，重整步武，再摸上山去，先是必须点一枝火柴走三五步路的，但到得半山，路既就了规律，而微云堆里的半规月色，也朦胧地现出一痕银线来了，所以手里还存着的半盒火柴，就被我藏入了袋里。

路是从山的西北，盘曲而上；渐走渐高，半山一到，天也开朗了一点，桐庐县市上的灯火，也星星可数了。更纵目向江心望去，富春江两岸的船上和桐溪合流口停泊着的船尾船头，也看得出一点一点的火来。走过半山，桐君观里的晚祷钟鼓，似乎还没有息尽，耳朵里仿佛听见了几丝木鱼钲钹的残声。走上山顶，先在半途遇着了一道道观外围的女墙，这女墙的栅门，却已经掩上了。在栅门外徘徊了一刻，觉得已经到了此门而不进去，终于是不能满足我这一次暗夜冒险的好奇怪癖的。所以细想了几次，还是决心进去，非进去不可，轻轻用手往里面一推，栅门却呀的一声，早已退向了后方开开了，这门原来是虚掩在那里的。

进了栅门，踏着为淡月所映照的石砌平路，向东向南地前走了五六十步，居然走到了道观的大门之外，这两扇朱红漆的大门，不消说是紧闭在那里的。到了此地，我却不想再破门进去了，因为这大门是朝南向着大江开的。门外头是一条一丈来宽的石砌步道，步道的一旁是道观的墙，一旁便是山坡，靠山坡的一面，并且还有一道二尺来高的石墙筑在那里，大约是代替栏杆，防人倾跌下山去的用意；石墙之上，铺的是二三尺宽的青石，在这似石栏又似石凳的墙上，尽可以坐卧游息，饱看桐江和对岸的风景，就是在这里坐它一晚，也很可以，我又何必去打开门来，惊起那些老道的噩梦呢？

空旷的天空里，流涨着的只是些灰白的云，云层缺处，原也看得出半角的天，和一点两点的星，但看起来最饶风趣的，却仍是欲藏还露、将见仍无的那半规月影。这时候江面上似乎起了风，云脚的迁移，更来得迅速了，而低头向江心一看，几多散乱着的船里的灯光，也忽明忽灭地变换了一变换位置。

这道观大门外的景色，真神奇极了。我当十几年前，在放浪的游程里，曾向瓜州京口一带，消磨过不少的时日；那时觉得果然名不虚传的，确是甘露寺外的江山，而现在到了桐庐，昏夜上这桐君山来一看，又觉得这江山的秀而且静，风景的整而不散，却非那天下第一江山的北固山所可与比拟的了。真也难怪得严子陵，难怪得戴徵士，倘使我若能在这样的地方结屋读书，颐养天年，那还要什么的高官厚禄，还要什么的浮名虚誉哩？一个人在这桐君观前的石凳上，看看山，看看水，看看城中灯火和天上的星云，更做做浩无边际的无聊的幻梦,我竟忘记了时刻,忘记了自身,直等到隔江的击柝声传来,向西一看,忽而觉得城中的灯影微茫地减了,才跑也似的走下了山来,渡江奔回了客舍。

第二日侵晨,觉得昨天在桐君观前做过的残梦正还没有续完的时候,窗外面忽而传来了一阵吹角的声音。好梦虽被打破,但因这同吹竽篥似的商音哀咽,却很含着些荒凉的古意,并且晓风残月,杨柳岸边,也正好候船待发,上严陵去;所以心里纵怀着了些儿怨恨,但脸上却只现出了一痕微笑,起来梳洗更衣,叫茶房去雇船去。雇好了一只双桨的渔舟,买就了些酒菜鱼米,就在旅馆前面的码头上上了船。轻轻向江心摇出去的时候,东方的云幕中间,已现出了几丝红韵,有八点多钟了;舟师急得厉害,只在埋怨旅馆的茶房,为什么昨晚不预先告诉,好早一点出发。因为此去就是七里滩头,无风七里,有风七十里,上钓台去玩一趟回来,路程虽则有限,但这几日风雨无常,说不定要走夜路,才回来得了的。

过了桐庐,江心狭窄,浅滩果然多起来了。路上遇着的来往的行舟,数目也是很少,因为早晨吹的角,就是往建德去的快班船的信号,快班船一开,来往于两埠之间的船就不十分多了。两岸全是青青的山,中间是一条清浅的水,有时候过一个沙洲,洲上的桃花菜花,还有许多不晓得名字的白色的花,正在喧闹着春暮,吸引着蜂蝶。

我在船头上一口一口地喝着严东关的药酒,指东话西地问着船家,这是甚么山?那是甚么港?惊叹了半天,称颂了半天,人也觉得倦了,不晓得什么时候,身子却走上了一家水边的酒楼,在和数年不见的几位已经做了党官的朋友高谈阔论。谈论之余,还背诵了一首两三年前曾在同一的情形之下做成的歪诗:

> 不是尊前爱惜身,伴狂难免假成真,
> 曾因酒醉鞭名马,生怕情多累美人。
> 劫数东南天作孽,鸡鸣风雨海扬尘,
> 悲歌痛哭终何补,义士纷纷说帝秦。

直到盛筵将散,我酒也不想再喝了,和几位朋友闹得心里各自难堪,连对旁边坐着的两位陪酒的名花都不愿意开口。正在这上下不得的苦闷关头,船家却大声地叫了起来说:

"先生,罗芷过了,钓台就在前面,你醒醒吧,好上山去烧饭吃去。"

擦擦眼睛,整了一整衣服,抬起头来一看,四面的水光山色又忽而变了样子了。清清的一条浅水,比前又窄了几分,四围的山包得格外地紧了,仿佛是前无去路的样子。并且山容峻削,看去觉得格外地瘦、格外地高。向天上地下四围看看,只寂寂的看不见一个人类。双桨的摇响,到此似乎也不敢放肆了,钩的一声过后,要好半天才来一个幽幽的回响,静,静,静,身边水上,山下岩头,只沉浸着太古的静,死灭的静,山峡里连飞鸟的影子也看不见半只。

前面的所谓钓台山上,只看得见两个大石垒,一间歪斜的亭子,许多纵横芜杂的草木。山腰里的那座祠堂,也只露着些废垣残瓦,屋上面连炊烟都没有一丝半缕,像是好久好久没人住了的样子。并且天气又来得阴森,早晨曾经露一露脸过的太阳,这时候早已深藏在云堆里了,余下来的只是时有时无从侧面吹来的阴飕飕的半箭儿山风。船靠了山脚,跟着前面背着酒菜鱼米的船夫,走上严先生祠堂去的时候,我心里真有点害怕,怕在这荒山里要遇见一个干枯苍老得同丝瓜筋似的严先生的鬼魂。

在祠堂西院的客厅里坐定,和严先生的不知第几代的裔孙谈了几句关于年岁水旱的话后,我的心跳,也渐渐儿地镇静下去了,嘱托了他以煮饭烧菜的杂务,我和船家就从断碑乱石中间爬上了钓台。

东西两石垒,高各有二三百尺,离江面约两里来远,东西台相去,只有一二百步,但其间却夹着一条深谷,立在东台,可以看得出罗芷的人家,回头展望来路,风景似乎散漫一点,而一上谢氏的西台,向西望去,则幽谷里的清景,却绝对的不像是在人间了。我虽则没有到过瑞士,但到了西台,朝西一看,立时就想起了曾在照片上看见过的威廉退儿的祠堂。这四山的幽静,这江水的青蓝,简直同在画片上的珂罗版色彩,一色也没有两样;所不同的,就是在这儿的变化更多一点,周围的环境更芜杂不整齐一点而已,但这却是好处,这正是足以代表东方民族性的颓废荒凉的美。

从钓台下来,回到严先生的祠堂——记得这是洪杨以后严州知府戴槃重建的祠堂——西院里饱啖了一顿酒肉,我觉得有点酩酊微醉了。手拿着以火柴柄制成的牙签,走到东面供着严先生神像的龛前,向四面的破壁上一看,翠墨淋漓,题在那里的,竟多是些俗而不雅的过路高官的手笔。最后到了南面的一块白墙头上,在离屋檐不远的一角高处,却看到了我们的一位新近去世的同乡夏灵峰先生的四句似邵尧夫而又略带感慨的诗句。夏灵峰先生虽则只知崇古,不善处今,但是五十年来,像他那样的顽固自尊的亡清遗老,也的确是没有第二个人。比较起现在的那些官迷财迷的南满尚书和东洋宦婢来,他的经术言行,姑且不必去论它,就是以骨头来称称,我想也要比什么罗三郎郑太郎辈重到好几百倍。慕贤的心一动,醺人的臭技自然是难熬了,堆起了几张桌椅,借得了一枝破笔,我也在高墙上在夏灵峰先生的脚后放上了一个陈屁,就是在船舱的梦里,也曾微吟过的那一首歪诗。

从墙头上跳将下来,又向龛前天井去走了一圈,觉得酒后的喉咙,有点渴痒了,所以就又走回到了西院,静坐着喝了两碗清茶。在这四大无声,只听见我自己的啾啾喝水的舌音冲击到那座破院的败壁上去的寂静中间,同惊雷似的一响,

院后的竹园里却忽而飞出了一声闲长而又有节奏似的鸡啼的声来。同时在门外面歇着的船家,也走进了院门,高声地对我说:

"先生,我们回去吧,已经是吃点心的时候了,你不听见那只公鸡在后山啼么?我们回去吧!"

第六章　静观皆自得

出昱岭关记

一九三四年三月末日,夜宿在东天目昭明禅院的禅房里。四月一日侵晨,曾与同宿者金筱甫、吴宝基诸先生约定,于五时前起床,上钟楼峰上去看日出,并看云海。但午前四时,因口渴而起来喝茶,探首向窗外一望,微云里在落细雨,知道日出与云海都看不成了,索性就酣睡了下去,一觉竟睡到了八点。

早餐后,坐轿下山。一出寺门,哪知就掉向云海里去了;坐在轿上,看不出前面那轿夫的背脊,但闻人语声、鸟鸣声、轿夫换肩的喝唱声、瀑布的冲击声,从白茫茫一片的云雾里传来;云层很厚实,有时攒入轿来,扑在面上,有点儿凉阴阴的怪味,伸手出去拿了几次,却没有拿着。细雨化为云,蒸为雾,将东天目的上半山包住,今天的日出虽没有看成,可是在云海里飘泊的滋味却尝了一个饱。行至半山,更在东面山头的雾障里看出了一圈同月亮似的大白圈,晓得天又是晴的,逆料今天的西行出昱岭关去,路上一定有许多景色好看。

从原来的路上下山，过老虎尾巴，越新溪，向西向南地走去，云雾全收，那一个东西两天目之间的谷里的清景，又同画样地展开在目前。上一小岭后，更走二十余里，就到了于潜的藻溪，盖即三日前下车上西天目去的地点，距西天目三十余里，去东天目约有四十里内外；轿子到此，已经是午后一点的光景，肚子饿得很，因而对于那两座西浙名山的余恋，也有点淡薄下去了。

饭后上车，西行七十余里，入昌化境，地势渐高，过芦岭关后，就是昱岭山脉的盘据地界了；车路大抵是一面依山，一面临水的。山系巉屼古怪的沙石岩峰，水是清澄见底的山泉溪水。偶尔过一平谷，则人家三五，散点在杂花绿树间。老翁在门前曝背，小儿们指点汽车，张大了嘴，举起了手，似在大喊大叫。村犬之肥硕者，有时还要和汽车赛一段跑，送我们一程。

在未到昱岭关之先，公路两岸的青山绿水，已经是怪可爱的了。语堂并且还想起了避暑的事情，以为挈妻儿来这一区桃花源里，住它几日，不看报，不与外界相往来，饥则食小山之薇蕨与村里的牛羊，渴则饮清溪的淡水。日当中午，大家脱得精光，入溪中去游泳。晚上倦了，就可以在月亮底下露宿，门也不必关，电灯也可以不要，只教有一枝雪茄、一张行军床、一条薄被，和几册爱读的书就好了。

"像这一种生活过惯之后，不知会不会更想到都市中去吸灰尘，看电影的？"

语堂感慨无量地在自言自语，这当然又是他的dichtung[1]在作怪。前此，语堂和增嘏、光旦他们，曾去富春江一带旅行；在路上，遇有不适意事，语堂就说："这是wahrheit[2]！"意思就是在说"现实和理想的不能相符"，系借用了歌德的书名而付以新解释的；所以我们这一次西游，无论遇见什么可爱可恨之事，都只以wahrheit与dichtung两字了之；语汇虽极简单，涵义倒着实广阔，并且说一次，大家都哄笑一场，不厌重复，也不怕烦腻，正像是在唱古诗里的循环复句一般。

车到昱岭关口，关门正在新造，停车下来，仰视众山，大家都只嘿然互相默视了一下；盖因日暮途遥，突然间到了这一个险隘，印象太深，变成了shock[3]，惊叹颂赞之声自然已经叫不出口，就连现成的dichtung与wahrheit两字，也都被骇退了。向关前关后去环视了一下，大家松了一松气，吴、徐两位，照了几张关门的照相之后，那种紧张的气氛，才兹弛缓了下来，于是乎就又有了说，有了笑；同行中间的一位，并且还上关门边上去撒了一抛溺，以留作过关的纪念碑。

出关后，已入安徽绩溪歙县界，第一个到眼来的盆样的村子，就是三阳坑。四面都是一层一层的山，中间是一条东

---

[1] 译为：诗。
[2] 译为：真相；现实。
[3] 译为：震惊。

流的水。人家三五百，集处在溪的旁边，山的腰际，与前面的弯曲的公路上下。溪上远处山间的白墙数点，和在山坡食草的羊群，又将这一幅中国的古画添上了些洋气，语堂说："瑞士的山村，简直和这里一样，不过人家稍为整齐一点，山上的杂草树木要多一点而已。"我们在三阳坑车站的前头，那一条清溪的水车磨坊旁边，西看看夕阳，东望望山影，总立了约有半点钟之久，还徘徊而不忍去；倒惊动得三阳坑的老百姓，以为又是官军来测量地皮、破坏风水来了，在我们的周围，也张着嘴瞪着眼，绕成了一个大圈圈。

从三阳坑到屺梓里，二三十里地的中间，车尽在昱岭山脉的上下左右绕。过了一个弯，又是一个弯，盘旋上去，又盘旋下来，有时候向了西，有时候又向了东。到了顶上，回头来看看走过的路和路上的石栏，绝像是乡下人于正月元宵后，在盘的龙灯。弯也真长，真曲，真多不过。一时人一个弯去，上视危壁，下临绝涧，总以为前不见古人，后不见来者，这车非要穿入山去，学穿山甲，学神仙的土遁，才能到得徽州了，谁知斗头一转，再过一个山鼻，就又是一重天地，一番景色；我先在车里默数着，要绕几个弯，过几条岭，才到得徽州，但后来为周围的险景一吓，竟把数目忘了，手指头屈屈伸伸，似乎有了十七八次；大约就混说一句二三十个，想来总也没有错儿。

在这一条盘旋的公路对面，还有一个绝景，就是那一条在公路未开以前的皖浙间交通的官道。公路是开在溪谷北面的山腰,而这一条旧时的大道,是铺在溪谷南面的山麓的。从公路上的车窗里望过去,一条同银线似的长蛇小道,在对岸时而上山,时而落谷,时而过一条小桥,时而入一个亭子,隐而复见,断而再连;还有成群的驴马,肩驮着农产商品,在代替着沙漠里的骆驼,尽在这一条线路上走;路离得远了,铃声自然是听不见,就是捏着鞭子,在驴前驴后,跟着行走的商人,看过去也像是画上的行人,要令人想起小时候见过的钟馗送妹图或长江行旅图来。

过岯梓里后,路渐渐平坦,日也垂垂向晚,虽然依旧是水色山光,劈面地迎来,然而因为已在昱岭关外的一带,把注意力用尽了,致对车窗外的景色,不得已而失了敬意。其实哩,绩溪与歙县的山水,本来也是清秀无比,尽可以敌得过浙西的。

在苍茫的暮色里,浑浑然躺在车上,一边在打瞌睡,一边我也在想凑集起几个字来,好变成一件像诗样的东西;哼哼读读,车行了六七十里之后,我也居然把一首哼哼调做成了:

盘旋曲径几多弯,历尽千山与万山,
外此更无三宿恋,西来又过一重关,
地传洙泗溪争出,俗近江淮语略蛮,
只恨征车留不得,让他桃李领春闲。

题目是《出昱岭关,过三阳坑后,风景绝佳》。

晚上六点前后,到了徽州城外的歙县站。入徽州城去吃了一顿夜饭,住的地方,却成问题了,于是乎又开车,走了六七十里的夜路,赶到了归休宁县管的大镇屯溪。屯溪虽有"小上海"的别名,虽也有公娼、私娼、戏园、茶馆等的设备,但旅馆究竟不多;我们一群七八个人,搬来搬去,到了深夜的十二点钟,才由语堂、光旦的提议,屯溪公安局的介绍,租到了一只大船,去打馆宿歇。这一晚,别无可记,只发现了叶公秋原每爱以文言作常谈,于是乎大家建议:"做文须用白话,说话须用文言。"这条原则通过以后,大家就满口地之乎也者了起来,倒把语堂的dichtung und wahrheit打倒了;叶公的谈吐,尤以用公文成语时,如"该大便业已撒出在案"之类,最为滑稽得体云。

屯溪夜泊记

屯溪是安徽休宁县属的一个市镇,虽然居民不多——人口最多也不过一二万——工厂也没有,物产也并不丰富,但因为地处在婺源、祁门、黟县、休宁等县的众水汇聚之乡,下流成新安江,从前陆路交通不便的时候,徽州府西北几县的物产,全要从这屯溪出去,所以这个小镇居然也成了一个皖南的大码头,所以它也就有了"小上海"的别名。"生意兴隆通四海,财源茂盛达三江",这一副最普通的联语,若拿来赠给屯溪,倒也很可以指示出它的所以得繁盛的原委。

我们的飘泊到屯溪去,是因为东南五省交通周览会的邀请,打算去白岳、黄山看一看风景;而又蒙从前的徽州府、现在的歙县县长的不弃,替我们介绍了一家徽州府里有名的实在是龌龊得不堪的宿夜店,觉得在徽州是怎么也不能够过夜了,所以才夜半开车,闯入了这"小上海"的屯溪市里。

虽则是"小上海",可究竟和大上海有点不同,第一,这"小上海"所有的旅馆,就只有大上海的五万分之一。我们在半夜的混沌里，冲到了此地，投各家旅馆，自然是都已经客满了，没有办法，就只好去投奔公安局——这公安局却是直系于省会的一个独立机关，是屯溪市上，最大并且也是唯一的行政司法以及维持治安的公署，所以尽抵得过清朝的一个州县——请他们来救济，我们提出的办法，是要他们去为我们租借一只大船来权当宿舍。

这交涉办到了午前的一点，才兹办妥，行李等物，搬上船后，舱铺清洁，空气通畅，大家高兴了起来，就交口称赞语堂林氏的有发明的天才，因为大家搬上船上去宿的这一件事情，是语堂的提议，大约他总也是受了天随子陆龟蒙或八旗名士宗室宝竹坡的影响无疑。

浮家泛宅，大家联床接脚，在篾篷底下，洋油灯前，谈着笑着，悠悠入睡的那一种风情，倒的确是时代倒错的中世纪的诗人的行径。那一晚，因为上船得迟了，所以说废话说不上几刻钟，一船里就呼呼地充满了睡声。

第二天，天下了雨；在船上听雨，在水边看雨的风味，又是一种别样的情趣。因为天雨，旅行当然是不行，并且林、潘、全、叶的四位，目的是只在看看徽州，与自杭州至徽州的一段公路的，白岳黄山，自然是不想去的了，只教天一放晴，他们就打算回去，于是乎我们便有了一天悠闲自在的屯溪船上的休息。

屯溪的街市，是沿水的两条里外的直街，至西面而尽于屯浦，屯浦之上是一条大桥，过桥又是一条街，系上西乡去的大路。是在这屯浦桥附近的几条街上，由他们屯溪人看来，觉得是完全毛色不同的这一群丧家之犬，尽在那里走来走去地走。其实呢，我们的泊船之处，就在离桥不远的东南一箭之地，而寄住在船上，却有两件大事，非要上岸去办不可，就是，一，吃饭，二，大便。

况且，人又是好奇的动物，除了睡眠，吃饭，排泄以外，少不得也要使用使用那两条腿，于必要的事情之上，去做些不必要的事情；于是乎在江边的那家饭馆延旭楼即紫云馆，和那座公坑所，当然是可以不必说，就是一处贩卖破铜烂铁的旧货铺，以及就开在饭馆边上的一家假古董店，也突然地增加了许多顾客。我在旧货铺里，买了一部歙县吴殿麟的《紫石泉山房集》，语堂在那家假古董店里，买了些桃核船、翡翠、琥珀，以及许多碎了的白磁。大家回到船上研究将起来，当以两毛钱买的那些点点的磁片，最有价值，因为一只纤纤的玉手，捏着的是一条粗而且长、头如松菌的东西，另外的一条三角形的尖棕而带着微有曲线的白柄者，一定是国货的小脚；这些碎磁，若不是康熙，总也是乾隆，说不定，恐怕还是前朝内府坤宁宫里的珍藏。仔细研究到后来，你一言，我一语，想入非非，笑成一片，致使这一个水上小共和国里的百姓们，大家都堕落成了群居终日、专为不善的小人团。

早午饭吃后，光旦、秋原等又坐了车上徽州去了，语堂、增暇，歪身倒在床上看书打瞌睡，只有被鬼附着似的神经质的我，在船里觉得是坐立都不能安，于是乎只好着了雨鞋，张着雨伞，再上岸去，去游屯溪的街市。

雨里的屯溪，市面也着实萧条。从东面有一块枪毙红丸犯处的木牌立着的地方起，一直到西尽头的屯浦桥附近为止，来回走了两遍，路上遇着的行人，数目并不很多，比到大上海的中心街市，先施、永安下那块地方的人海人山，这"小上海"简直是乡村角落里了。无聊之极，我就爬上了市后面的那一排小山之上，打算对屯溪全市，作一个包罗万象的高空鸟瞰。

市后的小山，断断续续，一连倒也有四五个山峰。自东而西，俯瞰了屯溪市上的几千家人家，以及人家外围，贯流在那里的三四条溪水之后，我的两足，忽而走到了一处西面离桥不远的化山的平顶。顶上的石柱石礎石梁，依然还在，然而一堆瓦砾，寸草不生，几只飞鸟，只在乱石堆头慢声长叹。我一个人看看前面天主堂界内的杂树人家，和隔岸的那条同金字塔样的狮子（俗称扁担）石山，觉得阴森森，毛发都有点直竖起来了，不得已就只好一口气地跳下了这座在屯溪市是地点风景最好也没有的化山。后来上桥头的酒店里去坐下，向酒保仔细一探听，才晓得民国十八年的春天，宋老五带领了人马，曾将这屯溪市的店铺民房，施行了一次火洗，那座化山顶上的化山大寺，也就是于这个时候被焚化了的。

那时候未被烧去而仅存者,只延旭楼的一间三层的高阁和天主堂内的几间平房而已。

在酒店里,和他们谈谈说说,我只吃了一碟炒四件、一斤杂有泥沙的绍兴酒,算起账来,竟被敲去了两块大洋,问:"何以会这么的贵?"回答说:"本地人都喝的歇酒,绍兴酒本来是很贵的。"这"小上海"的商家,别的上海样子倒还没有学好,只有这一个欺生敲诈的门径,却学得来青胜于蓝了,也无怪有人告诉我说,屯溪市上,无论哪一家大商店,都有讨价还价,就连一盒火柴、一封香烟,也有生人熟面的市价的不同。

傍晚四五点的时候,去徽州的大队人马回来了,一同上延旭楼去吃过晚饭,我和秋原、增嘏、成章四人,在江岸的东头走走,恰巧遇见了一位自上海来此的像白相人那么的汽车小商人。他于陪我们上游艺场去逛了一遍之余,又领我们到了一家他的旧识的乐户人家。姑娘的名号现在记不起来了,仿佛是"翠华"的两字,穿着一件黑绒的夹袄,镶着一个金牙齿,相貌倒也不算顶坏,听了几出徽州戏,喝了一杯祁门茶后,出到了街上,不意斗头又遇见了三位装饰时髦到了极顶、身材也窈窕可观的摩登美妇人。那一位引导者,和她们也似乎是素熟的客人,大家招呼了一下走散之后,他就告诉了我们以她们的身世。她们的前身,本来是上海来游艺场献技的坤角,后来各有了主顾,唱戏就不唱了。不到一年,各主顾忽又有了新恋，她们便这样的一变，变作了街头的神女。这一段短短的历史，简单虽也简单得很，但可惜我们中间的那位江州司马没有同来，否则倒又有一篇《琵琶行》好做了。在微雨黄昏的街上走着，他还告诉了我们这里有几家头等公娼，几家二等花茶馆，几家三等无名窟，和诨名"屯溪之王"的一家半开门。

回到了残灯无焰的船舱之内，向几位没有同去的诗人们报告了一番消息，余事只好躺下去睡觉了，但青衫憔悴的才子，既遇着了红粉飘零的美女，虽然没有后花园赠金、妓堂前碰壁的两幕情景，一首诗却是少不得的；斜倚着枕头，合着船篷上的雨韵，哼哼唧唧，我就在朦胧的梦里念成了一首：

新安江水碧悠悠，两岸人家散若舟，
几夜屯溪桥下梦，断肠春色似扬州。

七言绝句。这么一来，既有了佳人，又有了才子，煞尾并且还有着这一个有诗为证的大团圆，一出屯溪夜泊的传奇新剧本，岂不就完全成立了么？

覆车小记

槟城三宿之后,五日夜渡北海,刚巧是旧历的十五晚上,月光照耀海空,凉风绝似水晶帘底吹来,挥手与送别诸君分袂的时候,心里只觉得快活,何曾有一点恻恻吞声之感?当然依旧是"到处论交齐管鲍,天涯何地不家乡"的故态。

但是别离终竟是别离,或悲或喜的混合剧;当船离码头的一刹那,帘幕便揭开了:一位十五六岁的窈窕淑女,同一位很清秀的青年君子,欢天喜地上了船;船栏外来送的,多是些穿纱衫,围锦绣萨郎——马来装也,但不知是否这两字,亦不知是否如此的发音——套裙的女娇娘。

开船的号令响了,机房里起了转动的声音,船上船下,一阵莺声燕语的唧唧喳喳,我原不晓得是在说些什么,推想起来,大约总是"前途珍重,后会有期"等套语吧?或则是"万里之行,从此始矣!"也说不定,在我这老天涯客看来,自然只是极平常的一次离别;但反应到了这淑女的心头,波澜似乎是千重万重地起了,先是莺声发了颤,继是方诸泻了盆,再则终于忍耐不住,跑开了栏杆。到无人的一角,取出手帕来尽情啼哭去了。这一幕,当然是离奇的悲喜剧。

还有回转舞台的第二幕,是表现在上下船的跳板旁边的;一群头上包着红白黑色的布,嘴周围长着黑黑丛丛的毛,脸上也有几位绣着皇天为加上圈儿的花的朋友,向一位身躯硕大的老长者,举起了手,齐声唱出了一曲也是听不明白的离别之歌;这或许是喀里达萨的《萨功塔拉》里的一小节,这也许是太戈尔[1]的《迷鸟》里的一整首,总之是印度的一般人所熟诵的歌曲无疑。这一幕又似是纯粹的喜剧了。

旁观者的我们,自然要做一点剧评。同行的关先生先指那一位淑女说:"她既和丈夫在一道,当然是快活的旅行,为什么要这样啼啼哭哭呢?"

"大约是新婚后,来回门(回娘家)的吧!"我的解释。

"那一位印度老长者,颈项里套在那里的花圈是什么意思?"我问关先生。

"他大约是在警界服务的,一定是升了官去赴任的无疑。来送的那些,当然是他的亲戚故旧,或旧日的同僚。"是关先生的回答。

有话则长,无话则短,我们平稳地渡过了海峡,按号数走进了联邦铁路的卧车房;火车也准时间开,我们也很有规

---

[1] 即泰戈尔。

则地倒下了床。只是窗门紧闭,车里有点儿觉得闷热,酣睡不成,只能拿出李词佣君赠我的《椰阴散忆》来消夜。读到了榴莲的最后一张,正想重起来拿王绍清的《亚细亚的怒潮》的时候,倦意频催,张口连打了几个呵欠,是睡乡带信来了,迷迷糊糊地不知怎么一来,终便失去了知觉。

　　这一睡醒来,可真不是诸葛武侯的隆中大梦之相仿!火车跳了三五下,玻璃窗变成了乐器;车厢里的马来小孩子,印度贵妇人,齐声哭了起来。我的身上,忽而滚来了许多行李和衣裳。一二分钟后,喀单当的一声大震。事情却定了局,车子已经横卧在轨道外的桥头草地里了,我们原是买了卧车票来的,而车子似乎也去买了一张,我们睡在它的怀里.它也循环相报地睡入了草地,以后便是旅客们的混乱。关先生赤了脚,挎了一件雨衣,七横八竖,先出去打开了车门。我则一点儿经验毫无,只在卧铺底下收拾衣箱,更换衣服;穿上衣服之后,还在打领带的结。关先生是有过经验的,仓皇在门口叫着说:"这时候还带什么领带!快出来!快出来!"我却先把行李递了给他。行李取齐,一脚高来一脚低地爬出了车厢后,关先生才告诉我说:"你真不晓事,万一电线走电,车厢里出了烟,我们就无生望了;火车出轨,最怕的是这一着!"

　　爬出车厢来一看,外面的情形,果然是一个大修罗场!五辆车子,东倒一辆、西睡一辆地横冲在轨道两旁的草地里;

铁轨断了，飞了，腐朽的枕木，被截作了火柴干那么的细枝；碎石上，草地上，尽是些四散的行李与衣裳，和一群一群的人，还有几声叫痛的声音。天也有点白茫茫地曙了，拿出表来用香烟火一照，正是午前四点四十分钟的样子；以时间来计路程，则去丹绒马林只有一二十分钟，去吉隆坡只有两个钟头不足了；千里之驹，不能一蹶，这可替文生与华脱的创作品，到今天也曳了白。我们除了在荒地的碎石子上坐以待旦而外，另外也一点儿法子都没有。

痛定之后，坐在碎石上候救护车来的中间，我们所怨的，却是那些槟城的鲍叔，无端送了我们许多食品用品，增加了许多件很重的行李，这时候抛弃了又不是，携带着更不能，进退维谷，只落得一个"白眼看行李，高情怨友生"的局面。因为火车出轨之处，正是一个上不在天、下不在田的中间地带，四旁没有村落，没有人夫，连打一个长途电话的便利都得不到。并且我们又不会讲马来话，不识东西南北的方向，万一有老虎出来，或雷雨直下的时候，我们便只有一条出路了，就是"长揖见阎君"而已。

在这情形下，直坐了四个多钟头，眼看得东方的全白，红日的出来，同车者的一群一群搬往火车龙头前面未损坏的轨道旁边。最后，我们也急起来了。用尽了阴（英）文阳（洋）文的力量，向几个马来路工交涉了许多次，想请他们发发慈悲，为我们搬一搬行李，但不知他们是真的不晓得呢，还是假的不知,连朝也不来朝一下,只如顽石铁头的样子,走过来,又走过去了。还是智多星的关老,猜透了这些马来人的心理,于一位年老的马来工人走近我们身边的时候,先显示了他以一个两毫银币,然后指指行李,他伸出手来,接过银币,果然把行李肩上肩头,向前搬了过去。于是转悲为喜的我们,也便高声地议论了起来:"银币真能说话,马来话不晓得,倒也无妨!"说着、笑着、行着,走到了未损坏的路轨的边上,恰巧自丹绒马林来接的救护车也就到了。

上车后,越山入野,走了几站,于到万挠之先,我们又在车窗里发现了一辆房新民君自吉隆坡赶来救我们而寻我们不着的后追车,又到下一站的时候,我们便下了火车,与房君一道地坐汽车而回了吉隆坡。十二点十分,到吉隆坡后,我们又是天下太平的旅行人了,有郑振文博士旅店的款待,有陈济谋先生压惊洗尘的华筵。上车之前,并且还坐了陈先生的汽车,在吉隆坡市内市外,公园、公共机关、马来庙、中华会馆等处飞视了一巡。

第二天早晨六点多钟,我们便是新加坡市上的小市民了。谢天谢地,这一次的火车出轨,总算是很合着经济的原则,以最少的代价而得到了最大的经验,更还要谢谢在槟城在吉隆坡的每一个朋友。因为不是他们的相招,不想去看他们,则这一便宜事情,也是得不着的。

马六甲游记

为想把满身的战时尘滓暂时洗刷一下,同时,又可以把个人的神经无论如何也负担不起的公的私的积累清算一下之故,毫无踌躇,飘飘然驶入了南海的热带圈内,如醉如痴,如在一个连续的梦游病里,浑浑然过去的日子,好像是很久很久了,又好像是有一日一夜的样子。实在是,在长年如盛夏、四季不分明的南洋过活,记忆力只会一天一天地衰弱下去,尤其是关于时日年岁的记忆,尤其是当踏上了一定的程序工作之后的精神劳动者的记忆。

某年月日,为替一爱国团体上演《原野》而揭幕之故,坐了一夜的火车,从新加坡到了吉隆坡。在卧车里鼾睡了一夜,醒转来的时候,填塞在左右的,依旧是不断的树胶园,满目的青草地,与在强烈的日光里反射着殷红色的墙瓦的小洋房。

揭幕礼行后,看戏看到了午夜,在李旺记酒家吃了一次朱植生先生特为筹设的消夜筵席之后,南方的白夜,也冷悄悄地酿成了一味秋意；原因是由于一阵豪雨，把路上的闲人，尽催归了梦里，把街灯的玻璃罩，也洗涤成了水样的澄清。倦游人的深夜的悲哀，忽而从驶回逆旅的汽车窗里，露了露面，仿佛是在很远很远的异国，偶尔见到了一个不甚熟悉的同坐过一次飞机或火车的偕行伙伴。这一种感觉，已经有好久好久不曾尝到了，这是一种在深夜当游倦后的哀思啊！

第二天一早起来，因有友人去马六甲之便，就一道坐上汽车，向南偏西，上山下岭，尽在树胶园椰子林的中间打圈圈，一直到过了丹平的关卡以后，样子却有点不同了。同模型似的精巧玲珑的马来人亚答屋的住宅，配合上各种不同的椰子树的阴影，有独木的小桥，有颈项上长着双峰的牛车，还有负载着重荷，在小山坳密林下来去的原始马来人的远景，这些点缀，分明在告诉我，是在南洋的山野里旅行。但偶一转向，车驶入了平原，则又天空开展，水田里的稻秆青葱、田塍树影下，还有一二皮肤黝黑的农夫在默默地休息，这又像是在故国江南的旷野，正当五六月耕耘方起劲的时候。

到了马六甲，去海滨"彭大希利"的莱斯脱好坞斯（Rest House）[1]去休息了一下，以后，就是参观古迹的行程了。导我们的先路的，是由何葆仁先生替我们去邀来的陈应桢、李君侠、胡健人等几位先生。

---

[1] 译为：（多指野外的）招待所；客栈。

我们的路线,是从马六甲河西岸海滨的华侨银行出发,打从圣弗兰雪斯教堂的门前经过,先向市政厅所在的圣保罗山亦叫作升旗山的古圣保罗教堂的废墟去致敬的。

这一块周围仅有七百二十英里方的马六甲市,在历史上、传说上,却是马来半岛,或者也许是南洋群岛中最古的地方,是在好久以前,就听人家说过的。第一,马六甲的这一个马来名字的由来,据说就是在十四世纪中叶,当新加坡的马来人,被爪哇西来的外人所侵略,酋长斯干达夏率领群众避至此地,息树荫下,偶问旁人以此树何名,人以"马六甲"对,于是这地方的名字,就从此定下了。而这一株有五六百年高寿的马六甲树,到现在也还婆婆独立在圣保罗的山下那一个旧式栈桥接岸的海滨。枝叶纷披,这树所覆的荫处,倒确有一连以上的士兵可扎营。

此外,则关于马六甲这名字的由来,还有酋长见犬鹿相斗,犬反被鹿伤的传说;另一说,则谓马六甲,系爪哇语"亡命"之意。或谓系爪哇人称巨港之音,巫来由即马六甲之变音。

这些倒还并不相干,因为我们的目的,只想去瞻仰那些古时遗下来的建筑物,和现时所看得到的风景之类;所以一过马六甲河,看见了那座古色苍然的荷兰式的市政厅的大门,就有点觉得在和数世纪前的彭祖老人说话了。

这一座门,尽以很坚强的砖瓦叠成,像低低的一个城门洞的样子；洞上一层，是施有雕刻的长方石壁，再上面，却是一个小小的钟楼似的塔顶。

在这里，又不得不简叙一叙马六甲的史实了：第一，这里当然是从新加坡西来的马来人所开辟的世界，这是在十四世纪中叶的事情。在这先头，从宋代的中国册籍（诸藩志）里，虽可以见到巨港王国的繁荣，但马六甲这一名，却未被发现。到了明朝，郑和下南洋的前后，马六甲就在中国书籍上渐渐知名了，这是十四世纪末叶的事情。在十六世纪初年，葡萄牙人第奥义·洛泊斯·特色开拉（Diogo Lopes de Sequeira）率领五艘海船到此通商，当为马六甲和西欧交通的开始时期。一千五百十一年，马六甲被亚儿封所·达儿勃开儿克（Alfonso dal Bugergue）所征服以后，南洋群岛就成了葡萄牙人独占的市场。其后荷兰继起，一千六百四十一年，马六甲便归入了荷人的掌握；现在所遗留的马六甲的史迹，以荷兰人的建筑物及墓碑为最多的原因，实在因为荷兰人在这里曾有过一百多年繁荣的历史的缘故。一七九五年，当拿破仑战争未息之前，马六甲管辖权移归了英国东印度公司。一八一五年因《维也纳条约》的结果，旧地复归还了荷属，等一八二四年的伦敦会议以后，英国终以苏门答腊和荷兰换回了这马六甲的治权。

关于马六甲的这一段短短的历史，简叙起来，也不过数百字的光景，可是这中间的杀伐流血，以及无名英雄的为国捐躯，为公殉义的伟烈丰功，又有谁能够仔细说得尽哩！

所以，圣保罗山下的市政厅大门，现在还有人在叫作"斯泰脱乎斯"的大门的，"斯泰脱乎斯"者，就是荷兰文Stadthuys的遗音，也就是英文Town-House或City-House的意思。

我们从市政厅的前门绕过，穿过图书馆的二楼，上阅兵台，到了旧圣保罗教堂的废墟门外的时候，前面那望楼上的旗帜已经在收下来了，正是太阳平西，将近午后四点钟的样子。伟大的圣保罗教堂，就单单只看了它的颓垣残垒，也可以想见得到当日的壮丽堂皇。迄今四五百年，雨打风吹，有几处早已没有了屋顶，但是周围的墙壁，以及正殿中上一层的石屋顶，仍旧是屹然不动，有泰山磐石般的外貌。我想起了三宝公到此地时的这周围的景象，我又想起了我们大陆国民不善经营海外殖民事业的缺憾；到现在被强邻压境，弄得半壁江山，尽染上腥污，大半原因，也就在这一点国民太无冒险心，国家太无深谋远虑的弱点之上。

市政厅的建筑全部，以及这圣保罗山的废墟，听说都由马六甲的史迹保存会的建议，请政府用意保护着的；所以直到了数百年后的今日，我们还见得到当时的荷兰式的房屋，以及圣保罗教堂里的一个上面盖有小方格铁板的石穴。这石穴的由来，就因十六世纪中叶的圣芳济（St.Francis Xavier）去中国传教，中途病故，遗体于运往卧亚（Goa）之前，曾在此穴内埋葬过五个月（一五五三年三月至同年八月）的因缘。废墟的前后，尽是坟茔，而且在这废墟的堂上，圣芳济遗体虚穴的周围，也陈列着许多四五百年以前的墓碑。墓碑之中，以荷兰文的碑铭为最多，其间也还有一两块葡萄牙文的墓碑在哩！

参观了这圣保罗山以后，我们的车就遵行着"彭大希利"的大道，驶向了东面圣约翰山的故垒。这山头的故垒，还是葡萄牙人的建筑，炮口向内，用意分明是防止本土人的袭击的，炮垒中的堑壕坚强如故，听说还有一条地道，可以从这山顶通行到海边福脱路的旧叠门边。这时候夕阳的残照，把海水染得浓蓝，把这一座故垒，晒得赭黑，我独立在雉堞的缺处，向东面远眺了一回马来亚南部最高的一支远山，就也默默地想起了萨雁门的那一"六代繁华，春去也，更无消息"的金陵怀古之词。

从圣约翰山下来，向南洋最有名的那一个飞机型的新式病院前的武极巴拉（Bukit Palah）山下经过，赶上青云亭的坟山，去向三宝殿致敬的时候，平地上已经见不到阳光了。

三宝殿在青云亭坟山三宝山的西北麓，门朝东北，门前几棵红豆大树作旗幛。殿后有三宝井，听说井水甘洌，可以治疾病，市民不远千里，都来灌取。坟山中的古墓，有皇明碑纪的，据说现尚存有两穴。但我所见到的却是坟山北麓，离三宝殿约有数百步远的一穴黄氏的古茔。碑文记有"显考维弘黄公、妣寿姐谢氏墓，皇明壬戌仲冬谷旦，孝男黄子、黄辰同立"字样，自然是三百年以前，我们同胞的开荒远祖了。

晚上，在何葆仁先生的招待席散以后，我们又上中国在南洋最古的一间佛庙青云亭去参拜了一回。青云亭是明末遗民，逃来南洋，以帮会势力而扶植侨民利益的最古的一所公共建筑物。这庙的后进，有一神殿，供着两位明代袤冠、发须楚楚的塑像，长生禄位牌上，记有开基甲国的甲必丹芳杨郑公及继理宏业的甲必丹君常李公的名字；在这庙的旁边一间碑亭里，听说还有两块石碑树立在那里，是记这两公的英伟事迹的，但因为暗夜无灯，终于没有拜读的机会。

走马看花，马六甲的五百年的古迹，总算匆匆地在半天之内看完了。于走回旅舍之前，又从歪斜得如中国街巷一样的一条娘惹街头经过，在昏黄的电灯底下谈着走着，简直使人感觉到不像是在异邦飘泊的样子。马六甲实在是名符其实的一座古城，尤其是从我们中国人看来。

回旅舍洗过了澡，含着纸烟，躺在回廊的藤椅上举头在望海角天空的时候，从星光里，忽而得着了一个奇想。譬如说吧，正当这一个时候，旅舍的侍者，可以拿一个名刺，带领一个人进来访我。我们中间可以展开一次上下古今的长谈。长谈里，可以有未经人道的史实，可以有悲壮的英雄抗敌的故事，还可以有缠绵哀艳的情史。于送这一位不识之客去后，看看手表，当在午前三四点钟的时候。我倘再回忆一下这一位怪客的谈吐、装饰,就可以发现他并不是现代的人。再寻他的名片,也许会寻不着了。第二天起来,若问侍者以昨晚他带来见我的那位客人(可以是我们的同胞,也可以是穿着传教士西装的外国人)究竟是谁。侍者们都可以一致否认,说并没有这一回事。这岂不是一篇绝好的小说么?这小说的题目,并且也是现成的,就叫作《古城夜话》或《马六甲夜话》,岂不是就可以了么?

我想着想着,抽尽了好几支烟卷,终于被海风所诱拂,沉入到忘我的梦里去了。第二天的下午,同样地在柏油大道上飞驰了半天,在麻坡与峇株巴辖过了两渡,当黄昏的阴影盖上柔佛长堤桥面的时候,我又重回到了新加坡的市内。《马六甲夜话》《古城夜活》,这一篇——*Imaginary Conversations*——幻想中的对话录,我想总有一天会把它记叙出来。

迟桂花

××兄：

　　突然间接着我这一封信，你或者会惊异起来，或者你简直会想不出这发信的翁某是什么人。但仔细一想，你也不在做官，而你的境遇，也未见得比我的好几多倍，所以将我忘了的这一回事，或者是还不至于的，因为这除非是要贵人或境遇很好的人才做得出来的事情。前两礼拜为了采办结婚的衣服家具之类，才下山去。有好久不上城里去了，偶尔去城里一看，真是像丁令威的化鹤归来，触眼新奇，宛如隔世重生的人。在一家书铺门口走过，一抬头就看见了几册关于你的传记评论之类的书。再踏进去一问，才知道你的著作竟积成了八九册之多了。将所有的你的和关于你的书全买将回来一读，仿佛是又接见了十余年不见的你那副音容笑语的样子。我忍不住了，一遍两遍的尽在翻读，愈读愈想和你通一次信，见一次面。但因这许多年数的不看报，不识世务，不亲笔砚的缘故,终于下了好几次决心,而仍不敢把这心愿来实现。现在好了,关于我的一切结婚的事情的准备,也已经料理到了十之七八,而我那年老的娘,又在打算着于明天一侵早就进城去,早就上床去躺下了。我那可怜的寡妹,也因为白天操劳过了度,这时候似乎也已经坠入了梦乡,所以我可以静静儿地来练这久未写作的笔,实现我这已经怀念了有半个多月的心愿了。

提笔写将下来,到了这里,我真不知将如何地从头写起。和你相别以后,不通闻问的年数,隔得这么地多,读了你的著作以后,心里头触起的感觉情绪,又这么地复杂,现在当这一刻的中间,汹涌盘旋在我脑里想和你谈谈的话,的确,不止像一部《二十四史》那么地繁而且乱,简直是同将要爆发的火山内层那么地热而且烈,急遽寻不出一个头来。

我们自从房州海岸别来,到现在总也约莫有十多年光景了吧!我还记得那一天晴冬的早晨,你一个人立在寒风里送我上车回东京去的情形。你那篇《南迁》的主人公,写的是不是我?我自从那一年后,竟为这胸腔的恶病所压倒,与你再见一次面和通一封信的机会也没有,就此回国了。学校当然是中途退了学,连生存的希望都没有了的时候,哪里还顾得到将来的立身处世?哪里还顾得到身外的学艺修能?到这时候为止的我的少年豪气,我的绝大雄心，是你所晓得的。同级同乡的同学，只有你和我往来得最亲密。在同一公寓里同住得最长久的，也只有你一个人。时常劝我少用些功，多保养身体，预备将来为国家为人类致大用的，也就是你。每于风和日朗的晴天，拉我上多摩川上井之头公园及武藏野等近郊去散步闲游的，除你以外，更没有别的人了。那几年高等学校时代的愉快的生活，我现在只教一闭上眼，还历历透视得出来，看了你的许多初期的作品，这记忆更加新鲜了，我的所以愈读你的作品，愈想和你通一次信者，原因也就在这些过去的往事的追怀。这些都是你和我两人所共有的过去，我写也没有写得你那么好，就是不写你总也还记得的，所以我不想再说。我打算详详细细向你来作一个报告的，就是从那年冬天回故乡以后的十几年光景的山居养病的生活情形。

那一年冬天喀了血，和你一道上房州去避寒，在不意之中，又遇见了那个肺病少女——是真砂子罢？连她的名字我都忘了——无端惹起了那一场害人害己的恋爱事件。你送我回东京之后，住了一个多礼拜，我就回国来了。我们的老家在离城市有二十来里地的翁家山上，你是晓得的。回家住下，我自己对我的病，倒也没什么惊奇骇异的地方，可是我痰里的血丝，脸上的苍白，和身体的瘦削，却把我那已经守了好几年寡的老母急坏了，因为我那短命的父亲,也是患这同样的病而死去的。于是她就四处地去求神拜佛,采药求医,急得连粗茶淡饭都无心食用,头上的白发,也似乎一天一天地加多起来了。我哩!恋爱已经失败了,学业也已中辍了,对于此生,原已没有多大的野心,所以就落得去由她摆布,积极地虽尽不得孝,便消极地尽了我的顺。初回家的一年中间,我简直门外也不出一步,各色各样的奇形的草药和各色各样的异味的单方,差不多都尝了一个遍。但是怪得很,连我自己都满以为没有希望的这致命的病症,一到了回国后所经过的第二个夏天,竟似乎有神助似的,忽然减轻了,夜热也不再发,盗汗也居然止住,痰里的血丝早就没有了;我的娘的喜欢,当然是不必说,就是在家里替我煮药缝衣,代我操作一切的我那位妹妹,也同春天的天候一样,时时展开了她的愁眉,露出了她那副特有的真真是讨人欢喜的笑容。到了初夏,我药也已经不服,有兴致的时候,居然也能够和她们一道上山前山后去采采茶,摘摘菜,帮她们去服一点小小的劳役了。是在这一年的——回家后第三年的——秋天,在我们家里,同时候发生了两件似喜而又可悲,说悲却也可喜的悲喜剧。第一,就是我那妹妹的出嫁,第二,就是我定在城里的那家婚约的解除。妹妹那年十九岁了,男家是只隔一支山岭的一家乡下的富家。他们来说亲的时候，原是因为我们祖上是世代读书的，总算是和诗礼人家攀婚的意思。定亲已经定过了四五年了，起初我娘却嫌妹妹年纪太小，不肯马上准他们来迎娶，后来就因为我的病，一搁就又搁起了两三年。到了这一回，我的病总算已经恢复，而妹妹却早到了该结婚的年龄了，男家来一说，我娘也就应允了他们，也算完了她自己的一件心事。至于我的这家亲事呢，却是我父亲在死的前一年为我定下的，女家是城里的一家相当有名的旧家。那时候我的年纪虽还很小，而我们家里的不动产却着实还有一点可观。并且我又是一个长子，将来家里要培植我读书出世是无疑的，所以那一家旧家居然也应允了我的婚事。以现在的眼光看来，这门亲事，当然是我们去竭力高攀的，因为杭州人家的习俗，是吃粥的人家的女儿，非要去嫁吃饭的人家不可的。还有乡下姑娘，嫁往城里，倒是常事，城里的千金小姐，却不大会下嫁到乡下来的，所以当时的这个婚约，起初在根本上就有点儿不对。后来经我父亲的一死，我们家里，丧葬费用，就用去了不少。嗣后年复一年，母子三人，只吃着家里的死饭。亲族戚属，少不得又要对我们孤儿寡妇，时时加以一点剥削。母亲又忠厚无用，在出卖田地山场的时候，也不晓得市价的高低，大抵是任凭族人在从中钩搭。就因这种种关系的结果，到我考取了官费，上日本去留学的那一年，我们这一家世代读书的翁家山上的旧家，已经只剩得一点仅能维持衣食的住屋山场和几块荒田了。当我初次出国的时候，承蒙他们不弃，我那未来的亲家，还送了我些贶仪路肴。后来于冬假暑假回国的期间，也曾央原媒来催过完姻，可是接着就是我那致命的病症的发生，与我的学校的中辍，于是两三年中，他们和我们的中间，便自然而然地断绝了交往。到了这一年的晚秋，当我那妹妹嫁后不久的时候，女家忽而又央了原媒来对母亲说："你们的大少爷，有病在身，婚娶的事情，当然是不大相宜的，而他家的小姐，也已经下了绝大的决心，立志终身不嫁了，所以这一个婚约还是解除了的好。"说着就打开包裹，将我们传红时候交去的金玉如意、红绿帖子等，拿了出来，退还了母亲。我那忠厚老弱的娘，人虽则无用，但面子却是死要的，一听了媒人的这一番说话，目瞪口僵，立时就滚下几颗眼泪来。幸亏我在旁边，做好做歹地对娘劝慰了好久，她才含着眼泪，将女家的回礼及八字全帖等检出，交还了原媒。媒人去后，她又上山后我父亲的坟边去大哭了一场，直到傍晚，我和同族邻人等一道去拉她回来，她在路上，还流着满脸的眼泪鼻涕，在很伤心地呜咽。这一出赖婚的怪剧，在我只有高兴，本来是并没有什么大不了的，可是由头脑很旧的她看来，却似乎是翁家世代的颜面家声都被他们剥尽了。

自此以后，一直下来，将近十年，我和她母子二人，就日日地寡言少笑，相对茕茕，直到前年的冬天，我那妹夫死去，寡妹回来为止，两人所过的，都是些在炼狱里似的沉闷的日子。

说起我那寡妹，她真也是前世不修。人虽则很大，身体虽则很强壮，但她的天性，却永远是一个天真活泼的小孩子。嫁过去那一年，来回郎的时候，她还是笑嘻嘻地如同上城里去了一趟回来了的样子，但双满月之后，到年下边回来的时候，从来不晓得悲泣的她，竟对我母亲掉起眼泪来了。她们夫家的公公虽则还好，但婆婆的繁言吝啬、小姑的刻薄尖酸和男人的放荡凶暴，使她一天到晚过不到一刻安闲自在的生活。工作操劳本系是她在家里的时候所惯习的，倒并不以为苦；所最难受的，却是多用一枝火柴也要受婆婆责备的那一种俭约到不可思议的生活状态。还有两位小姑，左一句尖话，右一句毒语，仿佛从前我娘的不准他们早来迎娶，致使她们的哥哥染上了游荡的恶习，在外面养起了女人，这一件事情，完全是我妹妹的罪恶。结婚之后，新郎的恶习，仍旧改不过来，反而是在城里他那旧情人家里过的日子多，在新房里过的日子少。这一笔账，当然又要写在我妹妹的身上。婆婆说她不会侍奉男人，小姑们说她不会劝、不会骗。有时候公公看得难受，替她申辩一声，婆婆就尖着喉咙，要骂上公公的脸去："你这老东西！脸要不要，脸要不要，你这扒灰老！"因我那妹夫，过的是这一种不自然的生活，所以前年夏天，就染了急病死掉了，于是我那妹妹又多了一个克夫的罪名。妹妹年轻守寡，公公少不得总要对她客气一点，婆婆在这里就算抓住了扒灰的证据，三日一场吵，五日一场闹，还是小事，有几次在半夜里，两老夫妇还会大哭大骂地喧闹起来。我妹妹于有一回被骂被逼得特别厉害的争吵之后，就很坚决地搬回到了家里来住了。自从她回来之后，我娘非但得到了一个很大的帮手，就是我们家里的沉闷的空气，也缓和了许多。

这就是和你别后，十几年来，我在家里所过的生活的大概。平时非但不上城里去走走，当风雪盈途的冬季，我和我娘简直有好几个月不出门外的时候。我妹妹回来之后，生活又约略变过了。多年不做的焙茶事业，去年也竟出产了一二百斤。我的身体，经了十几年的静养，似乎也有一点把握了，从今年起我并且在山上的晏公祠里参加入了一个训蒙的小学，居然也做了一位小学教师。但人生是动不得的，稍稍一动，就如滚石下山，变化便要接连不断地簇生出来。我因为在教教书，而家里头又勉强地干起了一点事业，今年夏季，居然又有人来同我议婚了。新娘是近邻乡村里的一位老处女，今年二十七岁,家里虽称不得富有,可也是小康之家。这位新娘,因为从小就读了些书,曾在城里进过学堂,相貌也还过得去——好几年前,我曾经在一处市场上看见过她一眼的——故而高不凑,低不就,等闲便度过了她的锦样的青春。我在教书的学校里的那位名誉校长——也是我们的同族——本来和她是旧亲,所以这位校长就在中间做了个传红线的冰人;我独居已经惯了,并且身体也不见得分外强健,若一结婚,难保得旧病的不会复发,故而对这门亲事当初是断然拒绝了的。可是我那年老的母亲,却仍是雄心未死,还在想我结一头亲,生下几个玉树芝兰来,好重振重振我们的这已经坠落了很久的家声,于是这亲事就又同当年生病的时候服草药一样,勉强地被压上我的身上来了。我哩,本来也已经入了中年了,百事原都看得很穿,又加以这十几年的疏散和无为,觉得在这世上任你什么也没甚大不了的事情,落得随随便便地过去,横竖是来日也无多了,只教我母亲喜欢的话,那就是我稍稍牺牲一点意见也使得。于是这婚议,就在很短的时间里,成熟得妥妥帖帖,现在连迎娶的日期也已经拣好了,是旧年九月十二。

　　是因为这一次的结婚,这才进城里去买东西,才发现了多年不见的你这老友的存在,所以结婚之日,我想请你来我这里吃喜酒,大家来谈谈过去的事情。你的生活,从你的日记和著作中看来,本来也是同云游的僧道一样的,让出一点工夫来,上这一区僻静的乡间来住几日,或者也是你所喜欢的事情。你来,你一定来,我们又可以回顾回顾一去而不复返的少年时代。

我娘的房间里,有起响动来了,大约天总就快亮了吧。这一封信,整整地费了我一夜的时间和心血,通宵不睡,是我回国以后十几年来不曾有过的经验,你单只看取了我的这一点热忱,我想你也不好意思不来。

啊,鸡在叫了,我不想再写下去了,还是让我们见面之后,再来谈吧!

一九三二年九月 翁则生上

刚在北平住了个把月,重回到上海的翌日,和我进出的一家书铺里,就送了这一封挂号加邮托转交的厚信来。我接到了这信,捏在手里,起初还以为是一位我认识的作家,寄了稿子来托我代售的。但翻转信背一看,却是杭州翁家山的翁某某之所发,我立时就想起了那位好学不倦、面容妩媚、多年不相闻问的旧同学老翁。他的名字叫翁矩,则生是他的小名。人生得矮小娟秀,皮色也很白净,因而看起来总觉得比他的实际年龄要小五六岁。在我们的一班里,算他的年纪最小,操体操的时候,总是他立在最后的,但实际上他也只不过比我小了两岁。那一年寒假之后，和他同去房州避寒，他的左肺尖，已经被结核菌损蚀得很厉害了。住不上几天，一位也住在那附近边养肺病的日本少女，很热烈地和他要好了起来，结果是那位肺病少女的因兴奋而病剧，他也就同失了舵的野船似的迂回到了中国。以后一直十多年，我虽则在大学里毕了业，但关于他的消息，却一向还不曾听见有人说起过。拆开了这封长信，上书室去坐下，从头至尾细细读完之后，我呆视着远处，茫茫然如失了神的样子，脑子里也触起了许多感慨与回思。我远远地看出了他的那种柔和的笑容，听见了他的沉静而又清澈的声气。直到天将暗下去的时候，我一动也不动，还坐在那里呆想，而楼下的家人却来催吃晚饭了。在吃晚饭的中间，我就和家里的人谈起了这位老同学，将那封长信的内容约略说了一遍，家里的人，就劝我落得上杭州去旅行一趟，像这样的秋高气爽的时节，白白地消磨在煤烟灰土很深的上海，实在有点可惜，有此机会，落得去吃吃他的喜酒。

第二天仍旧是一天晴和爽朗的好天气，午后二点钟的时候，我已经到了杭州城站，在雇车上翁家山去了。但这一天，似乎是上海各洋行与机关的放假的日子，从上海来杭州旅行的人，特别地多。城站前面停在那里候客的黄包车，都被火车上下来的旅客雇走了，不得已，我就只好上一家附近的酒店去吃午饭。在吃酒的当中，问了问堂倌以去翁家山的路径，他便很详细地指示我说：

"你只教坐黄包车到旗下的陈列所，搭公共汽车到四眼井下来走上去好了。你又没有行李，天气又这么地好，坐黄包车直去是不上算的。"

得到了这一个指数，我就从容起来了，慢慢地喝完了半斤酒，吃了两大碗饭，从酒店出来，便坐车到了旗下。恰好是三点前后的光景，湖六段的汽车刚载满了客人，要开出去。我到了四眼井下车，从山下稻田中间的一条石板路走进满觉陇去的时候，太阳已经平西到了三五十度斜角度的样子，是牛羊下来、行人归舍的时刻了。在满觉陇的狭路中间，果然遇见了许多中学校的远足归来的男女学生的队伍。上水乐洞口去坐下喝了一碗清茶，又拉住了一位农夫，问了声翁则生的名字，他就晓得很详细似的告诉我说：

"是山上第二排的朝南的一家，他们那间楼房顶高，你一上去就可以看得见的。则生要讨新娘子了，这几天他们正在忙着收拾。这时候则生怕还在晏公祠的学堂里哩。"

谢过了他的好意，付过了茶钱，我就顺着上烟霞洞去的石级，一步一步地走上了出去。渐走渐高，人声人影是没有了，在将暮的晴天之下，我只看见了许多树影。在半山亭里立住歇了一歇，回头向东南一望，看得见的，只有些青葱的山和如云的树，在这些绿树丛中，又是些这儿几点、那儿一簇的屋瓦与白墙。

"啊啊,怪不得他的病会得好起来了,原来翁家山是在这样的一个好地方。"

烟霞洞我儿时也曾来过的,但当这样晴爽的秋天,于这一个西下夕阳东上月的时刻,独立在山中的空亭里,来仔细赏玩景色的机会,却还不曾有过。我看见了东天的已经满过半弓的月亮,心里正在羡慕翁则生他们老家的处地的幽深,而从背后又吹来了一阵微风,里面竟含满着一种说不出的撩人的桂花香气。

"啊……"

我又惊异了起来:

"原来这儿到这时候还有桂花?我在以桂花著名的满觉陇里,倒不曾看到,反而在这一块冷僻的山里面来闻吸浓香,这可真也是奇事了。"

这样的一个人独自在心中惊异着,闻吸着,赏玩着,我不知在那空亭里立了多少时候,突然从脚下树丛深处,却幽幽地有晚钟声传过来了;东喻、东喻的这钟声实在真来得缓慢而凄清,我听得耐不住了,拔起脚跟,一口气就走上了山顶,走到了那个山下农夫曾经教过我的烟霞洞西面翁则生家的近旁。约莫离他家还有半箭路远的时候,我一面喘着气,一面就放大了喉咙向门里面叫了起来:

"喂,老翁!老翁!则生!翁则生!"

听见了我的呼声,从两扇关在那里的腰门里开出来答应的，却不是被我所唤的翁则生自己，而是我从来也没有见过面的，比翁则生略高三五分的样子，身体强健，两颊微红，看起来约莫有二十四五的一位女性。

她开出了门，一眼看见了我，就立住脚惊疑似的略呆了一呆。同时我看见她脸上却涨起了一层红晕，一双大眼睛眨了几眨，深深地吞了一口气。她似乎已经镇静下去了，便很腼腆地对我一笑。在这一脸柔和的笑容里，我立时就看到了翁则生的面相与神气，当然她是则生的妹妹无疑了，走上了一步，我就也笑着问她说：

"则生不在家么？你是他的妹妹不是？"

听了我这一句问话，她脸上又红了一红，柔和地笑着，半俯了头，她方才轻轻地回答我说：

"是的，大哥还没有回家，你大约是上海来的客人吧？吃中饭的时候，大哥还在说哩！"

这沉静清澈的声气，也和翁则生的一色而没有两样。

"是的，我是从上海来的。"

我接着说：

"我因为想使则生惊骇一下，所以电报也不打一个来通知，接到他的信后，马上就动身来了。不过你们大哥的好日也太逼近了，实在可也没有写一封信来通知的时间余裕。"

"你请进来吧，坐坐吃碗茶，我马上去叫了他来，怕他听到了你来真要惊喜得像疯了一样哩。"

走上台阶，我还没有进门，从客堂后面的侧门里，却走出了一位头发雪白，面貌清癯，大约有六十内外的老太太来。她的柔和的笑容，也是和她的女儿儿子的笑容一色一样的。似乎已经听见了我们在门口所交换过的谈话了，她一开口就对我说：

"是郁先生么？为什么不写一封快信来通知？则生中上还在说，说你若要来，他打算进城上车站去接你去的。请坐，请坐，晏公祠只有十几步路，让我去叫他来吧，怕他真要高兴得像什么似的哩。"

说完了，她就朝向了女儿，吩咐她上厨下去烧碗茶来，她自己却踏着很平稳的脚步，走出大门，下台阶去通知则生去了。

"你们老太太倒还轻健得很。"

"是的，她老人家倒还好。你请坐吧，我马上沏了茶来。"

她上厨下去起茶的中间，我一个人，在客堂里倒得了一个细细观察周围的机会。则生他们的住屋，是一间三开间而有后轩后厢的楼房。前面阶沿外走落台阶，是一块可以造厅造厢楼的大空地。走过这块数丈见方的空地，再下两级台阶，便是村道了。越村道而下，再低数尺，又是一排人家的房子。但这一排房子，因为都是平屋，所以挡不杀翁则生他们家里的眺望。立在翁则生家的空地里，前山后山的山景，是依旧历历可见的。屋前屋后，一段一段的山坡上，都长着些不大知名的杂树,三株两株夹在这些杂树中间,树叶短狭,叶与细枝之间,满撒着锯末似的黄点的,却是木犀花树。前一刻在半山空亭里闻到的香气,源头原来就系出在这一块地方的。太阳似乎已下了山,澄明的光里,已经看不见日轮的金箭,而山脚下的树梢头,也早有一带晚烟笼上了。山上的空气,真静得可怜,老远老远的山脚下的村里,小儿在呼唤的声音,也清晰地听得出来。我在空地里立了一会,背着手又踱回到了翁家的客厅,向四壁挂在那里的书画一看,却使我想起了翁则生信里所说的事实。琳琅满目,挂在那里的东西,果然是件件精致,不像是乡下人家的俗恶的客厅。尤其使我看得有趣的,是陈豪写的一堂《归去来辞》的屏条,墨色的鲜艳,字迹的秀腴,有点像董香光而更觉得柔媚。翁家的世代书香,只须上这客厅里来一看就可以知道了。我立在那里看字画还没有看得周全,忽而背后门外老远地就飞来了几声叫声:

"老郁!老郁!你来得真快!"

翁则生从小学校里跑回来了,平时总很沉静的他,这时候似乎也感到了一点兴奋。一走进客堂,他握住了我的两手,尽在喘气,有好几秒钟说不出话来。等落在后面的他娘走到的时候,三人才各放声大笑了起来,这时候他妹妹也已经将茶烧好,在一个朱漆盘里放着三碗搬出来摆上桌子来了。

"你看,则生这小孩,他一听见我说你到了,就同猴子似的跳回来了。"

他娘笑着对我说。

"老翁！说你生病生病，我看你倒仍旧不见得衰老得怎么样，两人比较起来，怕还是我老得多哩？"

我笑说着，将脸朝向了他的妹妹，去征她的同意。她笑着不说话，只在守视着我们的欢喜笑乐的样子。则生把头一扭，向他娘指一指，就接着对我说：

"因为我们的娘在这里，所以我不敢老下去吓。并且媳妇儿也还不曾娶到，一老就得做老光棍儿了，那还了得！"

经他这么一说，四个人重又大笑起来了，他娘的老眼里几乎笑出了眼泪。则生笑了一会，就重新想起了似的替他妹妹介绍：

"这是我的妹妹，她的事情，你大约是晓得的吧？我在那信里是写得很详细的。"

"我们可不必你来介绍了，我上这儿来，头一个见到的就是她。"

"噢，你们倒是有缘啊！莲，你猜这位郁先生的年纪，比我大呢，还是比我小？"

他妹妹听了这一句话，面色又涨红了，正在嗫嚅困惑的中间，她娘却止住了笑，问我说：

"郁先生，大约是和则生上下年纪吧？"

"哪里的话，我要比他大得多哩。"

"娘，你看还是我老呢，还是他老？"

则生又把这问题转向了他的母亲。他娘仔细看了我一眼，就对他笑骂般地说：

"自然是郁先生来得老成稳重，谁更像你那样的不脱小孩子脾气呢！"

说着，她就走近了桌边，举起茶碗来请我喝茶。我接过来喝了一口，在茶里又闻到了一种实在是令人欲醉的桂花香气。掀开了茶碗盖，我俯首向碗里一看，果然在绿莹莹的茶水里散点着有一粒一粒的金黄的花瓣。则生以为我在看茶叶，自己拿起了一碗喝了一口，他就对我说：

"这茶叶是我们自己制的，你说怎么样？"

"我并不在看茶叶，我只觉这触鼻的桂花香气，实在可爱得很。"

"桂花吗？这茶叶里的还是第一次开的早桂，现在在开的迟桂花，才有味哩！因为开得迟，所以日子也经得久。"

"是的是的，我一路上走来，在以桂花著名的满觉陇里，倒闻不着桂花的香气。看看两旁的树上，都只剩了一簇一簇的淡绿的桂花托子了，可是到了这里，却同做梦似的，所闻吸的尽是这种浓艳的气味。老翁，你大约是已经闻惯了，不觉得什么吧？我……我……"

说到了这里，我自家也忍不住笑了起来。则生尽管在追问我："你怎么样？你怎么样？"到了最后，我也只好说了：

"我，我闻了，似乎要起性欲冲动的样子。"

则生听了，马上就大笑了起来，他的娘和妹妹虽则并没有明确地了解我们的说话的内容，但也晓得我们是在说笑话，母女俩便含着微笑，上厨下去预备晚饭去了。

我们两人在客厅上谈谈笑笑，竟忘记了点灯，一道银样的月光，从门里洒进来了。则生看见了月亮，就站起来想去拿煤油灯，我却止住了他，说：

"在月光底下清淡，岂不是很好么？你还记不记得起，那一年在井之头公园里的一夜游行？"

所谓那一年者，就是翁则生患肺病的那一年秋天，他因为用功过度，变成了神经衰弱症。有一天，他课也不去上，竟独自一个在公寓里发了一天的疯。到了傍晚，他饭也不吃，从公寓里跑出去了。我接到了公寓主人的注意，下学回来，就远远地在守视着他，看他走出了公寓，就也追踪着他，远远地跟他一道到了井之头公园。从东京到井之头公园去的高架电车，本来是有前后的两乘，所以在电车上，我和他并不遇着。直到下车出车站之后，我假装无意中和他冲见了似的同他招呼了。他红着双颊，问我这时候上这野外来干什么，我说是来看月亮的，记得那一晚正是和这天一样地有月亮的晚上。两人笑了一笑，就一道地在井之头公园的树林里走到了夜半方才回来。后来听他的自白，他是在那一天晚上想到井之头公园去自杀的，但因为遇见了我，谈了半夜，胸中的烦闷,有一半消散了,所以就同我一道又转了回来。"无限胸中烦闷事,一宵清话又成空!"他自白的时候,还念出了这两句诗来,借作解嘲。以后他就因伤风而发生了肺炎,肺炎愈后,就一直地为结核菌所压倒了。

谈了许多怀旧话后,话头一转,我就提到了他的这一回的喜事。

"这一回的喜事么?我在那信里也曾和你说过。"

谈话的内容,一从空想追怀转向了现实,他的声气就低了下去,又恢复了他旧日的沉静的态度。

"在我是无可无不可的,对这事情最起劲的,倒是我的那位年老的娘,这一回的一切准备麻烦,都是她老人家在替我忙的。这半个月中间,她差不多日日跑城里。现在是已经弄得完完全全,什么都预备好了,明朝一早,就要来搭灯彩,下午是女家送嫁妆来,后天就是正日。可是老郁,有一件事情,我觉得很难受,就是莲儿——这是我妹妹的小名——近来,似乎是很不高兴的样子;她话虽则不说,但因为她是很天真的缘故,所以在态度上表情上处处我都看得出来。你是初同她见面,所以并不觉得什么,平时她着实要活泼哩,简直活泼得同现代的那些共产女郎一样,不过她的活泼是天性的纯真,而那些现代女郎,却是学来的时髦。……按说哩,这心绪的恶劣,也是应该的,她虽则是一个纯真的小孩子,但人非木石,究竟总有一点感情,看到了我们这里的婚事热闹，无论如何，总免不得要想起她自己的身世凄凉的。并且还有一个最重要的动机，仿佛是她在觉得自己今后的寄身无处。这儿虽是娘家，但她却是已经出过嫁的女儿了，哥哥讨了嫂嫂，她还有什么权利再寄食在娘家呢？所以我当这婚事在谈起的当初，就一次两次地对她说过了，不管她怎样，她总是我的妹妹，除非她要再嫁，则没有话说，要是不然的话，那她是一辈子有和我同居、和我对分财产的权利的，请她千万不要自己感到难过。这一层意思，她原也明白，我的性情，她是晓得的，可是不晓得怎么，她近来似乎总有点不大安闲的样子。你来得正好，顺便也可以劝劝她。并且明天发嫁妆结灯彩之类的事情，怕她看了又要想到自己的身世，我想明朝一早就叫她陪你出去玩去，省得她在家里一个人在暗中受苦。"

"那好极了，我明天就陪她出去玩一天回来。"

"那可不对，假使是你陪她出去玩的话，那是形迹更露，愈加要使她难堪了。非要装作是你要她去作陪不行。仿佛是你想出去玩，但我却没有工夫陪你，所以只好勉强请她和你一道出去。要这样，她才安逸。"

"好，好，就这么办，明天我要她陪我去逛五云山去。"

正谈到了这里，他的那位老母从客室后面的那扇侧门里走出来了，看到了我们的坐在微明灰暗的客室里谈天，她又笑了起来说：

"十几年不见的一段总账,你们难道想在这几刻工夫里算它清来么?有什么话谈得那么起劲,连灯都忘了点一点?则生,你这孩子真像是疯了,快立起来,把那盏保险灯点上。"

说着她又跑回到了厨下,去拿了一盒火柴出来。则生爬上桌子,在点那盏悬在客室正中的保险灯的时候,她就问我吃晚饭之先要不要喝酒。则生一边在点灯,一边就从肩背上叫他娘说:

"娘,你以为他也是肺痨病鬼么?郁先生是以喝酒出名的。"

"那么你快下来去开坛去吧,今天挑来的那两坛酒,不晓得好不好,请郁先生尝尝看。"

他娘听了他的话后,就也昂起了头,一面在看他点灯,一则在催他下来去开酒去。

"幸而是酒,请郁先生先尝一尝新,倒还不要紧,要是新娘子,那可使不得。"

他笑说着从桌子上跳了下来,他娘眼睛望着了我,嘴唇却朝着了他啐了一声说:

"你看这孩子,说话老是这样不正经的!"

"因为他要做新郎官了,所以在高兴。"

我也笑着对他娘说了一声,旋转身就一个人踱出了门外,想看一看这翁家山的秋夜的月明,屋内且让他们母子俩去开酒去。

月光下的翁家山,又不相同了。从树枝里筛下来的千条万条的银线，像是电影里的白天的外景。不知躲在什么地方的许多秋虫的鸣唱，骤听之下，满以为在下急雨。白天的热度，日落之后，忽然收敛了，于是草木很多的这深山顶上，就也起了一层白茫茫的透明雾障。山上电灯线似乎还没有接上，远近一家一家看得见的几点煤油灯光，仿佛是大海湾里的渔灯野火。一种空山秋夜的沉默的感觉，处处在高压着人，使人肃然会起一种畏敬之思。我独立在庭前的月光亮里看不上几分钟，心里就有点寒竦竦地怕了起来；回身再走回客室，酒茶杯筷，都已热气蒸腾地摆好在那里候客了。

四个人当吃晚饭的中间，则生又说了许多笑话。因为在前回听取了一番他所告诉我的表情之后，我于举酒杯的瞬间，偷眼向她妹妹望望，觉得在她的柔和的笑脸上，的确似乎是有一种说不出的悲寂的表情流露在那里的样子。这一餐晚饭，吃尽了许多时间，我因为白天走路走得不少，而谈话之后又感到了一点兴奋，肚子有点饿了，所以酒和菜，竟吃得比平时要多一倍。到了最后将快吃完的当儿，我就向则生提出说：

"老翁，五云山我倒还没有去玩过，明天你可不可以陪我一道去玩一趟？"

则生仍复以他的那种滑稽的口吻回答我说：

"到了结婚的前一日，新郎官哪里走得开呢，还是改天再去吧。等新娘子来了之后，让新郎新妇抬了你去烧香，也还不迟。"

我却仍复主张着说,明天非去不行。则生就说:

"那么替你去叫一顶轿子来,你坐了轿子去,横竖是明天轿夫会来的。"

"不行不行,游山玩山,我是喜欢走的。"

"你认得路么?"

"你们这一种乡下的僻路,我哪里会认得呢?"

"那就怎么办呢?……"

则生抓着头皮,脸上露出了一脸为难的神气。停了一二分钟,他就举目向他的妹妹说:

"莲!你怎么样?你是一位女豪杰,走路又能走,地理又熟悉,你替我陪了郁先生去怎么样?"

他妹妹也笑了起来,举起眼睛来向她娘看了一眼。接着她娘就说:

"好的,莲,还是你陪了郁先生去吧,明天你大哥是走不开的。"

我一看她脸上的表情,似乎已经有了答应的意思了,所以又追问了她一声说:

"五云山可着实不近哩,你走得动的么?回头走到半路,要我来背,那可办不到。"

她听了这话,就真同从心坎里笑出来的一样笑着说:

"别说是五云山,就是老东岳,我们也一天要往返两次哩。"

从她的红红的双颊,挺突的胸脯,和肥圆的肩背看来,这句话也绝不是她夸的大口。吃完晚饭,又谈了一阵闲天,我们因为明天各有忙碌的操作在前,所以一早就分头到房里去睡了。

　　山中的清晓,又是一种特别的情景。我因为昨天夜里多喝了一点酒,上床去一睡,就同大石头掉下海里似的,一直就酣睡到了天明。窗外面吱吱唧唧的鸟声喧噪得厉害,我满以为还是夜半,月明将野鸟惊醒了,但睁开眼掀开帐子来一望,窗内窗外已饱浸着晴天爽朗的清晨光线,窗子上面的一角,却已经有一缕朝阳的红箭射到了。急忙滚出了被窝,穿起衣服,跑下楼去一看,他们母子三人,也已梳洗得妥妥服服,说是已经在做了个把钟头的事情之后,平常他们总是于五点钟前后起床的。这一种日出而作、日入而息的山中住民的生活秩序,又使我对他们感到了无穷的敬意。四人一道吃过了早餐,我和则生的妹妹,就整了一整行装,预备出发。临行之际,他娘又叫我等一下子,她很迅速地跑上楼上去取了一枝黑漆手杖下来,说,这是则生生病的时候用过的,走山路的时候,用它来撑扶撑扶,气力要省得多。我谢过了她的好意,就让则生的妹妹上前带路,走出了她们的大门。

　　早晨的空气,实在澄鲜得可爱。太阳已经升高了,但它的领域,还只限于屋檐、树梢、山顶等突出的地方。山路两旁的细草上,露水还没有干,而一味清凉触鼻的绿色草气,和人在桂花香味之中,闻了好像是宿梦也能摇醒的样子。起初还在翁家山村内走着，则生的妹妹，对村中的同姓，三步一招呼、五步一立谈地应接得忙不暇给。走尽了这村子的最后一家，沿了入谷的一条石板路走上下山路的时候，遇见的人也没有了，前面的眺望，也转换了一个样子。朝我们去的方向看去，原又是冈峦的起伏和别墅的纵横，但稍一住脚，掉头向东面一望，一片同呵了一口气的镜子似的湖光，却躺在眼下了。远远从两山之间的谷顶望去，并且还看得出一角城里的人家，隐约藏躲在尚未消尽的湖雾当中。

我们的路先朝西北，后又向西南，先下了山坡，后又上了山背，因为今天有一天的时间，可以供我们消磨，所以一离了村境，我就走得特别地慢，每这里看看，那里看看地看个不住。若看见了一件稍可注意的东西，那不管它是风景里的一点一堆、一山一水，或植物界的一草一木与动物界的一鸟一虫，我总要拉住了她，寻根究底地问得它仔仔细细。说也奇怪，小时候只在村里的小学校里念过四年书的她——这是她自己对我说的——对于我所问的东西，却没有一样不晓得的。关于湖上的山水古迹、庙宇楼台哩，那还不要去管它，大约是生长在西湖附近的人，个个都能够说出一个大概来的，所以她的知道得那么详细，倒还在情理之中，但我觉得最奇怪的，却是她的关于这西湖附近的区域之内的种种动植物的知识。无论是如何小的一只鸟、一个虫、一株草、一棵树，她非但各能把它们的名字叫出来，并且连几时孵化、几时他迁、几时鸣叫、几时脱壳，或几时开花、几时结实、花的颜色如何、果的味道如何等，都说得非常有趣而详尽，使我觉得仿佛是在读一部活的桦候脱的《赛儿鹏自然史》(G. White, *The Natural History and Antiquities of Selborne*)[1]。而桦候脱的书，却绝没有叙述得她那么朴质自然而富于刺激，因为听听她那种舒徐清澈的语气，看看她那一双天生成像饱使过耐吻胭脂棒般的红唇，更加上以她所特有的那一脸微笑，在知识分子之外还不得不添一种情的成分上去，于书的趣味之上更要兼一层人的风韵在里头。我们慢慢地谈着天，走着路，不上一个钟头的光景，我竟恍恍惚惚，像又恢复了青春时代似的完全为她迷倒了。

她的身体，也真发育得太完全，穿的虽是一件乡下裁缝做的不大合式的大绸夹袍，但在我的前面一步一步地走去，非但她的肥突的后部、紧密的腰部，和斜圆的胫部的曲线，看得要簇生异想，就是她的两只圆而且软的肩膊，多看一歇，也要使我贪鄙起来。立在她的前面和她讲话哩，则那一双水涔涔的大眼，那一个隆整的尖鼻，那一张红白相间的椭圆嫩脸，和因走路走得气急，一呼一吸涨落得特别快的那个高突的胸脯，又要使我恼杀。还有她那一头不曾剪去的黑发哩，梳的虽然是一个自在的懒结，但一映到了她那个圆而且

---

[1] 即英国博物学家吉尔伯特·怀特所著的《塞尔伯恩博物志》。

白的额上,和短而且腴的颈际,看起来,又格外地动人。总之,我在昨天晚上,不曾在她身上发现的康健和自然的美点,今天因这一回的游山,完全被我观察到了。此外我又在她的谈话之中,证实了翁则生也和我曾经讲到过的她的生性的活泼与天真。譬如我问她今年几岁了,她说,二十八岁。我说:"这真看不出,我起初还以为你只有二十三四岁。"她说,女人不生产是不大会老的。我又问她:"对于则生这一回的结婚,你有点什么感触?"她说,另外也没有什么,不过以后长住在娘家,似乎有点对不起大哥和大嫂。像这一类的纯粹真率的谈话,我另外还听取了许多许多,她的朴素的天性,真真如翁则生之所说,是一个永久的小孩子的天性。

　　爬上了龙井狮子峰下的一处平坦的山顶,我于听了一段她所讲的如何地栽培茶叶,如何地摘取、焙烘,与那时候的山家生活的如何紧张而有趣的故事之后,便在路旁的一块大岩石上坐下了。遥对着在晴天下太阳光是躺着的杭州城市,和近水遥山,我的双眼只凝视着苍空的一角,有半晌不曾说话。一边在我的脑里,却只在回想着德国的一位名延生(Jensen)的作家所著的一部小说《野紫薇爱立喀》(*Die Braune Erika*)。这小说后来又有一位英国的作家哈特生(Hudson)摹仿了,写了一部《绿阴》(*Green Mansions*)。两部小说里所描写的,都是一个极可爱的生长在原野里的天真的女性,而女主人公的结果后来都是不大好的。我沉默着痴想了许久，她却从我背后用了她那只肥软的右手很自然地搭上了我的肩膀。

"你一声也不响地在那里想什么？"

我就伸上手去把她的那只肥手捏住了，一边就扭转了头微笑着看入了她的那双大眼，因为她是坐在我的背后的。我捏住了她的手又默默对她注视了一分钟，但她的眼里脸上却丝毫也没有羞惧兴奋的痕迹出现，她的微笑，还依旧同平时一点儿也没有什么的笑容一样。看了我这一种奇怪的形状，她过了一歇，反又很自然地问我说：

"你究竟在那里想什么？"

倒是我被她问得难为情起来了，立时觉得两颊就潮热了起来。先放开了那只被我捏住在那儿的她的手，然后干喀了两声，最后我就鼓动了勇气，发了一声同被绞出来似的答语：

"我……我在这儿想你！"

"是在想我的将来如何地和他们同住么？"

她的这句反问，又是非常地率真而自然，满以为我是在为她设想的样子。我只好沉默着把头点了几点，而眼睛里却酸溜溜地觉得有点热起来了。

"啊，我自己倒并没有想得什么伤心，为什么，你，你却反而为我流起眼泪来了呢？"

她像吃了一惊似的立了起来问我，同时我也立起来了，且在将身体起立的行动当中，乘机拭去了我的眼泪。我的心地开朗了,欲情也净化了,重复向南慢慢走上岭去的时候,我就把刚才我所想的心事,尽情告诉了她。我将那两部小说的内容讲给了她听,我将我自己的邪心说了出来,我对于我刚才所触动的那一种自己的心情,更下了一个严正的批判,末后,便这样地对她说:

"对于一个洁白得同白纸似的天真小孩,而加以玷污,是不可赦免的罪恶。我刚才的一念邪心,几乎要使我犯下这个大罪了。幸亏是你的那颗纯洁的心,那颗同高山上的深雪似的心,却救我出了这一个险。不过我虽则犯罪的形迹没有,但我的心,却是已经犯过罪的。所以你要罚我的话,就是处我以死刑,我也毫无悔恨。你若以为我是那样卑鄙,而将来永没有改善的希望的话,那今天晚上回去之后,向你大哥、母亲,将我的这一种行为宣布了也可以。不过你若以为这是我的一时糊涂,将来是永也不会再犯的话,那请你相信我的誓言,以后请你当我作你大哥一样那么地看待,你若有急有难,有不了的事情,我总情愿以死来代替着你。"

当我在对她作这些忏悔的时候,两人起初是慢慢在走的,后来又在路旁坐下了。说到了最后的一节,倒是她反同小孩子似的发着抖,捏住了我的两手,倒入了我的怀里,呜呜咽咽地哭了起来。我等她哭了一阵之后,就拿出了一块手帕来替她揩干了眼泪,将我的嘴唇轻轻地搁到了她的头上。两人偎抱着沉默了好久,我又把头俯了下去,问她,我所说的这段话的意思，究竟明白了没有。她眼看着了地上，把头点了几点。我又追问了她一声：

"那么你承认我以后做你的哥哥了不是？"

她又俯视着把头点了几点，我撒开了双手，又伸出去把她的头捧了起来，使她的脸正对着了我。对我凝视了一会，她的那双泪珠还没有收尽的水汪汪的眼睛，却笑起来了。我乘势把她一拉，就同她挽着手并立了起来。

"好，我们是已经决定了，我们将永久地结作最亲爱、最纯洁的兄妹。时候已经不早了，让我们快一点走，赶上五云山去吃午饭去。"

我这样说着，挽着她向前一走，她也恢复了早晨刚出发的时候的元气，和我并排着走向了前面。

两人沉默着向前走了几十步之后，我侧眼向她一看，同奇迹似的忽而在她的脸上看出了一层一点儿忧虑也没有的满含着未来的希望和信任的圣洁的光耀来。这一种光耀，却是我在这一刻以前的她的脸上从没有看见过的。我愈看愈觉得对她生起敬爱的心思来了，所以不知不觉，在走路的当中竟接连着看了她好几眼。本来只是笑嘻嘻地在注视着前面太阳光里的五云山的白墙头的她，因为我的脚步的迟乱，似乎也感觉到了我的注意力的分散了，将头一侧，她的双眼，却和我的视线接成了两条轨道。她又笑起来了，同时也放慢了脚步。再向我看了一眼，她才腼腆地开始问我说：

"那我以后叫你什么呢？"

"你叫则生叫什么，就叫我也叫什么好了。"

"那么——大哥！"

"大哥"的两字，是很急速地紧连着叫出来的，听到了我的一声高声的"啊！"的应声之后，她就涨了脸，撒开了手，大笑着跑上前面去了。一面跑，一面她又回转头来，"大哥！""大哥！"地接连叫了我好几声。等我一面叫她别跑，一面我自己也跑着追上了她背后的时候，我们的去路已经变成了一条很窄的石岭，而五云山的山顶，看过去也似乎是很近了。仍复恢复了平时的脚步，两人分着前后，在那条窄岭上缓步的当中，我才觉得真真是成了她的哥哥的样子，满含着了慈爱，很正经地吩咐她说：

"走得小心，这一条岭多么险啊！"

走到了五云山的财神殿里，太阳刚当正午，庙里的人已经在那里吃中饭了。我们因为在太阳底下的半天行路，口已经干渴得像旱天的树木一样，所以一进客堂去坐下，就教他们先起茶来，然后再开饭给我们吃。洗了一个手脸，喝了两三碗清茶，静坐了十几分钟，两人的疲劳与兴奋，都已平复了过去，这时候饥饿却抬起头来了，于是就又催他们快点开饭。这一餐只我和她两人对食的五云山上的中餐，对于我正敌得过英国诗人所幻想着的亚力山大王的高宴，若讲到心境的满足、和谐，与食欲的高潮亢进，那恐怕亚力山大王还远不及当时的我。

吃过午饭，管庙的和尚又领我们上前后左右去走了一圈。这五云山，实在是高，立在庙中阁上，开窗向东北一望，湖上的群山，都像青色的土堆了。本来西湖的山水的妙处，就在于它的比舞台上的布景又真实伟大一点，而比各处的名山大川又同盆景似的整齐渺小一点这地方。而五云山的气概，却又完全不同了。以其山之高与境的僻，一般脚力不健的游人是不会到的，就在这一点上，五云山已略备着名山的资格了，更何况前面远处，蜿蜒盘曲在青山绿野之间的，是一条历史上也着实有名的钱塘江水呢？所以若把西湖的山水，比作一只锁在铁笼子里的白熊来看，那这五云山峰与钱塘江水，便是一只深山的野鹿。笼里的白熊，是只能满足满足胆怯无力者的冒险雄心的，至于深山的野鹿，虽没有高原的狮虎那么雄壮，但一股自由奔放之情，却可以从它那里摄取得来。

我们在五云山的南面，又看了一会钱塘江上的帆影与青山，就想动身上我们的归路了，可是举起头来一望，太阳还在中天，只西偏了没有几分。从此地回去，路上若没有耽搁，是不消两个钟头就能到翁家山上的，本来是打算出来把一天光阴消磨过去的我们，回去得这样地早，岂不是辜负了这大好的时间了么？所以走到了五云山西南角的一条狭路边上的时候，我就又立了下来，拉着了她的手亲亲热热地问了她一声：

"莲，你还走得动走不动？"

"起码三十里路总还可以走的。"

她说这句话的神气,是富有着自信和决断,一点也不带些夸张卖弄的风情,真真是自然到了极点,所以使我看了不得不伸上手去,向她的下巴底下拨了一拨。她怕痒,缩着头颈笑起来了,我也笑开了大口,对她说:

"让我们索性上云栖去吧!这一条是去云栖的便道,大约走下去,总也没有多少路的,你若是走不动的话,我可以背你。"

两人笑着说着,似乎只转瞬之间,已经把那条狭窄的下山便道走尽了大半了。山下面尽是些绿玻璃似的翠竹,西斜的太阳晒到了这条坞里,一种又清新又寂静的淡绿色的光同清水一样,满浸在这附近的空气里在流动。我们到了云栖寺里坐下,刚喝完了一碗茶,忽而前面的大殿上,有嘈杂的人声起来了,接着就走进了两位穿着分外宽大的黑布和尚衣的老僧来,知客僧便指着他们夸耀似的对我们说:

"这两位高僧,是我们方丈的师兄,年纪都快八十岁了,是从城里某公馆里回来的。"

城里的某巨公,的确是一位佞佛的先锋,他的名字,我本系也听见过的,但我以为同和尚来谈这些俗天,也不大相称,所以就把话头扯了开去,问和尚大殿上的嘈杂的人声是为什么而起的。知客僧轻鄙似的笑了一笑说:

"还不是城里的轿夫在敲酒钱!轿钱是公馆里付了来的,

这些穷人心实在太凶。"

这一个伶俐世俗的知客僧的说话,我实在听得有点厌起来了,所以就要求他说:

"你领我们上寺前寺后去走走吧?"

我们看过了"御碑"及许多石刻之后,穿出大殿,那几个轿夫还在咕噜着没有起身,我一半也觉得走路走得太多了,一半也想给那个知客僧以一点颜色看看,所以就走了上去对轿夫说:

"我给你们两块钱一个人,你们抬我们两人回翁家山去好不好?"

轿夫们喜欢极了,同打过吗啡针后的鸦片嗜好者一样,立时将态度一变,变得有说有笑了。

知客僧又陪我们到了寺外的修竹丛中,我看了竹上的或刻或写在那里的名字诗句之类,心里倒有点奇怪起来,就问他这是什么意思。于是他也同轿夫他们一样,笑眯眯地对我说了一大串话。我听了他的解释,倒也觉得非常有趣,所以也就拿出了五圆纸币,递给了他,说:

"我们也来买两枝竹放放生罢!"

说着我就向立在我旁边的她看了一眼,她却正同小孩子得到了新玩意儿还不敢去抚摸的一样,微笑着靠近了我的身边轻轻地问我:

"两枝竹上,写什么名字好?"

"当然是一枝上写你的,一枝上写我的。"

她笑着摇摇头说:

"不好,不好,写名字也不好,两个人分开了写也不好。"

"那么写什么呢?"

"只教把今天的事情写上去就对。"

我静立着想了一会,恰好那知客僧向寺里去拿的油墨和笔也已经拿到了。我拣取了两株并排着的大竹,提起笔来,就各写上了"郁翁兄妹放生之竹"的八个字。将年月日写完之后,我搁下了笔,回头来问她这八个字怎么样,她真像是心花怒放似的笑着,不说话而尽在点头。在绿竹之下的这一种她的无邪的憨态,又使我深深地,深深地受到了一个感动。

坐上轿子,向西向南地在竹荫之下走了六七里坂道,出梵村,到闸口西首,从九溪口折入九溪十八涧的山坳,登杨梅岭,到南高峰下的翁家山的时候,太阳已经悬在北高峰与天竺山的两峰之间了。他们的屋里,早已挂上了满堂的灯彩,上面的一对红灯,也已经点尽了一半的样子。嫁妆似乎已经在新房里摆好,客厅上看热闹的人,也早已散了。我们轿子一到,则生和他的娘,就笑着迎了出来,我付过轿钱,一踱进门槛,他娘就问我说:

"早晨拿出去的那枝手杖呢?"

我被她一问,方才想起,便只笑着摇摇头对她慢声地说:

"那一枝手杖么——做了我的祭礼了。"

"做了你的祭礼？什么祭礼？"

则生惊疑似的问我。

"我们在狮子峰下，拜过天地，我已经和你妹妹结成了兄妹了。那一枝手杖，大约是忘记在那块大岩石的旁边的。"

正在这个时候，先下轿而上楼去换了衣服下来的他的妹妹，也嬉笑着，走到了我们的旁边。则生听了我的话后，就也笑着对他的妹妹说：

"莲，你们真好！我们倒还没有拜堂，而你和老郁，却已经在狮子峰拜过天地了，并且还把我的一枝手杖忘掉，作了你们的祭礼。娘！你说这事情应该怎么罚罚他们？"

经他这一说，说得大家都笑了起来，我也情愿自己认罚，就认定后日馈房，算作是我一个人的东道。

这一晚翁家请了媒人，及四五个近族的人来吃酒，我的新郎官，在下面奉陪。做媒人的那位中老乡绅，身体虽则并不十分肥胖，但相貌态度，却也是很裕富的样子。我和他两人干杯，竟干满了十八九杯。因酒有点微醉，而日里的路，也走得很多，所以这一晚睡得比前一晚还要沉熟。

九月十二的那一天结婚正日，大家整整忙了一天。婚礼虽系新旧合参的仪式，但因两家都不喜欢铺张，所以百事也还比较简单。午后五时，新娘轿到，行过礼后，那位好好先生的媒人硬要拖我出来，代表来宾，说几句话。我推辞不得，就先把我和则生在日本念书时候的交情说了一说，末了我就

想起了则生同我说的迟桂花的好处,因而就抄了他的一段话来恭祝他们:

"则生前天对我说,桂花开得愈迟愈好,因为开得迟,所以经得日子久。现在两位的结婚,比较起平常的结婚年龄来,似乎是觉得大一点了,但结婚结得迟,日子也一定经得久。明年迟桂花开的时候,我一定还要上翁家山来。我预先在这儿计算,大约明年来的时候,在这两株迟桂花的中间,总已经有一株早桂花发出来了。我们大家且等着,等到明年这个时候,再一同来吃他们的早桂的喜酒。"

说完之后,大家就坐拢来吃喜酒。猜猜拳,闹闹房,一直闹到了半夜,各人方才散去。当这一日的中间,我时时刻刻在注意着偷看则生的妹妹的脸色,可是则生所说而我也曾看到过的那一种悲寂的表情,在这一日当中却终日没有在她的脸上流露过一丝痕迹。这一日,她笑的时候,真是乐得难耐似的完全是很自然的样子。因了她的这一种心情的反射的结果,我当然可以不必说,就是则生和他的母亲,在这一日里,也似乎是愉快到了极点。

因为两家都喜欢简单成事的缘故,所以三朝回郎等繁缛的礼节,都在十三那一天白天行完了,晚上馈房,总算是我的东道。则生虽则很希望我在他家里多住几日,可以和他及他的妹妹谈谈笑笑。但我一则因为还有一篇稿子没有做成,想另外上一个更僻静点的地方去做文章,二则我觉得我这一次吃喜酒的目的也已经达到了，所以在馂房的翌日，就离开翁家山去乘早上的特别快车赶回上海。

送我到车站的，是翁则生和他的妹妹两个人。等开车的警笛将吹而火车的机关头上在吐白烟的时候，我又从车窗里伸出了两手，一只捏着了则生，一只捏着了他的妹妹，很重很重地捏了一回。汽笛鸣后，火车微动了，他们兄妹俩又随车前走了许多步，我也俯出了头，叫他们说：

"则生！莲！再见，再见！但愿得我们都是迟桂花！"

火车开出了老远老远，月台上送客的人都回去了，我还看见他们兄妹俩直立在东面月台蓬外的太阳光里，在向我挥手。

读者注意！这小说中的人物事迹，当然都是虚拟的，请大家不要误会。

作者附注